「相手は素人だな」
「どうかなさいましたかな」

魔将ゲザリウス

「一つ返したよ。ヴェルナー」
勇者
マゼル・ハルティング
「……マゼルっ⁉」
モブ貴族
ヴェルナー・ファン・ツェアフェルト

王都への馬車にて

魔王と勇者の戦いの裏で

5

ゲーム世界に転生したけど
友人の勇者が魔王討伐に旅立ったあとの
国内お留守番（内政と防衛戦）が
俺のお仕事です

– Author –
涼樹悠樹
– Illustration –
山椒魚

Behind the Scene
of
Heroic Tale ...

5

CONTENTS

イラスト／山椒魚

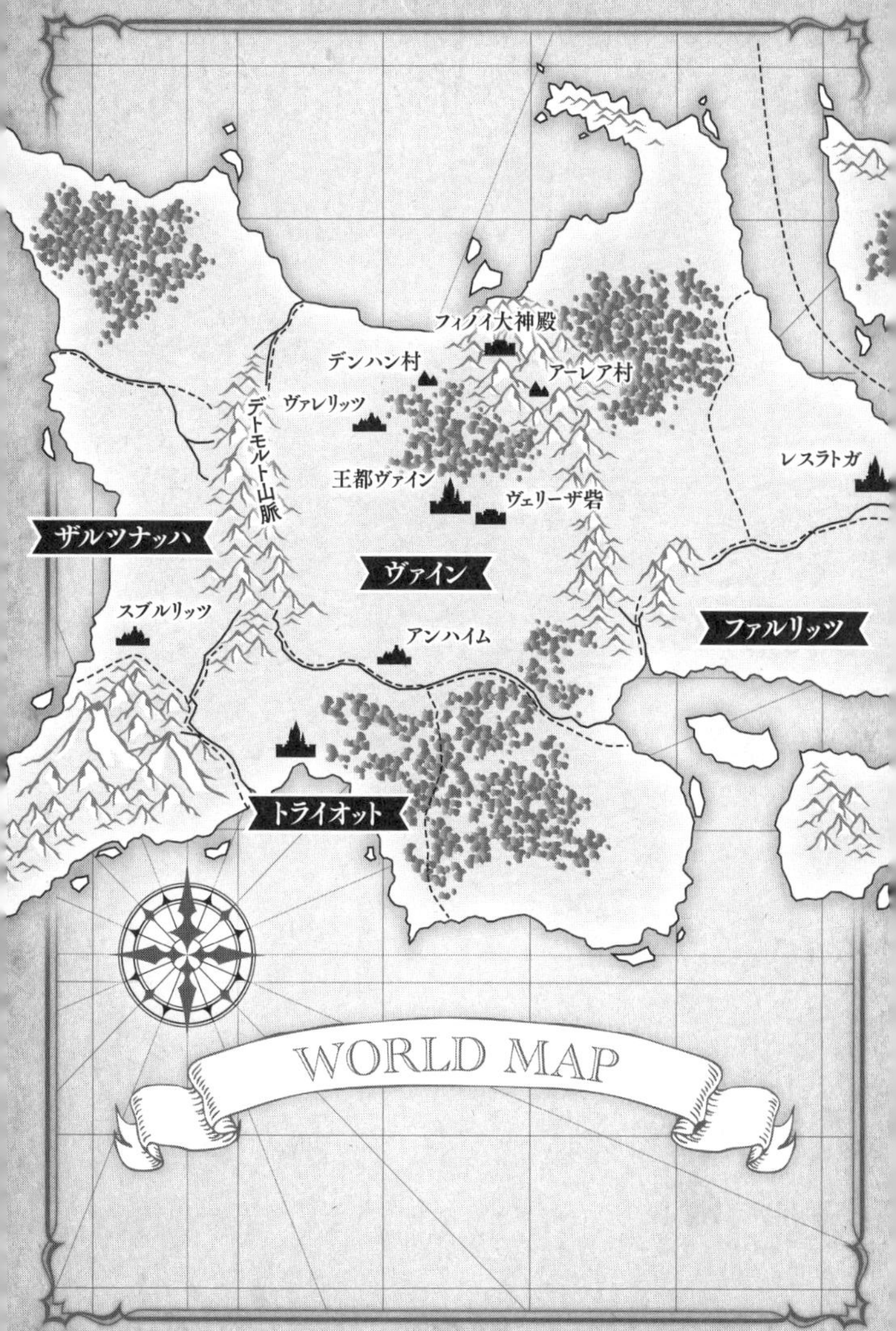

フィノイ大神殿
デンハン村
アーレア村
ヴァレリッツ
デトモルト山脈
レスラトガ
王都ヴァイン
ヴェリーザ砦
ザルツナッハ
ヴァイン
スブルリッツ
アンハイム
ファルリッツ
トライオット
WORLD MAP

Characters

ラウラ

勇者パーティーの一人で聖女。治癒などの神聖魔法に優れている。

リリー

勇者マゼルの妹。ヴェルナーに救われ現在はツェアフェルトの屋敷で働いている。

マゼル

勇者。魔王討伐の旅に出る。主人公の親友でお互いに信頼している。

ヴェルナー

本編主人公。前世の記憶を持ち親友である勇者のいない戦場で戦う。

ラフェド

元隣国の工作員だったが、ヴェルナーに捕らえられその下で働く事になる。

ヒュベルトゥス

主人公の所属する国の王太子。主人公を高く評価し引き立てていく。

ゲッケ

傭兵団の団長。卓越した剣の才と、荒くれものを統率する強さを持つ。

ウーヴェ

勇者パーティーの一人で攻撃魔法のエキスパート。さらに膨大な知識も持つ。

セイファート

準王族級貴族の老将軍。主人公の才能に興味を持ち見守っている。

ヘルミーネ

伯爵令嬢で女性騎士。主人公の才能に気が付き、注目している。

インゴ

ツェアフェルト家当主であり、ヴェルナーの実父。王室からの信頼が厚い。

シュンツェル

主人公の護衛の一人。ノイラートと共に主人公を支える。

ノイラート

主人公の護衛の一人。活発な性格で護衛という今の立場にも積極的。

フレンセン

主人公の部下で執事補。秘書のような役回りで文書業務を補佐する。

魔将 ゲザリウス

エリッヒ

勇者パーティーの一人で武器を使わず戦う修道士。大人びた性格。

フェリ

勇者パーティーの一人。多少生意気だが優秀な斥候で主人公の弟分。

ルゲンツ

勇者パーティーの一人で戦士。冒険者として有名で勇者のよき先輩。

プロローグ

ツェアフェルト伯爵家の嫡子であるヴェルナーがアンハイムに赴任する以前から、伯爵家への来訪客は増加していた。急増する来訪希望に対し、伯爵本人のみならず、夫人であるクラウディアもさすがに疲労交じりの苦笑いを浮かべているほどだ。良くも悪くも今の伯爵家《ツェアフェルト》は王宮内外で評判の中心地に近くなっている。

もっとも、話題の中心となる伯爵家嫡子であるヴェルナーの評判は必ずしも高くない。正確には、評価が二分されていると言ってもいい。

ある集団は、ヴェルナーは今でこそアンハイムのような国境沿いの地に赴任させられているが、王太子《ヒュベルトゥス》やセイファート将爵、さらに第二王女かつ聖女の祖父にあたるグリュンディング公爵でさえ才能を評価しているという噂《うわさ》がある。そのため、現在の立場は一時の躓《つまず》きでしかなく、いずれ必ず中央に戻り高い地位に登るであろう、と今のうちに婚約も含めた家族ぐるみの付き合いをしたい、という意向を露骨に見せる者たちだ。

また別の一派は、最近王都で評判になっている、ヴェルナーの金遣いの荒さを問題にしている一団である。この噂は、ヴェルナーが遊ぶための予算を借金して集めているといった噂に始まり、春を売るための店を作るため、建築資材をわざわざ王都で発注してアンハイムに輸送している、など噂を聞くだけで眉を顰《ひそ》めるようなものもあるのだ。

宮廷内という所は良くも悪くも足を引っ張ることに執着する人間がいることは避けられない。そのため、彼らはこれらの噂を利用しようと考え、伯爵家《ツエアフエルト》の嫡子の評判を貶《おとし》めようと嬉々《きき》としてその噂を流している。

更に魔軍の幹部である魔将を斃《たお》した勇者マゼルの妹であるリリーが伯爵邸で働いているということもあり、半ば見世物扱いで顔を見たがる者や、リリーをそれとなく引き抜こうとするものまでおり、結果的に伯爵家《ツエアフエルト》の当主や夫人、それに使用人たちは来訪者の対応で慌ただしい毎日を過ごすことが多くなっていた。

そしてこの日、大物の客が早朝から他の伯爵家の馬車を借りてお忍びで訪ねてきており、館の主のみならず末端の使用人まで緊張感が溢《あふ》れている。当の本人は非礼があってもさほど気にしないのだが、人間としての重みのためか、周囲はそうは思わない。

「君がリリー君じゃな。儂《わし》がイェフ・アルティヒ・セイファートじゃ」

「リ、リリー・ハルティングと申します」

さすがに緊張は隠しきれていないものの、それでもリリーはきちんとした礼を返した。セイファートの外見はヴェルナー曰《いわ》く頑固爺《じじい》である。武人としての迫力もあり貴族としての地位も伯爵よりもはるかに上だ。リリーの反応はむしろ合格点であっただろう。

「そう堅苦しくせんでもよい。先日、ヴェルナー卿《きょう》が提出した地図について聞きたいと思っておってな」

「は、はい」

「この図は君が描いたという事で間違いはないかね」

アンハイム地方の鳥瞰図《パノラマ》を取り出して確認する。最初に見たときはヴェルナーの父親であるインゴも驚いたし、軍事部門の重鎮であるセイファートですら驚嘆した。

実のところ、この世界でも鳥瞰図そのものがないわけではない。だがそれは高い山の上や塔の上から描いた図か、ある種の想像図である。ヴェルナーの前世にある洛中《らくちゆうらくがいず》洛外図屏《びようぶ》風も想像による鳥瞰図の類《たぐい》だと言っていいだろう。そのような形で町や名所を描いた図はあるが、このような領域全域を把握するための鳥瞰図など考えたこともなかったのだ。

しかも、発想もだが完成度も高い。領や戦場全体を見渡しているような図である。この世界でも図の上で駒を用いての模擬戦闘《シミユレーション》をすることがあるが、その際の参考にそのまま持ち込みたくなるほどだ。

「は、はい。私が描きました」

「ふむ。何やら作って描いたそうじゃが、どのように描いたのか、大体で良いので説明してくれぬか」

この質問は、ヴェルナー自身が図そのものは重視していてもその過程や結果をあまり重要視していなかった結果である。その直後になぜかこの世界には自然災害がないという謎に思考が向いてしまったため、そのあたりの処理がおろそかになっていた事も否定できない。リリーに数日かけて図を描いてほしいと頼んだ際、立体模型を作製した部屋での掃除は禁止したが、入室禁止にはしなかった。

その結果、〝また〟ヴェルナーが何かやっていると聞いていた執事のノルベルトが部屋の中を確認し、驚愕《きょうがく》したことをヴェルナー自身は知らなかったし、ノルベルトから報告を受けたインゴの方が急いで館の人間全員に固く口止めし、地図提出の際に立体模型の存在を内密に王へ報告と説明をしている事も知る由もない。アンハイム赴任と自然災害の件に意識が向いていたとはいえ、迂闊《うかつ》と言えば迂闊であっただろう。

セイファートの問いにリリーが一瞬困惑したような表情を浮かべた。だがその場に同席していたインゴに頷《うなず》かれ、直接答えるために口を開く。

「まず、多数の方に現地に向かっていただいて……」

複数の人間に多方向から地形を調べさせてそれを立体化し、図にする。口にすれば簡単だが、その過程を説明するのは難しい。が、要点を捉えての説明が解《わか》りやすくしている。その際、セイファートは奇妙な点に気が付いた。

「ふむ。描き方は大体わかった。伯爵、済まぬがリリー君に少々頼みがあるので画材か筆記用具を貸してくれぬか」

「は、少々お待ちを」

　インゴがノルベルトに合図をしてすぐに準備をさせる。困惑したままのリリーをよそに画材が揃《そろ》えられると、セイファートが口を開いた。

「リリー君、正面から見れば長方形だが上から見た場合六角形になる図を斜め上方から描いてみてくれぬか。輪郭だけで良い」

「はい」

　形としては簡単な六角柱になる。だがさらさらと描かれたそれに歪《ゆが》みがないことにインゴは軽く驚いた。セイファートが続ける。

「では次に……」

　何枚かの実験的に指示された図を経て、最後に描かれたそれにインゴも内心で驚嘆していたが、表情に出すことはしなかった。完成した線画を見てセイファートが頷く。

「手数をかけたの。もうよいぞ……ああ、後日仕事を頼むかもしれぬ。伯爵、よいな」

「はっ」

「そうだ、他にヴェルナー卿は地図に関して何か言っておらなんだかね」

「……もうしわけございません。説明は受けましたが、正確には覚えておりませんので、私の口からはご説明できません」

「ほう」

緊張した硬い口調と表情でそう答えたリリーの反応に対し、セイファートが目元に笑みを浮かべた。が、それ以上は追及しない。

「解った。ではリリー君は下がってくれたまえ」

「はい、失礼いたします」

この辺りの礼儀はすでに身についているようであるが、ほっとした表情を浮かべてしまったのは仕方がなかったであろう。リリーの退出後、インゴがセイファートに向き直り頭を下げた。

「申し訳ございません」

「かまわぬ。話すことがヴェルナー卿に利となるか不利となるか判断できなかったのであろう。口が軽くないのはよいことだ」

「馬より牛に乗ることを好むものもいるようです」

インゴが軽く苦笑する。牛に乗って移動することもできるが、歩みも遅いし乗り心地もよいとは言えない。この世界で人の好みはさまざま、という意味の言葉で、ヴェルナーの前世でいえば『蓼《たで》食う虫も好き好き』に近いだろう。

それに対してセイファートは笑って応じた。

「卿《けい》の子息は牛ではなかろうよ」

「恐れ入ります。それにしても驚きました」

「儂も驚いたわ」

セイファートが感心したように絵を眺める。最後に描かせた物は貴族が遊ぶボードゲームの駒である。だが貴族の品なので細工には凝っており、ちょっとした宝石のカットよりもはるかに細かい。それを実物も見ずに口で説明しただけで描ききってしまったのだ。職人でも説明だけでここまでの立体図を描ける人間などそうはいないだろう。

「リリー君はどうやら頭の中で立体が想像できるようじゃの。しかもそれを絵にすることができる」

「はい」

ヴェルナーが聞いていれば空間認識能力が高いのかと評したかもしれないが、この世界にはまだその言葉はない。だがその能力が有益であることが理解できないはずもなかった。少なくとも画家としての面だけで見ても、貴族家が囲い込みたくなる程度には価値が高い。

「なかなか面白いの。後日彼女の時間を借りたいが構わぬか」

「問題はございませんが、何を描かせるのかお伺いしてもよろしいでしょうか」

インゴの疑問にセイファートは特に隠す気もないという表情で応じた。

「なに、城下の図を描いてもらいたいのじゃよ」

城下町の正確な図があれば兵の移動に便利になる。元々ヴェルナーが提案した路面改修に王太子ヒュベルトゥスが手を入れたことで、王都の市街を移動するのは飛躍的に効率が良くなっているが、セイファートはさらにもう一段の手が必要だと考えていたのだ。

今まで城下内部は大雑把に街区でしか分けられていなかった。そのため、以前なら「三番街区から七番街区を通り西門へ」というような形の指示を出すのがせいぜいであったが、「三番隊はリーベルマン子爵の銘板通りから、四番隊はヒークス男爵の銘板通りを使いそれぞれ西門へ」という指示ができるようになったのだ。セイファートや王太子もヴェルナーの指摘した王都襲撃の可能性に関して手をこまねいていたわけではない。

「仮にも魔将《ヒュベル》退治の功績を挙げておる勇者殿の妹御じゃ。将爵家に呼ぶのに何もなしとはいくまい。伯爵、館に空き部屋はあるかね」

「専属の護衛をつけるという事ですかな」

「うむ。一度は図を描いている日にグリュンディング公爵もお招きする事にする」

もともと国王が勇者《マゼル》を評価している事を知らない貴族はすでにいないといってもいい。そこに、その妹を公爵級貴族であるセイファートが護衛付きで館まで呼び出し、その場に現王妃の父を同席させるというだけで周囲の貴族たちの印象は大きく変わるだろう。

だが、そもそも王都の図を描かせるという時点で国防の機密に近づかせるという事でもあるのだ。さらにセイファートは王や王太子、宰相など一部の人間の中で計画されている内容を説明し、話を聞き終えたインゴが難しい顔で頷いた。

「なるほど。陛下や王太子殿下はそのような計画で動いているという事ですか」

「ヴェルナー卿にはまだしばらく説明せんでおいてくれ」

「承知いたしました」

インゴも頷く。確かに今の段階でそれほど先の計画まで知る必要はないであろう。インゴの納得を確認したうえで、セイファートが楽しそうに笑った。

「リリー嬢には王都図の次にヒュベルトゥス殿下の肖像画でも描いてもらうかの」

「ご冗談が過ぎます」

おそらく緊張して筆どころか全身動けなくなるだろう。想像できるだけにインゴは苦笑するしかなかった。

一章（赴任〜把握と統治〜）

　そろそろ朝日が昇るぐらいの明るさになってきた中で、煙に追われて賊が逃げまどっている。俺の方は賊に遠慮する理由もないのでさらに攻撃強化を命じた。

「無理に追撃はするな。だが武器を持っている限り容赦なく倒せ」

「はっ」

　アンハイム地方に入って最初にやったのは輸送部隊を切り離しての軍事行動だ。とりあえず他の地域との交通をある程度安定させないと何もできん。ついでに麾《き》下《か》の騎士や兵士の実力も確認しておきたいしな。

　代官直属の武官代表である騎士、ホルツデッペ卿にさらなる攻撃を指示する。指示しつつ俺も最前線で槍《やり》を振り、賊の一人を突き斃《たお》した。敵の数は多いが、こっちが奇襲に成功した以上、相手に組織的反抗をする力はない。

　本来なら見ているだけでもいいのだが、俺自身が部下に評価されるための場でもあるから、後ろで指示だけ出して丸投げってわけにもいかない。したがって、俺自身が前線で武器を振るいつつ状況を確認している真っ最中だ。

そもそも騎士と賊の戦力差って実は相当に大きい。前世中世のジャックリーの乱、あれは農民反乱だが、四〇人の騎士が一晩のうちに農民反乱軍の参加者七〇〇〇人を殺し、死亡した騎士は一人だけだった、というのが顕著な例。

もっとも七〇〇〇を四十で割ると騎士一人頭百七十五人になる。相手が突っ立っているだけならともかく、動く相手には時間的に無理だろう。実際は数字を盛っているだろうし、逃げ惑って将棋倒し的に死んだ農民も多かったのだろうな。

「子爵、敵の一部が逃げます！」

「どっち側だ」

「左手の、窪地《くぼち》に向かっている模様」

「それなら放置だ。あっちにはもうシュンツェルに兵を伏せさせてある。そのうち報告が来るだろう」

代官直属として国から預かっている兵力は騎士三〇人、歩兵六〇人。ノイラートには右手から歩兵二〇人を率いて攻撃をかけさせているし、シュンツェルは逃げだした敵が向かうだろうあたりに傭兵《ようへい》二〇人を率いて待機している。

王都からの荷物は代官に付く文官やフレンセンと一緒に街道で騎士五人と歩兵一〇人、それにゲッケさんの傭兵団のうち半分が護衛中。そのぐらい兵力を割いてもここの山賊程度には十分すぎる戦力だ。

「うおおおっ！」

「甘い！」

自棄《やけ》になったのだろうか、突っ込んできた賊の一撃を槍先で弾《はじ》いてから胴体を刺し貫く。敵はガーゴイルと比べりゃ遅いし鰐兵士《アリゲーター・ウォーリアー》よりも柔らかい。この辺りの山賊相手なら油断しなきゃ負けないと思う。思うけど油断大敵だ。

もう一人ぐらい倒しておいた方がいいだろうかと思ったが、戦況を見る限りもう俺の出る幕はなさそうだな。

「お見事でした、子爵」

「情報があったからな」

これは謙遜でもなんでもない事実だ。けどホルツデッペ卿《きょう》が俺を見る目は〝自分の上司として認める必要がある〟程度には変わっているからよしとしよう。

◆

俺が赴任する事になったアンハイムという地域は、ヴァイン王国の南西も南西。すぐ南が魔軍に滅ぼされてしまったトライオット王国で、国境を挟んだ西側にはザルツナッハ王国がある。ザルツナッハの最南端にあった町も魔軍に滅ぼされているから、今現在、文字通りここがヴァイン王国における対魔軍戦争の最前線と言える。とはいえ魔物《モンスター》はどこからともなく現れるので、国土全体が戦場と評しても間違いではないのだが。

ここ、アンハイムはもともと武断派貴族のクナープ侯爵領であり、国境の町という事もあって、本来なら多数の戦力がいるはずの地域だった。ところが、先代クナープ侯爵がヴェリーザ砦《とりで》で戦没、同時に騎士団も壊滅した事と、その後に長男がやらかした問題が重なって、治安維持さえ後回しの問題を抱えた地域となってしまっている。

そんなアンハイムに向かう前に、王都から領地に戻る前の新クナープ侯にご挨拶をさせていただく機会があった。俺は侯爵を領地から追い出した側とも言える立場だから、多少の非難も覚悟はしていた事は否定しない。

ところが侯爵は難民対策の時に会ったことがある俺を覚えていてくれたらしく、その上俺に同情的な反応。どうやら〝努力しているのに王都の有力者に嫌われて左遷された若者〟というような認識であったらしい。部活の教師が結果の出ない学生を見るような眼《め》で「いずれ卿の努力が認められる時が来るだろう」と言われたときは、相手に悪意がないだけにものすごく反応に困った。

それはともかく、その流れで侯爵からアンハイム地方の詳しい状況を聴くことはできたのだが、状況そのものはむしろ聞いているこっちが暗くなるような内容だ。

簡潔にまとめると侯爵家の兵力はヴェリーザ砦での損害もあり、断続的にやって来る難民対応で精いっぱい。

その間に魔物も増えたが、滅びたトライオットで活動していた盗賊団や山賊まで魔物に追われてこちらに移動してきたうえ、魔物に襲われないように集団化して規模を拡大。討伐に手が回らなかったため、結果としてそういった盗賊団まで傍若無人になり、難民や住民を襲うようなこともたびたび発生。

ついには当時の代官がブチ切れたのか、何とアンハイムと旧トライオットの国境にかかっていた交易用の橋を独断で破壊してしまい、難民や賊、それに魔物も川を渡ってきにくい状況を作ったうえで、町の周辺だけはなんとか治安を維持。ただ、領全体には手が回っているとは言い難いまま現在に至る、とこういう訳だ。

現侯爵が好意的だったおかげで賊の情報を入手することができたり、赴任前にリリーに描いてもらった図と地理情報をダブルチェックできたりしたのはありがたかったが、状況面では頭が痛い。

着任前ではあるがそういう状況を聴いた以上、放置もしておけない。というかいくら相手が魔軍でも、治安の悪い地域で防衛戦なんぞ危なっかしい。魔軍対策をしていたら人間の賊に襲われて補給物資が奪われました、なんて冗談にもならん。少々強権を用いても早めに対応することにした。

そして現在、アンハイム地方の中心都市であるアンハイムに着任前にもかかわらず、二つ目の盗賊団アジトを焼き払ったところである。

これはアンハイムに着任後、大々的に討伐軍を出すと噂《うわさ》を流すよう手配してから王都を出立した結果だ。俺が到着する前に強襲を受けるとは思わなかったようだな。

実のところホルツデッペ卿もまずアンハイムに着任すべきだと主張していた人間の一人なのだが、そこまで言うならついてこなくてもいい、とノイラートとシュンツェルのほかはゲッケさんの傭兵団だけ連れて一つ目の賊を壊滅させてからは態度を変えた。

正確にいえば騎士である自分が傭兵だけに武功を立てさせているわけには、という態度だが、とにかくやる気になったのは事実なので、今度は正規の騎士と歩兵を中心に二つ目の盗賊団を制圧している。

「シュンツェルが戻ってきたら次に向かうか」

「はっ？」

賊だって馬鹿ばかりじゃないだろうから、そろそろこっちの動きもばれているのは確かだろう。それでも集団を二つも潰したらいい加減アンハイムに向かうと考えるのが普通だ。裏をかいてちょっと遠回りしてもう一つ潰しておく方がいい。大量に持ち込んだ魔道ランプがあると夜襲も楽だしな。なおホルツデッペ卿の表情は無視する。

「文官たちが文句を言いませんか」

「文句はアンハイムについてから聞く。卿《けい》はどうする？」

「……同行させていただきます」

ついてこなきゃ今回もノイラートたちとゲッケさんの傭兵団だけで行くつもりだったが、来るらしいのでその方向で作戦を整える。騎兵を迂回《うかい》させる必要はないか。あの地形で見つからないように大回りさせると遊兵になる可能性の方が高い。

地図の地形と侯爵から聴いた情報から考えると、次に目標になる奴《やつ》らは襲撃を優先しているのか、防御面はあまり考えていない所に拠点を構えているようだからな。下手に後回しにして逃げられるとかえって面倒くさい。

この三集団目の賊まで排除しておけばグレルマン子爵の赴任した地域との交通路がある程度でも安定する。排除しない理由はないな。多少遠回りになるが討伐してからアンハイムに向かう事にしよう。町には〝明日の朝に到着予定〟と使者だけ出しておくか。

シュンツェルの隊が戻ってきたのを確認しつつそう結論付けた所で、騎士の一人が俺とホルツデッペ卿の方に駆け寄って来た。

「申し上げます。賊の中に妙な人間が」

「妙とはなんだ」

その騎士の発言を聞いて俺とホルツデッペ卿が顔を見合わせたのはしょうがないだろう。なぜか女性と子供が数人、賊と同行していたというか、同行させられていたというのだ。

「家族連れの賊か？」

俺がそう聞いたのはトライオットの難民が賊になったという想像をしたからだったが、どうも違うらしい。詳しく事情を聴くため、戻って来たノイラートとシュンツェルを同行させることにして、その間を賊どもの死体処理と休憩の時間として対応するようにホルツデッペ卿に指示をする。

あの騎士の表情からあまり気分のいい話ではないだろうし、面倒なことになりそうだ。

◆

予定通りと言うか、アンハイムに到着したのはその翌日の朝になった。代官の到着というだけならそれほど話題に上らないだろうが、騎兵、文官たち、歩兵、傭兵団の後ろから捕らえた山賊を数珠繋《つな》ぎにして町に入ってきたのだからまあ目立つこと目立つこと。

本心で言えば目立ちたくないし、こんな凱旋《がいせん》式みたいな真似《まね》もやりたくないが、先に強い印象を与えておかないと魔将が襲撃してくる以前に、町を統治するための対応で時間を取られすぎる。仕方がない、と思いつつも内心でうんざりしているのを顔に出さないように苦労しているのも事実。あらかじめ用意してきた兜《かぶと》で顔を隠して誤魔化す。

ちなみに最後に討伐した賊の集団にも同じように若い女性と子供が数人いたのだが、それらの女性や子供たちは傭兵団の一隊に任せて町の外で安全確保中。あの人たちのためにもこの件はさっさと対応しなければならないなと思いながら町の中を軽く見まわす。

俺、というか新任の代官見物に人が集まってきているが、全体的に熱意を感じないのはトライオット滅亡後、町そのものがさびれつつあることを町の住人も自覚しているせいかもしれない。

旧クナープ侯爵領の町で隣国であったトライオットに隣接しているアンハイムは、流通よりも防御を優先して建造されている。いくら近隣が友好国でも外国は外国。万一に備えての籠城ができるような城壁を備えた町だ。町といっても人口は数千人程度だが、前世の中世同様、中世風世界だとこれでも結構大きな町の範疇《はんちゅう》になる。

国境防衛の拠点となる町だし、所属する警備兵も人数は多い。町を囲む壁の上には数は多くないものの、実用に耐えられそうな弩砲《バリスタ》も見える。確認の必要はあるが、さしあたり周囲の壁や防衛の設備には手を入れなくてもよさそうだな。

公務を行う執務館の前に町警備隊と役人の代表らしい男、それにクナープ侯爵の部下になるのだろう騎士が部下を連れて出迎えている。ここからは強気に出なきゃいけない場だ。兜の中で貴族の仮面をかぶり直し、出迎えている面々の前まで馬を進める。

「ご苦労。ヴェルナー・ファン・ツェアフェルトだ」

「到着をお待ちしておりました」

警備隊の隊長や役人代表は非礼にならない程度に値踏みしている目だな。当然と言えば当然か。そして俺の方は若造と軽く見られるわけにはいかない。

「ご苦労。まずあの賊どもを牢《ろう》に放り込んでおけ。頭分の処刑は三日後に行う」

「……は？」

役人代表の男が驚いた表情を浮かべたが、無視して言葉を続ける。

「聞こえなかったか？　頭分の処刑を三日後に行う。今、ここは侯爵領ではなく陛下の直轄地であり私はその代官だ。国法に則《のっと》り処断する」

侯爵領なら侯爵領独自法とでもいうべきものがある事は知っている。クナープ侯爵の頃なら別の手順があったのかもしれないが、今は状況が違う。既に侯爵領ではないという事ははっきりさせておかないといけない。

「町の中に告知しておくように。告知の方法は今までと同じでいい。いいな、三日後だ」

周囲にも聞こえるように声を上げると様子を見ていた民衆の方から歓声が上がった。やれやれ。

前世欧州でもそうだったが、中世の庶民から見ると処刑というのは娯楽である。いや間違いじゃなくてな。それだけではないのはもちろんだが、確実に娯楽の一面があった。

例えば、前世中世ではある有名な二人組の絞首刑が執り行われる日に、見物人が何万人も押し寄せて将棋倒しが発生し、死者二〇名以上、負傷者七〇名以上という惨事が起きたことがある。死刑見物に行ったら自分が死体になりました、なんてことが実際にあったんだから笑うに笑えない。

　また、これは中世ではなく近世の話だが、マリー・アントワネットの旦那であるルイ十六世がギロチンで処刑された際、その死体から流れる血をハンカチに浸して持ち帰ろうとした奴がいたとか、処刑の際に着ていた服を布片に裁断し記念品として売り出したら飛ぶように売れて、その日のうちに売り切れたとか、死刑に関わる何とも言いようがない逸話が結構あったりする。

　そのぐらい庶民は娯楽がなかったと言えばそうなのだろう。また、別にすべての人が楽しんでいたという訳ではもちろんなく、強要されるものでもない。この世界でもそれは同じで、例えばマゼルが見に行きたがった記憶はないし、リリーも行きたがらない。

　一方で、統治者の視点で見れば需要があるという事実から目を逸《そ》らすわけにもいかないのも確かだ。俺自身、本心を言えば死刑なんかわざわざ見たいものじゃないが、今回は町周辺で暴れていた賊という問題もある。こっそり逃がしたとかの謂《いわ》れのない批判を受けることがないよう、確実に処断する様子を見せなきゃならないし、冷静に執行しておくことが今後役に立つ、はずだ。

「誓約人たちとの顔合わせ前に風呂を借りる。案内してくれ。部下の宿舎への案内と傭兵《ようへい》たちの休息場所を手配するのは任せる」

「は、はっ」

「か、かしこまりました」

合図をしてノイラートとシュンツェル、フレンセン、それに俺と同行して王都から来た文官筆頭のベーンケ卿《きょう》を連れて執務館の中に入る。遠方からの来客用に執務館の中には簡易宿泊施設もあるので、簡単な入浴施設は併設されているのが普通。

俺は若すぎるうえ、武断派のクナープ侯爵とは対抗派閥出身。出身地でもない王都から赴任してきた代官だ。日程が変わったからとかいう理屈をつけた嫌がらせで水風呂のままぐらいはあるかもしれんけど、その程度は想定済み。汲《く》んできた川の水だけで体を拭くのがせいぜいなんてことだって経験がないわけじゃないし。

町の有力者たちに会う前に、旅の埃《ほこり》や戦塵《せんじん》ぐらいは落としておくさ。

◆

汗と汚れを落とし、俺とノイラートやシュンツェル、ベーンケ卿とホルツデッペ卿がぞろぞろと会議室に入ると、室内で待っていたオッサンたちが一斉にこっちに視線を向けて来た。

基本的には値踏みをする視線が多いが、たまに俺が若造と甘く見たのか、マウントをとるつもりで睨《にら》んでくる奴もいる。悪いな、フィノイ大神殿防衛戦の時、軍首脳の前で独断行動の説明をやらされたときに比べればお前さんたちの地位も迫力も足りんよ。第一、王太子殿下お一人の方がはるかに怖いわ。威圧感というかそういうもののレベルが違う。

「まずは挨拶をさせてもらおう。ヴェルナー・ファン・ツェアフェルトだ。アンハイム地方の代官を拝命した。諸卿にはよろしく頼む」

「子爵様、ご着任、おめでとうございます」

一番上座にいる爺《じい》さんが代表して頭を下げて全員が一応それに倣う。ふむ、この爺さんが誓約人の代表ってところか。互いの自己紹介を済ませ、とりあえずジャブから打っておこう。文官たちに合図をして用意してきた似顔絵付きの手配書を全員に配らせる。

「これは」

「見たことがある者もいるだろう。その男がマンゴルトだ」

その声を聴いて再度似顔絵に目を向ける者、こちらを見る者、反応はさまざま。領主本人の顔は忘れるわけにいかなくても、その長男あたりだと忘れているとか見たこともないって奴もいるはずだ。テレビとかもない世界だしな。ひとまず反応は無視して続ける。

ちなみにこの手配書は国の法務関係者に作ってもらったもの。全部手描きだから大変だっただろうと思わなくもないが、それが彼らの仕事だ。俺が描くわけにもいかんし。

「卿らも知っていると思うが、王都では先代侯爵の嫡子であるマンゴルトによってさまざまな騒動が引き起こされた」

「マンゴルト……がこの町にいるとおっしゃいますか」

「そうは言っていない。だが行方不明なのも事実だし、逃げ込むのなら旧クナープ侯爵領だろうと思われているのも確かだ」

言い澱《よど》んだのは呼び捨てにするのはさすがに抵抗があるのだろう。客観的に考えてマンゴルトを庇《かば》いだてする理由も価値もない。だが、前のとはいえ代々の当主一門の人間を呼び捨てにするのはまだ慣れていないというあたりか。こういう古くからの慣習とか前例っていうのは意外と厄介なんだよなあ。

「念のため、町中も含め、もう一度隠れ住んでいないかの調査をしてもらいたい。匿《かくま》うような真似をしている者がいたら、その者も含めて国からの処罰が下ることになる」

国を強調する。『旗の陰から声だけ出す』つまり前の世界で言う虎の威を借る狐《きつね》と同じような言葉だが、そんな感じの印象を持たれても構わない。今回は俺の後ろに国がいるぞ、と印象付けるのが目的だしな。

小声で隣の男と話を始める奴らを見ながら、俺自身、頭の中で状況の再確認を進める。

◆

国から命じられた旧トライオット国境地域のゲザリウスとかいうゲームに登場しない名

前を持つ魔将対策。立場上、まずはこいつを優先的で対応するしかない。

赴任前に不審を抱いたこの世界に関する疑問は確かにあるのだが、どこから調査を始めればいいのかわからないという問題でもある。誰かに相談できるような内容じゃないし、伯爵家にある資料だけで回答が出るような話でもない。

第一、国王陛下から直々にアンハイムへの赴任を命じられているのに、その役目をほっぽり出して疑問があるので調べさせてくださいという訳にもいかない。宮仕えはつらいよ。

それに実際問題として、ゲザリウスという魔将にも気になる点がある。結果論だが、奴《やつ》が魔物暴走《スタンピード》の直後ぐらいに王都でピュックラーの姿を得ていたとすると、かなり長時間、王都で自由に行動していたはず。それだけの時間がありながら、マンゴルトを利用して魔族を王都に誘い入れるだけしかしなかったのか、と考えると何か違和感があった。

一応、ピュックラーの足取りをもう一度洗っておいてくれるように父には頼んであるが、このゲザリウスは早めに対処しておかないとまずい気がして仕方がない。だからあえて他の疑問に一旦蓋をして、魔将対策を最優先で処理することにした。マゼルが魔王と戦うまでには時間的な余裕がある、っていうか王都襲撃イベントの方が先だしな。王都襲撃問題《こっち》は規模が大きすぎて胃が痛い。

一方でこのアンハイム領の問題の方も何というかこんがらがっていて、単純に領だけの問題じゃ済まない可能性が生じている。ゴルディアスの結び目よろしく両断できりゃいいのだが、そうはいかないのが辛《つら》い。だがひとまず領域全体よりこの町の方から対応していかないと。

なにしろ、アンハイムの経済状況が著しく悪化しているという点を考慮しておく必要がある。理由は塩に関する問題だ。

ヴァイン王国は大陸最大の国家なのだが、弱点がないわけでもない。その一つが地理的な問題になる。東、南、西の国境は全て他の国に接しており、海がない。北側だけは海と接しているのだが、北の海から南方までの距離が長い。そもそも国土の中心付近にある王都でさえ海からは遠いぐらいだ。さらに海や海岸には海独自の強力な魔物《モンスター》が出没するため、塩田を作るのも結構な苦労を伴うことになる。

そしてこの世界、不思議と塩塊鉱が少ない。理由はわからん。魔物が出没するせいで未開発地域が多いから見つかっていないのかもしれないし、案外、古代王国時代に掘りつくされでもしたのかもしれない。

それでもヴァイン王国が塩に困らなかったのは、魔物素材のおかげだ。塩蝸牛《ソルトマイマイ》という、前世の大型バイクより大きく、人さえ齧《かじ》り殺すような巨大カタツムリがいる。魔物にしては比較的大人しく、向こうから人間を襲う事はあまりないのだが、こいつの巨大な殻の中にはなぜか塩の塊があるので、地域によってはよく冒険者に討伐依頼が出ていた。どうでもいいが、いくら乱獲しても絶滅することがないというのは魔物ならではだな。

こいつは大陸のどこにでもいるというような魔物ではないが、塩が生活必需品という事もあり、どこの国でも内陸ではこの塩蝸牛の出現地域は調査されている。我が国《ヴァイン》の場合、アンハイムもその出現地域の一つで、ここの塩はクナープ侯爵の重要な資金源だった。ヴァイン国内だけでなく、旧トライオットやザルツナッハの海から遠い町にも輸出されていたほど。

過去形なのは、魔王復活後に魔物の分布が大きく変わったためだ。人間を襲うような危険な魔物が増えた一方、塩蝸牛そのものが山の奥の方まで行かないと見つからなくなったらしい。魔物そのものを探すのが困難になったうえ、討伐そのものも大変になったのだから、塩の入手が困難になるのは避けられない。

さらに輸出先のトライオットは国そのものが壊滅してしまい、西のザルツナッハは王都付近の守りを固めているが、国境沿いの地方まで街道の安全を管理できるほどではない。結果として一番売れていた商品は量が揃《そろ》わず、取引先そのものも消滅、もしくは輸送が困難となった現在、アンハイムという町の経済そのものが停滞してしまっているというわけだ。代官としては頭が痛い。

◆

町の統治という点に思考を向ける。この世界、町単位での統治システムを見ると前世中世と似た所と違う所がある。似た所の代表はこの誓約人会だ。代官である俺が町長だとすると、誓約人会ってのは民主的に選ばれたわけじゃないが町議会だと思っていい。

荒っぽく例えると、ギルドを企業みたいなものだとする。ギルド長は社長になる。普段ギルド長は社長として自分の会社であるギルドの売り上げを伸ばし利益を出そうとしているわけだ。

そのギルド長が集まる組織が誓約人会。社長の集まる経済団体みたいなものだと思ってもいい。その経済団体が同時に議会を兼ねるのが中世での町政だ。所属組織を代表して王に忠誠を誓約する人間の集団だから誓約人会と呼ばれる。

例えば、町の近くの橋が老朽化したので直してほしい、という要望が町民から誓約人会に上がると、代官を含めてその必要性の是非、町予算からどれだけ出すのか、工事費用として臨時税をどの程度集めるかなどを誓約人会で議論することになるわけだ。ちなみにこの場合の臨時税ってのは金銭じゃなくて労働力である事の方が多い。

この誓約人会の構成員が数人ずつで複数の委員会を組織し、委員として税収管理や財務会計の管理、裁判なんかをこなすことになる。暴行事件が起きた場合、誓約人から二人、役人四人が裁判官として裁判委員会を開き、裁判を行うという感じだな。

都市役人は誓約人たちで構成された委員会の下部組織として実務を行う立場。中間管理職ともいえる。その他、町出身の人間で構成されている警備隊の隊長も誓約人会に所属するのが普通。前世でいう所の警察機構も兼ねているから当然か。王都とかならもっと制度がしっかりしているのだが、地方都市だとだいたいこんなもんだ。

誓約人会の規模は町それぞれだし、町の雰囲気も会の構成員から想像がつく。例えば鉱山が近くにある町なら鉱石ギルドの代表がいる、鉱石に縁のないような酪農業が中心地域の町だと鉱石ギルドの人間はいないとか。

いかにもこの世界らしいなと思うのは、どこの町でも誓約人会に冒険者ギルドのギルド長がいる事だろう。当然だが前世の中世には冒険者ギルドと呼ばれる組織はない。

前世のラノベなんかで冒険者ギルド長って普段は何をやっているのか疑問だったが、冒険者から宿が汚いと苦情が来たと旅亭ギルドに伝えるとか、薬師《くすし》ギルドから薬草採取依頼をもっと目立つようにしてくれとかの要望をやり取りするのも仕事だったらしい。

時には冒険者が迷惑をかけた相手のギルドに謝罪に行くような事もあるだろうな。商隊の護衛に失敗した、だと商業ギルドの構成人にも被害が出ていることになる。謝罪をしつつ冒険者ギルドの評判と損害を最低限度に抑える必要もあるなど、ギルド長には誓約人会の組織内部における政治力も必要という訳だ。

しかし、冒険者ギルドのギルド長が誓約人会の徴税委員会の一人として、町の周囲にある農村から税金集めているとか、あり得るはずなのだがあんまり想像できんなあ。

同様に前世と違うのは教会の立場だ。前世だと町には複数の教会があった。日曜礼拝の度に全町民が一つの教会に集まるわけにもいかんというのもあるが、イエズス会とかドミニコ会とかの会派があったからな。誓約人会にもそれが反映されていて、だいたい各教会のトップが全員、誓約人会に席があった。だから前世の場合は宗教関係者が誓約人会に複数いる事が珍しくない。

だがこの世界、教会は統一されている。内部では最高司祭派とそれ以外の有力者派とかの派閥抗争をガチガチやっているらしいが、少なくとも外向きには教会勢力は一枚岩だ。

しかも、だいたい町に教会は一つしかない。この辺りは変にゲーム準拠で困る。そのため、誓約人会に宗教関係者は教会長一人しかいないのがこの世界では普通。

もっとも、病気や怪我《けが》でもお世話になる教会だ。医療責任者と信仰責任者を一人で抱えている分、前世より発言力はあるかもしれん。俺に対してはせめて中立ぐらいであって欲しい。

ただ、それはそれとしてどうにも腑《ふ》に落ちない……というか、漠然とした違和感がある。それはさっきこの館の中を軽く確認した時から色濃くなっていて、この点もそのうち調べておく必要があるような気がするのだが、今はそれも先送りだ。

だいたい敵幹部、しかもゲームに登場しないという事前情報が皆無の魔将対策だけで頭がパンクしそうだよ、ほんと。フィノイの時に見たベリウレスと同等の相手を、勇者《マゼル》がいない状況で騎士団到着までどうにか耐えろっていうのだから、考えてみればひどい無茶ぶりをされている気がする。

「ところで、賊の集団をいくつか排除したと伺いました」

「やれることは先に済ませる方がいいだろうからな」

「商業ギルドとしては治安回復のお働きに御礼申し上げます。首謀者は処刑するとのことですが」

「ああ。それ以外は労働民扱いとする」

呼びかけられたので思考を中止して応じる。労働民っていうのは控えめな表現だが、要するにこの世界における強制労働をさせられる犯罪者だ。王都近郊ではなく地方での運用になる。

地方には牢獄《ろうごく》はあっても受刑者を長期間入れておく監獄などの施設もなければ、それを監視する余分な人員も足りない。かといって前世と違い、罪人を護送するだけでも手間暇がかかるから、よっぽどの罪でなければ現地でどうにかしろという考え方になる。

その結果、町にある牢に長時間放り込んでおくか、足かせを付けて労働させるかのどっちかになってしまうのは必然ともいえるな。何事も人力でやることが必要な世界だから、処刑などの形で処分してしまうには労働力として惜しいという散文的だが深刻な理由もある。

この世界、奴隷の扱いは比較的軽い。自分からやると言った場合は別にして、奴隷に重労働をさせることはあまりないぐらいだ。逆に労働民という立場の方が前世の奴隷イメージに近いだろう。

とはいえ、働き次第では解放されることも多いから、奴隷と言うより懲役刑中の罪人と表現する方がより近いだろうか。鉱山の労働者とかは国が管理監督する規模の罪人がやることになるから、各地で対応する労働民はそれよりは軽い扱いということになる。

ただ、楽かどうかは別。やらされる作業によっては寿命が縮むこともある。魔王復活前にも魔物《モンスター》は出没していたのだから、武器を持たずに町の外での労働に長時間従事すること自体が一種の処罰だといってもいい。

ちなみに労働民には何年ぐらいで解放されるかとかの法的な決まりはない。誓約人が構成する懲罰委員会で〝あいつはもういいだろう〟と許可が出ると自由になる。先に懲役を決めないのはいつまでたっても反省しない奴を社会に戻さないという意味では有効かもしれん。そのほかに国王の恩赦や代官が解放した例もあるが、基本的には誓約人会の意向は無視できないことが多い。それも平時の話だが。

「その、労働民の配分はどのように？」

「卿《けい》らに任せる」

「それはそれは……」

そう応じると探るような視線と同時に感謝の視線も向けられる。露骨なことをいえば、労働民という存在は食費以外、ただ働きをさせてもよい労働力だ。欲しがるギルドも多い。地方都市での傾向によっては、労働力確保のためだけに誓約人会が警備隊を動かすことさえある。前世のラノベで主人公に捕縛された山賊とかって、こういう町の外での危険な業務に従事させられたりしていたのかもしれない。

ただ、誓約人会で討伐を決定した場合なら、捕虜にした人数比でギルド間での配分が先に決まっていることも多いが、今回の討伐は俺の独断でやった。町の予算を使わなかった以上、代官権限で好きなように分配することもできるのだが、今回はあえて丸投げする。

「町政に関してはまだ判《わか》らないことも多い。会で相談して優先順位の高い順に資料を持ってきてもらいたい。順に確認しよう」

今度は舌打ちしそうなやつが何人かいる。俺が事情のわからないうちに何か代官の許可を受けようと考えていたのだろう。だが誓約人会を経由して持ってこいと言った以上、自分のギルドにだけ都合のいい話をこっそり持ち込むわけにはいかなくなったわけだ。しかし本当に油断も隙もないな。

「アンハイム地方の領政に関する資料を確認したい。ひとまずここでこの会議は終わらせたいが、急ぎの用件は何かあるか？」

「いえ、なにもございません。子爵様のご配慮に感謝申し上げます」

一番偉そうな爺《じい》さんが頭を下げたところで顔合わせはここまで。俺も頷《うなず》いて執務室に戻ることにする。向こうが様子見していたのもあるだろうが、ひとまずはこっちに都合よく進んだな。第一ラウンドは優勢勝ちってあたりか。

若造に世間を教えてやる、とかいう相手の巻き返しが始まるまでに次の手を打ってしまおう。

◆

一度ホルツデッペ卿《きょう》と別れてもう一度建物の中を軽く見回ってから執務室に戻ると、中で資料に目を通していたフレンセンが立ち上がって礼をしてきた。今更堅苦しい礼儀なんぞいらんのでさっさと確認に入る。

「で、どうだ」

「やはり難民の扱いに苦慮していた様子がうかがえます」

「だよなあ」

執務席に座りほっと一息。推理系とかサスペンス系映画だったら盗聴器を気にしないといけないタイミングだよな、と馬鹿なことを考えてしまうのは気が抜けた証拠かもしれない。そんな魔法はないから大丈夫、なはず。

あったとしてもこんなところに使える奴《やつ》はいないか。皮肉や嫌みじゃなく地方都市だからな。まったく、なんでこんなところに赴任させられたんだか。父の言った覚悟しておけというのが今更ながら思い出される。

茶が欲しいな。リリーがいればなとちょっと思ってしまった。

赴任前にはリリー本人からも身の回りの世話をする役としてついていけないかと問われたのだが、実際問題としてハルティング一家には勇者に対する人質という一面がある以上、リリーを連れて来ることができるはずもない。本人にそうは言えないけど。

それに安全面の問題もある。王都襲撃イベントに関しての危険はもちろんあるのだが、今の王都にはゲームと異なり騎士団が健在だ。まだイベントも始まらないはずだし、現時点では王都の安全性は高い。

一方の俺が派遣されたここは決して精鋭とはいえない戦力、守りに向いていない地形、人心も安定しているとはいえない状況で魔将《ゲザリウス》相手の籠城戦が想定されている。はっきり言ってこっちの方《アンハイム》がよほど危ない。という訳で諦めてもらった。

聞き分け良く納得してくれたものの、垂れている子犬の尻尾を幻視するぐらいしょんぼりされてしまったので、こっちが悪いことをしている気分になってしまったのは嘘《うそ》でもなんでもない。安全なところにいてくれる方が俺も安心だからと納得しておく。

「書庫はあったか？」

「ありましたが、領政に関する資料や裁判記録などがほとんどかと思われました」

「まあそうか」

一応確認はしておいてもらったが、クナープ侯爵の本領でもないし、私的な資料なんかが残っているはずもないか。やはり地方で得られる情報はたかが知れている。となると、自然災害に関する疑問を調べるためにも、どうあっても王都に戻る必要があるな。王都に戻らざるを得ないような手をもう一手ぐらい打つ必要がある。

そんなことを考えていると筆頭補佐役のベーンケ卿が口を開いた。

「会議の方はあれでよろしかったのですか？」

「ああ、賊がどのように配分されたのかは後で確認しておいてくれ。どこが一番多くの人数を連れて行ったかとか、面倒な奴がどこに押し付けられたかとかもな」

「承知いたしました」

ギルド間の力関係が見たい。もちろんこの一件だけで全部がわかるとは思えないけど。それに、町に付随する周辺村落との力関係がまだわからんし。

◆

「領政に関してですが」

「まず周辺村落の安全確認を進めてくれ」

ベーンケ卿が更に言葉を継いだので少し考えてからそれだけ応じる。

都市に対する周辺村落には大きく分けて二種類ある。一つは自然発生的に存在していて、城壁のある町に庇護《ひご》を求めるようになった場合。前世の中世だと賊とか異民族襲撃からの避難が目的だったが、この世界での主要な理由は近隣国の襲撃や魔物《モンスター》から民を守るためというのが違いか。

この場合、村長の権限が結構強く、村長が誓約人会に在籍している事も珍しくない。町の側も向こうから近づいて来たから無下にできないっていう面もあるしな。大体において、村の生産物の余剰品を優先的に町に売りに来る代わりに非常時には町の庇護を求める、という形になっている。

もう一つは逆に町の住人が開発、開墾した場合。住人の次男坊、三男坊あたりの男手で仕事がなくなった人間たちが外に出て開発、開墾を行った場合とかだ。こっちは開発の初期費用が町から出ている分、事実上町に従属している。

とはいえ農村イコール労働力という一面がある以上、町との関係が複雑であることも多くて、文字通りその関係は千差万別。日本の戦国時代、農村が自衛力を持っていたように、この世界でも農民が団結して武装蜂起をちらつかせつつ訴え出ることもある。現地で精査しないといけない部分だ。

「町政はひとまず誓約人会を通す形でかまわない。領全体は治安を安定させてからだな。王都から連れてきた役人たちに侯爵領だった頃の問題点を洗い出させておいてくれ」

「解《わか》りました。町政は大きく変更させない方向でよろしいのですかな」

「俺の立場はあくまでも陛下の代官だからな。問題は改善するが独断で大規模に変えるわけにもいかないさ」

「さようですな」

ベーンケ卿が納得したように頷いた。いや、当然の事だろ。今、この人さりげなく俺の独立心とかさぐらなかったか。

それに魔将の問題を解決したら早めに王都に戻りたいし。ここを大きく改革するような時間はない。地方の問題を研究しておいてそのうち伯爵領で応用するぐらいはさせてもらうつもりだが。

「ヴェルナー様、ホルツデッペ卿とケステン卿、ゲッケ卿が参られました」

「通してくれ」

フレンセンがノックに応じて来客を確認してくれたので入室を許可する。現時点でのアンハイム代官としての幕僚団がこれで勢ぞろいだ。

もっとも立場はそれぞれで、有名な傭兵《ようへい》団団長のゲッケさんは俺を評価してくれているみたいだが、一応は金銭絡みの関係だ。無理は言えない。むしろ半年の長期契約をよく受けてくれたと思う。

傭兵団は総勢六〇名ほどで、経理担当や治療担当、料理人までいる。ゲッケさんと団員の実力も含め、完全に遊撃兵力として動かせるだけに今の俺にとってありがたい存在だ。俺に雇われる立場になったので人前では卿で呼ぶようにしている。本人は無表情なのでどう思っているかわからんが。

なおアンハイム代官としてゲッケさんの傭兵団を雇う費用は国に請求した。図々《ずうずう》しいともいえるが、俺にしてみれば評判が下がるぐらいの方が都合もいいので、むしろ躊躇《ちゆうちよ》なく請求している。父には渋い表情をされたが、理由を説明して一応の納得はしてもらった。

ホルツデッペ卿は国からの代官付き将兵の代表。この世界では配属将という言い方をされる。

古くからの貴族家当主が代官に任命された場合は自前の騎士団を連れて行けるだろうが、今回の俺みたいに抜擢《ばつてき》された場合とかは直属兵力がない。だが代官としての面子《メンツ》、というか外見を飾れないぐらいだと国の面子にも関わる。したがって国から格好をつけるための兵力はどんな人物であっても貸し出してもらえるわけだ。もっともこの脳筋世界なので、それなりに戦える人員であることは確認済み。山賊討伐にも参戦してもらっているし。

国の指示で俺の指揮下に入ったホルツデッペ卿は魔将の件も知っているはずだが、その配下の騎士や兵士たちは知らないかもしれない。今のうちに信頼を積んでおかないとな。

ケステン卿は多分父より年上で、セイファート将爵がよこしてくれた兵を教育するための教官役。

とはいえこの人、引退している年齢らしいが、がっしりした体つきとか間違いなく現役クラスだろ。戦ったら俺の方が負けそう。恐らく別動隊指揮官を任せられるのはこの人だ。将爵もその辺まで考えているのだろうと思う。将爵から何か言われているのだろうが、最初から俺に好意的なのも助かる。ケステン卿以外にも五人ほど教官役を将爵から借りているが、この人が教官役のトップ。

文官代表というか事実上の副代官とでもいうべきベーンケ卿は実際の所よくわからん。父経由で俺に配属された、顎髭《あごひげ》が立派なオジサマでございます。見た目は父よりは若そうだが、四十代後半以上なのは間違いない。

セイファート将爵も納得しているという事で受け入れたのだが、以前にどこに配属されていたのか、ちょっと調べたけどわからなかったんだよな。まあ父と将爵が認めているのなら、俺の足を引っ張る側ではないだろう。監視要員ではあるかもしれんが、見られて困る立場でもない。むしろ仕事を振りまくるから覚悟してほしい。

ノイラートとシュンツェル、フレンセンは俺の直属として今回も同行してもらった。微妙に貧乏籤《びんぼうくじ》かもしれんが。今後も含めていろいろな。

「皆、ご苦労。直近には別の事をやってもらうとして、短期的な業務目的をそれぞれ確認してもらいたい。まずゲッケ卿には周辺の地形を確認しておいてほしい。ついでで魔物《モンスター》を狩った場合、素材は買い取るから遠慮なくやってくれ」

「承知。冒険者たちとは棲《す》み分けするように気を付けよう」

「助かる。ベーンケ卿はしばらく政務の補佐を頼む。今の俺には町の統治と領政、両方は手に余る」

「そのようなことを正直に言ってよいのですか」

「飾っても仕方がない」

事実だし。俺以外の人ができることはなるべく丸投げする。優先順位の問題ともいう。必ず来るだろう魔将対策が最優先だからな。

「ホルツデッペ卿は町の治安維持も兼ねて警備隊や住民との関係を作ってくれ。言っておくが代官直属だからと傲慢な態度をしていたら処罰するぞ。徹底させておけ」

「はっ」

「ケステン卿、卿《けい》は町の住人や難民の中から役に立ちそうな人を見繕っておいてくれ。近いうちに正式に支援隊を発足させる」

「了解しましたが、町の仕事をしている人物を引き抜いてもよろしいのですかな」

「かまわない。兵力確保が優先だ。いきなり三つも小集団が潰された賊たちがどう動くかを考えれば兵力増強の必要がある」

という名目で周辺の難民や希望者から兵士を募る。実際は魔将対策の兵力だが、まさかそんなことを口に出すわけにもいかない。元難民とか元貧民窟《スラム》の人間でもいいから、ある程度訓練された兵が必要だ。

この世界に人権思想はない。難民を便利使いできる労働力扱いしている組織や個人も多いだろう。難民の立場なんてそんなもの。だが別に犯罪者ではないのだから、俺が引き抜いたって文句を言われる筋合いはない。不満はあるだろうが引き抜かれない対応をしておかなかった方が悪いと割り切る。

「それと、狩人《ハンター》と遊牧や放牧が盛んな村のリストが欲しい。フレンセン、頼めるか」

「はっ、承知いたしました」

俺の指示にケステン卿《きょう》やホルツデッペ卿が頷《うなず》いている。この指示だけで何を意味しているのかを理解するのはさすがだな。

これはこの世界ならではという事になるだろうが、村や町に家を持ちながら森で狩人になるほか、放牧業に携わっているのは一線を退いた冒険者や傭兵であることが多い。負傷しての引退とかではなく、大成功と言える結果を得ないまま中年を過ぎ、旅や冒険を続ける事に疲れたとか、家庭を持つことになっての引退の場合だ。

町の外に魔物《モンスター》が出没するのだから、牧草地で育成する家畜たちを守るためには猟犬だけでは心もとなく、魔物と戦った経験がある人間の方がいいに決まっている。また冒険者や傭兵の方も、今まで魔物を狩っているような生活をしていた人間が急に鍬《くわ》に持ち換えて農業ができるかというと難しい。農業というものも立派な専門職なので、そのノウハウがないとどうにもならないからだ。

そもそも、どこかの家に結婚して入居ならともかく、荒れ地の開墾から始めたのでは食えるようになるまでどれだけ時間がかかるかわからない。農業は町や都市に住んでいる人間が想像する以上に労働力が必要で時間もかかる代物だ。

結果、引退した冒険者や傭兵は狩人になるか、家と畑ではなく家と家畜を買い、放牧や牧畜業をメインに第二の人生を歩み始めることが多い。魔物が家畜を襲ってきたときには以前の経験が生かせるし、魔物素材という臨時収入が手に入る事さえあるしな。

そういった引退冒険者や引退傭兵が各地で新たに狩りや放牧、牧畜に携わるようになるため、この世界では食肉の流通量が少なくなく、肉も前世の中世と比べれば比較的手軽に入手できる。冷凍・冷蔵施設がないという事もあり、人口が多く既に耕作地が広がっている王都などの大きな都市の周辺よりも、放牧に使える土地が広がっている地方のほうが肉を入手しやすいぐらいだ。

その結果、地方に行くほど運動量が多くて肉を食う機会もあるためか、前世よりも体格のいい人間が多く生活していることになる。そして今度はそういう力自慢が一発当てるために冒険者を目指し旅に出る、という一風変わった人口流動が発生。一方で大成しなかった冒険者が引退して狩人《ハンター》や牧畜業になり、家畜の生産者が増えるという話になるわけだ。

こういうファンタジー世界で飢餓や飢饉《ききん》の描写が少ないのって、魔物肉《モンスター》が食えるという事情のほかにも、放牧畜産に関わる人が多くなるというあたりにも理由があったのかもしれない。

それはともかく、そういった元冒険者や傭兵経験者は俺からすれば予備戦力に近い。魔物や魔軍との戦いともなれば経験者の存在は貴重だし、彼らも相手が魔物では妥協の余地がない事は理解しているはずだ。いざという時のアンハイム防衛戦では彼らの生活保障を約束したり、生活再建の予算をつけたりするかわりに、城壁の上から弓や投石などで戦ってもらう事を想定している。そのためにはある程度のリストを作っておきたい。

そんな事を考えながら一息ついていると、フレンセンが口を開いた。

「ところでヴェルナー様、ヴェルナー様が戻られる前に来た役人からの伝言です。町の有力者たちが彼ら主催で着任の宴《うたげ》を開くと申し出てきておりますが」

早速来ましたか。

◆

その日の夜に開催された宴では、誓約人会の面々の対応は見事に分かれていて面白いぐらいだった。大きく分けると〝腐っても伯爵家の息子だし顔を繋《つな》いでおこう〟派、〝さっさと王都に戻ってくれないかな〟派、〝若造を利用してやろう〟派の三派だ。最初から好意的という人間もいないわけではないが、全体としては少数。

若僧を利用してやろう派の中には「伯爵家嫡子に娘が手籠《てご》めにされた」という形式を作ろうとした奴《やつ》もいて、父親がやたらと俺に酒を勧め、宴が開催されている間に娘が領主館の俺の寝室に忍び込もうとしていた。予想していたのでケステン卿に俺の寝室に待機していてもらい、宴が終わる前の時間にその場で捕縛してもらったが。

ちなみに俺はその日は領主館に戻らずに、ゲッケさんの傭兵団に混じって町に繰り出し、その後もあえて領主館に戻らず傭兵たちと一緒に遠征用の天幕《テント》で一泊していたので何も起きていない。

ケステン卿が捕縛した娘がやったことは領主館への無断侵入、しかも現行犯である。予想していたのであらかじめ若い女の子でも躊躇なく牢獄《ろうごく》に叩《たた》き込むよう指示を出しておいた。さすがに別の牢にはしたが、隣や向かいに山賊が捕まったままの牢獄だ。一晩中喚《わめ》いたり怒鳴ったりする山賊の声に囲まれていただろうから、生きた心地はしなかったかもしれない。

翌朝、俺が館に戻り朝食後にいくつか仕事を始めていると、その娘の父親がのこのこと顔を出してきた。娘の〝暴走〟を謝罪に来たとの事。誓約人会の一人という事もあって一と聞いたら蒼白《そうはく》になっていた。なんせ最初に出したのは山賊の処刑命令だからな。
応面会したが、世辞を聞き流してから俺が最初にアンハイムで出した指示を知っているか、

この日は結局、罪は罪だと父親を追い返し、山賊どもの絞首刑が終わってから侵入は罪だが被害者はいなかった、という事で罰金刑にすることに内心で決定。あの娘にはもう数日牢内で過ごしてもらおう。罰金刑とはいえ結構な金額になる上、法的には罪人となった娘が嫁ぐ先を探すのは大変だろうが俺は知らん。

なお、娘の父親から金品を受け取って館への侵入を手引きしていた領主館の使用人は館の正門に鎖で縛りつけておくよう指示を出した。ちょっとした晒《さら》しものだな。

「というか、何が『一目ぼれした娘の乙女心をご理解ください』だ。馬鹿にしやがって」

「情に訴えるのはよくある事かと思います」

不愉快な顔を思い出し思わず愚痴を口にしていると、フレンセンがそんな事を言ってきた。とりあえず言葉を打ち返しておく。

「馬鹿馬鹿しい。そんなまじまじと顔を見られた記憶はないぞ」

学園でも女生徒からそんな目で見られた記憶はないし。俺よりもマゼルの方に圧倒的な人気があったというのが現実だ。伯爵家嫡子の俺に対して下心むき出しの相手なんぞしている暇はないので、無視しまくっていたというのもあるが。

俺の声が不機嫌な雰囲気を纏《まと》っていたのに気が付いたのだろう、フレンセンが急に話を

変えた。

「ところで、昨夜はどちらに?」

「着任の当日が一番話題になるからな。昨日の酒場や町での噂話《うわさばなし》は俺一色だったぞ」

俺の場合、兜《かぶと》で顔だけ隠しておき、あとは見た目の印象が強いらしいこの髪の毛だけ隠せばある程度誤魔化しがきく。顔が良すぎるマゼルだとこうはいかんだろうな。

見た目の年齢的にもおかしくないという事も利用し、昨夜は傭兵《ようへい》の一人、というより傭兵団の雑用みたいな格好であちこちの店や酒場で噂を聞いて回って過ごした。貴族が自分でやるなと言われるところだろうが、自分の耳で確認したかったっていうのがある。

「あまりお一人で歩き回られても困るのですが」

「言いたいことはわかる。すまなかったな」

一人で歩き回っても大丈夫な治安かどうかさえ分からなかったのは確かだ。一方で、犯罪組織であっても代官着任の当日ぐらいは大人しくしているだろうという確信に近いものもあった。着任当日に問題を起こして俺の面子《メンツ》を潰せば、いきなり賊の死刑を命じる代官との関係が悪化する。だからそういう奴らがいたとしても最初は様子見をしてくるだろうと判断していたのだが、心配させたことも事実。謝罪が軽くなったのは許してもらおう。

なお、この世界では貴族階級であっても自分一人や少数の供だけで出歩く人間は決して少なくない。それどころか、その程度の事もできないのは臆病で貴族らしからぬといわれる事さえある。これもゲーム世界のせいなのか、それとも脳筋世界の一面なのかの判断にはちょっと悩む。

そんな事を考えながら昨日に確認しきれなかった直近の町政資料に目を通していると、朝食の間に呼んでおいたホルツデッペ卿とベーンケ卿、それにゲッケさんが到着。早速入ってもらう。

「様子はどうだ」

ホルツデッペ卿やゲッケさんにそう聞いたのは町の様子という意味ではなく、俺の率いてきた騎士や兵士の方だ。彼らがこれから生活をする宿舎がいつ頃建築されたのか、どのぐらいの頻度で修繕されていたのか、内装は大丈夫か、などは現地で確認する必要がある。残念ながら雨漏りを放置して修繕の費用を懐に入れる代官なんかもいないわけじゃない。もし住むこともできないような状況だったりしたら宿泊のための手配が必要になる。

「特に問題はなさそうです」

「そりゃよかった。体調不良者が出た場合は早めに報告を頼む。傭兵の方は」

「交代で町の宿に宿泊させている。その分の予算は代官持ちでいいのだな」

「ああ。宿泊施設に関してはもうしばらく待ってくれ」

着任前にはほかの方法を想定していたのだが、別のあてができたからな。そのあたりを全員で確認しておきたい。その後に山賊たちに同行させられていた女性や子供の件を確認し、一息をついてから口を開く。

「次に、直近の仕事をやることにしよう」

それだけを口にしたが、部屋にいる全員の表情が改まった。その表情を確認しながら執務机から来客用の広いテーブルの方に移動し、フレンセンに町の地図を持って来させて机の上に広げる。

「どこになる？」

「ここです。ここに塩塊ギルド所有の建物があります」

問われたフレンセンが東門に近い所にある大きな建物の上に指を置く。このまち《アンハイム》の特産品であった塩塊を扱うギルドは商業ギルドから独立しているほど盛況だった。それどころか、大して大きくもない町であるにもかかわらず複数の施設まであるのだから恐れ入る。

贅沢《ぜいたく》ができたのは過去形だが。塩の入手量が減り販売するルートも大きく弱体化した現在、別の金稼ぎの方法に目を付けた、というわけだ。

山賊退治に同行していなかったため、事情を詳しく知らないベーンケ卿が口を開いた。

「ここにその、問題の難民だけでなく領民の一部までを食い物にしている輩《やから》がいるという訳ですか」

「そうらしい」

フレンセンが用意してくれていた最近の町政に関する資料をざっと確認しながら、説明のために口を開く。

「大規模な集団という形ではなくなったとはいえ、今でも旧トライオット王国方面からの難民がこの町にたどり着くことがよくあるようだ。むしろ数日間に数人、という形で断続的に来ていたので、事務処理が追いつかなくなっていた様子がある」

「その対応を塩塊ギルドが担当していたという事でしょうか」

「近いが少し違う」

確認のためという口調でベーンケ卿《きょう》が質問してきたのに対し、賊と同行していた、というよりも賊に同行させられていた女性たちから聞いた状況を説明する。

なにせ魔軍に国が滅ぼされ、魔物《モンスター》が昼間から街道を闊歩《かっぽ》するような地域になってしまった旧トライオットから難民が逃亡してくるのは仕方がない。だが、新クナープ侯はヴェリーザ砦《とりで》で半壊してしまった家騎士団の再建が忙しく、アンハイム地方などの地域の治安維持などは代官まかせにしていたらしい。

そして代官も代官で厄介な仕事を誓約人会に丸投げしてしまい、担当となった男が塩塊ギルドのギルド長……ではなく、その弟。問題はそいつだ。前世でも町の有力者なんかの中にはたまにいるが、中途半端に権限を持ったせいで勘違いしてしまったらしい。

「そのギルド長の弟にあたる男の評判が悪い。というか、犯罪者だな」

その男は難民や近隣の村人などの領民に新しい仕事を用意してやる、という形で声をかけ、その代わりに労働力を提供しろという名目で、山奥の方に出現地域が変化した塩蝸牛《ソルトマイマイ》の討伐に同行させていた。

魔物《モンスター》と直接戦うのは冒険者や傭兵にやらせるにしても、手に入れた塩の塊を持ち帰るのにどうしても人手が必要なのはわかる。だから、かなり安値で働かせていたとしてもそこまではまあいい。確かに母国から逃げてきた人たちに代金を払えというのも無理な話だし、村民にとっても魔物の出現状況が変わり、更に賊まで出没するようになった現在、収入のための労働というのは必要だ。そこまでなら俺も書面での注意程度で済ませただろう。

「難民や村の住民の中から力仕事のできる男手をわざと遠くに連れて行き、その間に妻や娘を拉致して乱暴を働いていたようだ。運よくその後に解放してもらえた人もいるが」

話を知っていたにもかかわらずノイラートやシュンツェルたちが不愉快そうな表情を浮かべた。傭兵のゲッケさんは表情を変えていないが、内心はわからん。

「も、という事は他にも？」

「解放された人間だけではなく、行方不明者も出ている。その弟や取り巻き連中は『家族を捨てて逃げたんだろう』などと惚《とぼ》けているが」

ベーンケ卿の疑問にそう応じる。口を開いたのはケステン卿だ。この人も表情は変えていないが、視線は鋭くなっているな。セイファート将爵の推薦でここにいるぐらいだから、そういう行為を好むとは思えんし。

「事実は違うと」

「そもそも逃げてどこに行くって話だ」

周囲に魔物がうろついているのに武器も持たない人間、まして子供の場合、逃げ出したってどうにもならない。

「奴らは拉致した女性や子供の一部を賊に引き渡していた。賊どもはそういった人たちを自分たちに同行させる。身の回りの世話をさせるためじゃなく、自分たちが魔物に襲われた際、置き去りにして囮《おとり》にするためだ」

賊退治の後、同行させられていた女性たちから確認した話だ。申し訳ない話だが、その時は本気で怒りを抑えきれずに、逆に話を聞いていた女性たちを怖がらせてしまった。

もともと気になっていた。地図を作成する調査の際に、冒険者たちからの情報として賊の被害を被った村や商業ギルド関係者がいたが、塩塊ギルドの人間が賊に襲われたという噂を聞いた事がないということだ。その回答がこれ。塩塊ギルド長の弟は盗賊団に魔物対策用の〝生餌〟を用意する代わりに、塩塊ギルド関係者は襲わない、というような密約を交わしていたのだろう。

と同時に、ゲーム中で魔物が出没するフィールドでなぜか山賊が無事だった理由もこれになるのだろう。家畜であったり拉致してきた人間だったりしたようだが、山賊どもはそういう囮を魔物に襲わせ、その間に逃げる形で自分たちの安全だけは確保していたわけだ。

吐き気をもよおす邪悪って奴《やつ》だな。

「それで、いかがなさいますか」

「代官着任直後だ、むこうも様子見をしているだろう。自分たちが賊に渡した生き証人がこっちにいるという事に気づかれないうちに先手を打つ」

短くそれだけ応じる。この世界には人権という考え方はないから、難民の家族なんかどうなっても関係ないと考える奴もいるだろう。だが、犯罪を放置している統治者が評価されるなんてことは古今東西どころか異世界だってあり得ない。まして賊と裏でつながっている奴なんか放置できるはずもない。

というのが理屈になるが、感情論で言えばそんな外道どもを許しておけるかという話だ。魔物《モンスター》が囮を襲っている間に自分たちだけは逃げ出す、そのために戦う力のない人間を利用する輩なんぞ許す気はない。山賊どもも含め、今度はお前たちが襲われ利用される番だ。

「ノイラートとシュンツェル、ゲッケ卿は傭兵団のうち実働部隊を連れて同行してもらう。ホルツデッペ卿は代官直属の兵を率いて周辺の治安維持と交通整理」

「交通整理、ですか」

「裏から逃げ出す奴を捕縛するのが一点、それに誓約人の弟が首謀者だ。町の警備隊にも賄賂が渡っている可能性がある。鎮圧が終わるまで警備隊も近づけさせるな」

そう説明するとホルツデッペ卿も納得したように頷《うなず》いた。

「承知いたしました」

「ケステン卿はここの警備担当、ベーンケ卿は留守番を頼む」

「はっ」

「当日は以前の王都で魔族を処理した王太子殿下の真似《まね》をさせてもらおう。それまでに各自は町の道や建物の位置関係がどうなっているのかを確認しておいてくれ」

「かしこまりました」

誓約人会のキツネやタヌキの前に、町に巣食うネズミから駆除させてもらう。

◆

着任から三日後、宣言通りに山賊の主だった者たちを処刑する。騎士や兵士、傭兵団の人間まで完全武装させ、周囲を警備させての処刑だ。それでも町の住人が集まり喚声が上がったのは、少なからず治安維持の面での不安もあったという事だろう。

この世界においての刑罰の目的は個人に対する制裁や罰則ではなく、社会秩序の維持と治安回復という面の方が大きい。前世風に言うのであれば犯罪予備軍に対する見せしめが主目的であるとさえいえる。このあたりは前世の中世によく似ているが、前世の俺の感覚とは少々異なるので、微妙な違和感があるのも事実。その差を理解しておかないと目的がずれてしまいそうになるから気をつけないといけない。

代官立ち合いのもとで山賊どもの処刑を終え、全員が完全装備のまま問題の塩塊ギルドが使っている倉庫兼居住施設に移動。通行中に町の人たちが疑問半分、不安半分という表情を浮かべて見てきているが、今の所、邪魔をしようという動きはない。

少し歩き、見えて来た問題の建物は遠目に見てもそれなりの大きさがある。名目的には塩の倉庫も兼ねているらしいが、門も大きいな。とはいえ、地方の町にある大きめの建物というレベルではあるが。

武装集団が近づいてきたせいか、相手側も警戒感が凄《すご》い。門の外にいる門番というか用心棒二人なんかこっちを睨《にら》みつけているし。この集団を前にその態度が取れるってあたり、随分と騒動慣れしているな。

「代官に着任したヴェルナー・ファン・ツェアフェルトだ。館の主《あるじ》に用がある」

「代官が何の用だ！」

うむ、見事なまでに喧嘩腰《けんかごし》。こっちも臨戦態勢だから間違ってはいないか。ひとまず殺気を隠し、シュンツェルが相手の暴言を咎《とが》めようとしているのを控えさせつつ、代官らしい口調を作って高圧的に応じた。

「我々は王都からアンハイムまでの道中で多数の魔物《モンスター》を狩ってきている」

「は？」

俺の台詞《せりふ》に門番が面食らった表情を浮かべている。そりゃそうだろう、塩塊ギルドとはまったく無関係の話だからな。

「確保した魔物素材の量が多すぎて邪魔になり保管場所を探している。ここの建物はだいぶ敷地に余裕がありそうだ。責任者と話をしたい。ここに連れてきてもいいし、俺が中に入ってもいいが、とにかく話をさせろ」

そう聞かされた門番は顔を見合わせ戸惑っていたが、自分たちと直接関係ない事だと判断し、緊張が薄れたのだろう。頷き合って一人が口を開く。

「ここで少し待て」

「代官に向かって言う台詞じゃないな」

「……少しお待ちください」

俺の嫌みに歯ぎしりでもしそうな表情を浮かべ、一人が通用口の方に向かった。腹が立っているのもあるのだろう、背後を気にも留めず、乱暴に丈夫そうな扉を開ける。そのタイミングで俺が槍《やり》の石突きを大きく地面に叩《たた》きつけた。

その音を合図に通用口を開けた男をノイラートが蹴り飛ばし、そのまま中に駆け込む。倒れ込んだ男の頭を俺の傍《そば》にいた傭兵《ようへい》の一人が殴りつけ、同時にもう一人の門番はシュンツェルが躊躇《ちゆうちよ》せずに切り倒した。ノイラートの後にゲッケさんと傭兵数人が続き、程なくして門の方も内側から開く。

「突入！　抵抗する奴は斬り倒しても構わん！」

俺の声を受けて傭兵団が雪崩《なだ》れ込んだ。荒事専門の傭兵だけあって本当に躊躇しないな。そこかしこから悲鳴が上がる。相手だって馬鹿じゃない。武装した一団が近づいて来るという事で警戒ぐらいはしていただろう。だがいきなりここまで直接的な実力行使をしてくるとまでは想像していなかったようだな。

まして今突入したのは魔物《モンスター》とも普通に戦える傭兵団である。言っちゃなんだが、町のチンピラあたりがまともに戦えるような相手ではない。相手にスキル持ちがいるかいないかだけが問題だ。

この世界で厄介なのは、女性や子供でもスキル持ちだとそれなりの実力者がいるという事。そのため、前世で定番ともいえる女子供に手出しはするな、という台詞が通用しない。犯罪に手を染めた女性や子供が戦闘系のスキルを持っていると、普通の兵士ぐらいなら切り抜けられてしまう可能性が高いからだ。武装の有無や殺気などで判断するしかない。

ところが騎士や兵士、特に家族がいる兵士などの場合、女性や子供を相手にした際、つい気が緩んでしまうという事態が発生してしまうことがある。だからあえてここはゲッケさんの傭兵団を使う事にした。実戦慣れしているだろう傭兵なら敵と被害者をすぐに見分けてもらえるだろうという判断だ。

俺とノイラートやシュンツェルは館の中に入らずに、門付近で待機。内部の鎮圧はゲッケさんに任せる。前世なら通信機器があるので、俺自身がある程度移動しても問題はないだろうが、この世界ではそうはいかない。指揮官の判断を仰がなきゃいけないときに、どこに行っていいのかわからないという状況では事故が起こりかねないからだ。特に火災なんて間違っても起こすわけにいかないからな。

さほど時間を置かず傭兵の一人が駆け寄ってきた。ボスらしい奴を捕らえたらしい。ゲッケさんですら出る幕がなかったって事は、個人戦闘力はチンピラに毛が生えた程度の奴だったのかもしれんが、それはそれ。すぐにここに連れて来るように指示を出す。程なくして顔や肩に汚れと血の跡をつけた男が俺の目の前に引きずりだされてきた。

男は四十代半ばという所か。こんな状況でもなければ彫りは深めだがなかなかいい男と言えるのかもしれんが、俺を憎々し気に睨みつけている視線はどう控えめに見ても真っ当な町人のものではない。

「てめぇ、こんなことをしてタダで済むと思ってるのか」

「奇遇だな。俺もただで済ませる気はない」

相手から見れば俺の年齢は息子の世代だというのもあるのだろうが、この状況で代官相手に随分な発言だなと思う。助かる自信があるのかもしれんが、相手の目論見《もくろみ》なんぞ知った事ではない。

「着任早々で仕事が溜《た》まっている。時間がないから簡潔に済ませよう。お前が山賊どもに人を売っていた事はわかっている。証人も証言も複数だ」

賊から救出した女性だけではなく、山賊の生き残りからもこいつの名前は出ている。被害者と加害者の双方、複数の証言があるのは事実。

「違法な人身売買は重罪だ。よって、代官の権限をもって処断する。極刑だ」

「……あ？」

ぽかんと間の抜けた顔をしている。何を言われたのか理解できなかったのかもしれない。

無視して言葉を続ける。

「刑の準備も時間が惜しい。この場で処断する」

「な、ちょ、ちょっと待て！」

男はにわかに慌てだした。脅迫どころか条件交渉をするような状況でさえないと理解したのだろう。誓約人会の裁判を通せば軽微な罰で逃げ切る目論見もあったのだろうな。

「そ、そんなことをしていいのか？　俺の兄は塩塊ギルドのギルド長だぞ！」

うん、わかっていてやった。そんな事を教えてやる必要はないが。むしろ鼻で笑ってみせる。

「ふん、それは大問題だな。塩塊ギルドも同罪か。今すぐ処断する必要がありそうだ」

「なっ」

「ノイラート、次は塩塊ギルドの本部を制圧する。すぐに……」

「ま、まて！」

今度は男の顔色が蒼白《そうはく》になった。慌てたように口を開く。絶叫に近い。

「俺がやっていた事だ！　兄貴は関係ない！」

「つまりお前がやっていたことは認めるわけだな」

それだけ聞けば十分だ。後は相手に何も言わせないし、俺も何も言わない。その場で槍を繰り出し男の喉を刺し貫いた。崩れ落ちた男の方に視線もむけず、周囲に声をかける。

「こいつは死体でいいから山賊どもと一緒に晒《さら》す。手配しておけ。それと、残った連中のうち捕らえられるものは捕らえろ。まずは建物を制圧する」

「は、はっ」

シュンツェルと一緒にここまでこいつを連れてきた傭兵の一人が慌てたように走り去る。末端の傭兵にはここまで強硬姿勢を取るとは通達していなかったし、あの態度もまあ当然か。

「ヴェルナー様、あれでよろしかったのですか？」

「ああ」

ノイラートがそんな風に質問してきたが、短く答えて頷く。

このアンハイムで、前領主であったクナープ侯爵の関係者から見れば俺は敵対派閥の出身、しかも学生の年齢なのに代官。軽く見られて当然だ。今は〝今度の代官は少々危ない奴《やつ》らしい〟という印象でいい。犯罪者以外に刃《やいば》を向けなければ評価する人間が現れる。

「ギルドの方はいかがするのですか」

「今は保留」

弟の方がろくでもない奴だったのは事実だが、兄弟だからといって兄も同類だとは限らない。貴族でも素行の悪い肉親に悩まされる家があるように、平民でも弟が犯罪行為に染まりつつ、兄さえも脅迫していたなんてことだってあり得る。したがって、塩塊ギルド長が俺に対して敵対的でないのであればここで収めるつもりだ。

「もしギルド長が同意していたとしたらどうなさいますか」

「もし同類なら盗賊どもを叩いてきた時点で初めから敵対することが明らかだしな。まずは敵の片腕《おとうと》を切り落とした格好だ」

つまりやることは変わらなかったというわけ。後は相手次第という事で一旦置いておく。

その後、シュンツェルが戻ってきたのとほとんど同時に別の傭兵が向かって来て、建物裏の倉庫のさらに奥に、明らかに牢獄《ろうごく》として使用されていたと考えられる一角があったという報告を上げて来た。

「中に人は」

「二名、妙齢の女性が。そのうちの一人によるとつい最近まで五名いたとのことです」

「生き残っている奴を尋問するか、建物の書類などを確認する必要がありそうだな」

他の賊とも関係があったのか、それとも別口の犯罪もやっていたのか。後で尋問を行う事にして手配だけはしておくように伝える。

「女性たちはひとまず領主館に。治療の手配をするようベーンケ卿《きょう》に伝えておけ」

「はっ」

この建物内で生き残った奴も捕縛し、尋問を始めるまでとりあえず領主館の庭に転がしておくように指示。牢内に突っ込まなかったのは見せしめを兼ねてのことだ。さらにいくつかの質問と確認をしていると、今度は周囲の治安維持を担当していたホルツデッペ卿がわざわざやって来た。

「どうした」

「はっ、塩塊ギルドの長がお目にかかりたいと。供の者はなにやら大きく重そうな袋を持ってきております」

「わかった」

残念だと思いながら塩塊ギルド長を通すように許可を出す。やがてやってきたのは、さっき突き斃《たお》した弟と比較してもどっちが悪役だかわからんと言いたくなるような顔つきの中年男性だった。身のこなしから判断すると、力仕事はできそうだが、個人の戦闘力という意味ではひとまずあまり心配しなくてもよさそうではある。

「これは代官様、このようなところで……」

揉《も》み手《で》でもしそうなへらへらした顔で口を開き、血塗《ちまみ》れの死体を目に入れた男がぎょっとした表情で立ち尽くした。俺はその表情の変化に気が付かないふりをしつつ、重そうな袋を抱えた男の供の方に一瞬だけ視線を向けてからギルド長の方に視線を戻す。

「そこの犯罪者は賊と関係がある旨を自ら述べたので、代官の権限で処断した」

弟の身柄を確保するための賄賂を用意している間に死体になっていたとは思わなかったのだろう。男が俺に怒りの視線を向けて来た。

「卿《けい》とは無関係だそうだな。だが賊に女性や子供を売り飛ばすなど、罪人として晒さないわけにもいかん。文句はないな」

「……………仰せのままに」

いいぐさといい長い沈黙といい、怒りを堪《こら》えているのがよくわかる。とはいえ、俺としてもそれはそれでかまわないという所だ。

もともと魔軍の幹部である魔将と戦わなければならない、という無茶な任務の真っただ中。俺が指揮する戦力単独で魔将相手に勝利を狙うつもりはないが、騎士団到着までは絶対に持ちこたえる必要がある。

だが、その準備の段階で邪魔が入ると面倒だ。それも露骨な妨害なら対応のしようはいくらでもあるが、サボタージュで準備が遅れるとか、そういう状況になるのが一番困る。

本当に一番いいのはそういう潜在的敵対勢力がいない事だが、それは俺の立場と年齢からはありえない。そう判断して、そういった俺の指示に従わないだろう勢力を一度暴れさせる覚悟をしてきた。こういう結果になったのはやや想定外だが、弟の手が汚れていることを承知の上で自分も利益を得ていたのなら、こっちも相応に扱わせてもらう。

◆

塩塊ギルドの長を追い返し、改めて館の中を確認。書類は押収して領主館に運ばせつつ、建物内の状況を確認する。ゲッケさんの傭兵《ようへい》団全員が一度に宿泊は無理かもしれないが、交代で宿泊する場所としては十分すぎる広さだな。

当たり前なのだが、アンハイムの町には傭兵団の人数が泊まれるほど宿の部屋数はない。国境の町であるから防衛のための兵が住んでいた宿舎はあるが、もともとそういう建物は配属将とその指揮下の騎士や兵士が泊まる場所だから、傭兵のためにはあけられない。そのため、傭兵団の宿舎をどうするかはいろいろ考えていたのだが、事情が変わった。せっかくだから有効活用させてもらう事にする。

調査を終えて清掃の人員はこちらで手配をすることをゲッケさんに伝えてあとは任せ、ホルツデッペ卿の率いる代官付き騎士や兵士と共に領主館に戻るように指示。周囲の視線が解《わか》りやすく〝この若い代官は怒らせるとやばい相手〟になっているのを感じ、表情に出さないようにしつつ内心で嘆息する。俺だって本当はこんなことしたくないんだよ。

　領主館に戻ると不法侵入した娘の父親が罰金を持ち込んできていたので中身を確認、多すぎる分は突き返すように指示。館で留守をしていたベーンケ卿によると『蒼白になって金貨の袋を持ち込んできた』らしい。俺の気が変わって娘の首でも切り落とされたらたまらないとでも思ったのだろうか。

　その罰金は全額酒に換えて着任した代官からの贈り物として町中に配るように手配した。飴《あめ》と鞭《むち》というとちょっと違うか。

　その後、生き残っていた塩塊ギルド犯罪者の取り巻きどもはほぼ全員を旧トライオット方面に追放する事に決定。当日のうちに何人かの誓約人が寛大な処置を求めてきた。親族に頼み込まれた人間もいるのだろうが、やっていた事が事だけに容赦をする気はない。

　一方で捕らえられていた女性や子供を家族のもとに返し、行方不明になっている人たちの捜索を命じる。被害者の家族には見舞金を、情報提供者にも情報料を払う旨を通達し、冒険者ギルドには山賊の情報を買い取る依頼を出したほか、加担した人間も罪を告白するのであれば内容によっては罪を軽減するとも宣言した。間に合わない被害者もいるだろうが、可能な限り手を打っておく。

　その後、数日をかけてまずは町の内部掌握に時間を費やした。民政の方は確認しつつ半分以上ベーンケ卿に丸投げしているが、治安維持と食料品の確保だけはとにかく最優先で手配中だ。魔軍が攻めてきてから食料品を含む生活必需品を集めるのは難しいので、今のうちから少しずつ備蓄を増やしていかないと。

それと並行して行っているのは衛生面だ。難民に日当を出し町の警備隊と協力させつつ街路掃除などを行わせ衛生面を確保している。よく言われることだが中世の町は決して綺《き》麗《れい》じゃないが、それはこの世界の地方都市でも同様。

理由の一つは家畜。町中で豚とか牛とか飼っているのだが、焼き印が押されているだけで放し飼いになっていたりするんだよ。この世界に冷蔵庫はないし、塩だって安くない。という訳で家畜を生かしておくのが肉の新鮮さを維持する最良の方法だ。それがたとえ町中であっても。

それはいい、というか仕方がないのだが、所有者はもっとちゃんと管理しろ。前世で犬の糞《ふん》が道路に転がっていたように、豚とか牛とかの糞が道で無造作に放置されているのはさすがに耐えられん。籠城戦の最中に家畜の糞から疫病発生とか、嫌だぞ俺は。

結局、町全体の掃除をさせることと、家畜の管理をおろそかにしている家には罰金を設けることに。衛生面の重要性はこの世界でもまだ一般的じゃないから、その辺の周知が課題だな。

領主館で働く人間は難民と町の住人から半々ぐらい雇ったが、使用人に関しては面倒なので高齢の男女ばかりにした。年齢が若いなら町での労働力としても働けるだろうし、なにより若い女に色仕掛けされる手間は省きたい。

そうしたらなんか知らんが『代官殿には王都に婚約者がいるらしい、だから若い女性に興味を持たない』と謎の噂《うわさ》が流れていた。そんな事実はないのだが、いちいち否定するのも面倒臭いので放置してある。誤解でもなんでも変なのが寄ってこないのはありがたい。

ちなみに前世中世だと貴族には早くから婚約者がいるイメージがあるが、この世界ではそうでもなく、学生の頃に相手を見つけることも多い。幼いころの婚約は大体が親とか家の都合だ。いや前世でもそうなのだが、前世の方は理由が深刻。

なにせ前世の中世、死亡率が高い。中世と言うと範囲が広すぎるが、中世中期ごろの統計例で言うと、貴族家当主が死亡した際に跡継ぎの子供がいなかった家が二割もある。しかもこれは子供がいない家だけだ。女児しかいなかった家がさらに二割。その上、この数字はあくまでも子供がいたという話限定。中には当主の病没時に奥方も既に死亡していて、月齢三か月の乳児しかいなかったなんて事さえある。

その結果どうなるかというと、一三〇〇年にイングランドの伯爵家は十七家あったが、一四〇〇年まで家の血統が続いていた伯爵家はそのうち僅か三家しかない。断絶して別の貴族家が伯爵家としてその領地を支配するようになったとか、当主がいなくなったから他家に領地を吸収されたとかの方が圧倒的に多いわけだ。

結果、守るべきは個人より家が重視されるし、現当主からすればそのためにも孫は多い方がいい。その観点での婚約のため、幼い頃に相手は決まるし、子供が孫を産めるようになった途端、監視付きで当主から強制的にベッドインさせられた例まである。そんなことをしたらかえって母体を痛めそうな気もするのだが、その辺も含めて医学が未熟だったということになるのだろう。

ところがこの世界、ポーションやら魔法やらという、前世から見れば謎の存在がある。急死してしまった場合はまた別にして、前世で言えばインフルエンザの発熱ぐらいじゃ死なない。魔法、恐るべし。大金の治療費を払える貴族の乳幼児死亡率も前世と比べればかなり低くなる。

というわけで、早いうちから孫を目的とした婚約をする必要もなく、家の格に問題がなければ学生になってから相手を見つければいい、という考えが珍しくない。俺の兄には婚約者がいたが、これは相手のフュルスト伯爵家の都合だったはず。

むしろ貴族家間では子世代の恋愛は駆け引きの材料にさえなる。露骨な表現をすると「お宅の息子さんがうちの娘に惚《ほ》れ込んで婚約を申し込んできたんですよねぇ。婚約してもいいですけど、見返りは？」という訳だ。うーん黒い。

そんなわけで特に婚約を急ぐ理由もなかったこともあり、俺には婚約者とかはいないのだが、そんなことよりもそもそも俺って学生を続けられるのだろうか。非常に難しい気がする。今考えてもしょうがないか。現実逃避じゃないぞ。

その後、着任から半月ほどの間にいくつか手も打った。情報提供をもとに賊の方はホルツデッペ卿に命じて討伐させ、何人かを救い出すことにも成功。若い女性と子供ばかりだったのでさっさと家族のもとに帰してやるよう指示を出しておいた。戻る家がないという人はゲッケさんの傭兵団が宿代わりにしている建物で掃除洗濯などの労働力として雇い入れる。

◆

その後、まずは他の地方との物資流通面を維持する事を最優先に手配だ。アンハイムでは徐々にではあるが支援隊も形になってきているし、周辺村落の備蓄なども把握できた。これで地図とあわせれば兵を動かす際の補給線を確保できつつあるな。

「ケステン卿、支援隊はどうだ」

「集団行動にはだいぶ慣れてきましたが、まだ実戦に出せるほどではありませぬな」

「警備隊との関係はどうだ」

「縄張り争いみたいなものはありますが、それはお任せを」

「わかった、任せる。当面は弩弓《クロスボウ》や投石紐《スリング》の訓練を中心に続けさせてくれ」

「はっ」

現状で志願兵になるような人たちには、手に技術がなく食うために参加した人間がいる一方で、家族が殺されて敵討ちに燃えている人間もいる。戦意の高すぎる人と、とりあえず兵になりましたって人が混在している状態だ。まだ無理はさせられない。とりあえず魔物《モンスター》相手でも怯《おび》えることなく城壁上から弩弓《クロスボウ》を撃てるぐらいにはなってほしい。

「ベーンケ卿《きょう》、書類の方はどうだ」

「役人たちが見やすくなったと喜んでおります」

「だろうな」

王都でもそうだったが地方の俺様ルールの酷《ひど》い事。代官に陳情する書状を例にすると、Aギルドからの場合は〝陳情者名、本文、確認者名、ギルド長名〟の順で書かれていた。確認者っていうのは陳情者が他人の名を騙《かた》って書いたものじゃないという証人、ギルド長署名はギルドで出すことを認めた証拠のこと。もし文字の書けない人間が陳情するときはさらに代筆者名がある。

ところがこれがBギルドからの書類は〝ギルド長名、本文、陳情者名、確認者名〟の順番。Cギルドだと〝本文、ギルド長名、陳情者名、確認者名〟いう具合で各自ばらばら。要するにギルド内の書式が優先されていた。

なので、アンハイムでは今後必ずこの順番で書け、と書式を統一するように指示。その書式で書いていないものは自動的に差し戻しだ。不満も随分出たが放置。慣れればそのうち落ち着くだろう。

「ゲッケ卿からは何かきているか？」

「こちらにまとめてあります」

フレンセンがそう応じながら噂をまとめた一覧を見せて来た。ゲッケさんの傭兵団には町の周辺の魔物《モンスター》狩りを任せている一方、町で飲み食いする傭兵には多少の酒代を出して俺の評判を集めてもらっていたからだ。

ぱらぱらと内容を見ていくと、最初は厳しかったが今は治安維持に努めるまともな代官だとまんざらでもない感じか。一方で故意と思われる悪い噂も流れているようで、やはりというか一部に俺を煙たがっている奴《やつ》がいるのは確実だな。

「それにしても、なぜゲッケ卿の傭兵団に調査をお任せに？」

「まず町や周囲の地形を彼らには頭の中に叩《たた》き込んでおいてもらいたいというのが一点」

ホルツデッペ卿の疑問にはそう答える。これは今後の作戦計画の問題だ。

「もう一つは、ある程度王都に俺の噂を流しておいて欲しいからな」

「は？」

ホルツデッペ卿ばかりではなくノイラートやシュンツェル、フレンセンまで怪訝《けげん》な表情を向けて来た。なぜだと思ったらあの時俺の近くにいた人はいないのか。

「あー、魔物暴走《スタンピード》の時の一件の事になるんだが」

まったく今ごろになって気が付くとは我ながら俺も鈍い。気が付かないよりましだと思って自分を納得させ、とりあえず簡単に王都付近で発生した魔物暴走《スタンピード》のことを説明する。

「よく考えるとおかしいんだよ。あの時点では甘く見ていた魔物暴走になんでゲッケ卿のような歴戦の傭兵《ようへい》団が参加していたのか、とかな」

「小遣い稼ぎでは？」

そう疑問を呈したのはノイラートだ。確かに、前世日本の戦国時代でいう所の陣借りのように、傭兵団の側から希望して戦場に赴き、戦果をあげて報酬を受け取ろうとする例はある。俺も最初はその程度の理解だったのは否定しない。

「その可能性がないとは言わんが、王太孫殿下の初陣に傭兵団とか、似合わないだろう。国の側が不要だという反応をする方が自然だ」

「それは……確かに」

「では魔物暴走をその時点で警戒していたと？」

「それなら俺がでしゃばる必要はなかった」

うん、本当ならその方がよかったんだけどね……シュンツェルの疑問には一瞬遠い目をしてしまう。うっかりベーンケ卿たちの前で俺と言ってしまったがひとまず流す。

「どちらかといえば、万が一に備えて予備兵力として傭兵団を雇い、戦場に連れてきていた貴族がいた、と考える方が自然だろうな」

その言葉に面白そうな表情を浮かべたのはケステン卿。だが、ケステン卿が何も口に出さなかったため、その横で声を出したのはフレンセンだ。

「万が一に備えて、ですか」

「そう。そのためだけに有名な傭兵団を雇い、しかも戦況が不利になった後、抜擢《ばってき》された俺にその傭兵団を提供できるぐらい戦力に余力のある貴族、となれば限られてくるだろ？」

あっ、という声がノイラートたちだけでなくホルツデッペ卿からも上がった。声を上げなかったケステン卿とベーンケ卿は知っていたな、と内心で思いながら言葉を続ける。

「あの時に左翼軍を統率していたノルポト侯爵。あの人が本当のゲッケ卿の雇い主だ」

このあたり、前世日本人でスキルが槍《やり》であった俺も感覚がずれていたのは否めない。日本人は多くの場合手持ちの盾を持たずに戦うから、右翼と左翼に決定的と言える差はないが、騎士の場合は違う。騎士は多くの場合左手に盾を持っているから、正面と左に敵がいた場合、横から斬りつけられても盾を使いながら戦う事ができる。

だが、正面と右側に敵がいる場合、体を傾けて正面に盾を持ってくるか、右手の剣だけで正面と右側面、両方の敵と戦わなければならない。つまり、防御という観点で見ると右翼軍の方が柔軟性は低くなってしまう。

だから中世西洋の戦いにおいては、簡単に崩れないように右翼に熟練兵《ベテラン》、精鋭部隊を配置し、左翼には逆に敵右翼の側面に回り込めるよう、勇敢で若く元気のいい兵士を配置する。それが常道だ。

その、本来なら熟練兵を配属するはずの本隊右翼部隊の指揮官に俺が抜擢されたわけだから、最初はノルポト侯も耳を疑ったんじゃないかと思う。抜擢された俺が統率力不足の可能性もあり、もしそうなったら本体右翼から全軍が崩れる危険性があった。

ノルポト侯爵はその危惧を抱いて、本体の右翼部隊に戦力を割くにあたり、歴戦の傭兵団という反撃の主力にもなりえる部隊をあえて引き抜き俺の下につけたのだろう。もしあの時、俺が頼りにならないと判断したらゲッケさんは独自の行動をとったんじゃなかろうか。

さらに言えば、ノルポト侯爵がゲッケさんを俺の方に割く、という事まで王太子殿下は予想していた可能性すらある。侯爵がそのぐらいのバックアップをすることを予想して文官家の俺を抜擢したのかもしれん。殿下だとあり得るのが怖い。

ちなみに、陣形の一つに全軍を斜めに配置する斜線陣という戦い方がある。この陣形を説明する図で基本的に右翼が前に出ているのは、盾を使って戦う西洋や中国で右翼軍が熟練兵で固めた精鋭であり、精鋭部隊である右翼が一刻も早く戦闘に突入するような方法を考えた結果だからだ。左翼が前に出ている図を描くのは、日本などの盾を使わない国の場合か、実戦経験のない平和な時代に描かれた絵に限られる。まあそれは余談。

今回、傭兵団を雇ったのは、ある程度自由に使える戦力が欲しいというのが最大の理由ではあるのだが、ちょっとした噂《うわさ》を作るためという目的、それに俺の予想が正しければ、ゲッケさんにも間接的にスポークスマンになってもらおうという意図があったわけだ。

「侯爵級貴族から評価されている傭兵団の団長なら、どこに知人や知己がいるか、わからんからな」

今の俺の立場としては、ある程度評判が悪いほうが後々都合いい。かといって、評判が悪すぎると見捨てるべきだという論が王都の宮廷内で広まりかねない。王太子殿下やセイファート将爵がいくら好意的とはいえ、限度というものがあるからな。

下から上がってくる情報というものも決して無視できるものではない。まして殿下や大臣級の人たちは恐らく市井の噂でさえ参考情報としてでも耳に入れるだろう。そう考えると、最前線にいる傭兵などにも影響力がありそうな人を味方につけておくのも重要だという事だ。ああ面倒くさい。

ただそれはそれとして、もう一手か二手ぐらい打っておいた方がよさそうだと思い手配はしてあるのだが、それはひとまず置く。

「ゲッケ卿に関してはそういう事だ。俺よりも俺の評判に詳しいぐらいの方がちょうどいい。ところで、賊どもの動向は？」

「最初に躊躇《ちゅうちょ》せず死刑としたため、賊が集合しつつあるようです」

「その方がありがたい。一〇人、二〇人とかの小集団をあちこちで追いかけまわす方が糧食への負担が大きい」

ノイラートの報告に頷《うなず》いて答える。わざとそのために賊が集結する時間を与えている一面もあるしな。他の地方を治める代官のグレルマン子爵とツァーベル男爵には、仮に領域を越えた賊がいても追い返してくれればそれでいいと依頼してある。この世界なので、あの人たちも遠慮なく討伐しているのではないかという気もするけど。治安回復につながるならどっちでもいいか。

地図の上にコマを置いて全体を見ていると、他の集団はいいとして、一個だけ面倒なのがある。ここは平地の中でぽかっと高くなっている丘だ。ありていに言えば俺だって野戦陣を張るならここを拠点にするって場所。嫌なところに居座られているな。

「国境、敵の動きは？」

「こちら側から対岸を見た限り、目立った動きはありませんでした」

国境偵察の責任者はシュンツェルだ。トライオットとの国境には、橋が落ちた結果、渡るのがちょっと面倒な幅の川が横たわっている。そういえばゲームではトライオット方面には川があるだけで直接移動できなかった。この辺はシナリオ上の都合かね。

だが現実ではそうもいかない。橋がないとはいえ、難民だって必死になれば渡って来ることができる川だ。魔物《モンスター》の身体能力ならどこでも渡って来られそうなので、川を防衛線にする選択肢は難しい。相手が魔軍だとよくある川をせき止めておいてタイミングを見て押し流すという策《て》も使えそうもないな。うーん。

そこまで考えてふと頭の片隅で違和感というか警戒信号が点滅した。何だろうと考えてみて、今度はフレンセンに確認する。

「最近の旧トライオットからの難民状況は」

「心持ち増えているかもしれませんが、今までと比較しても大きな変化ではありません」

その言葉を聞いて違和感の中身が腑《ふ》に落ちた。ゲームでは時として勇者《マゼル》すら見下していたのが魔軍だ。人間全体は言うに及ばずのはず。自信過剰とも言える魔軍、しかもその魔将クラスが旧トライオットにいるのであれば、今頃魔軍が侵攻を始めていてもおかしくないはずだ。要するに〝今までと変わらない、何もない事がおかしい〟。

俺としてはまだ準備が整っていないのでありがたいぐらいなのだが、魔軍側がここまで動きが鈍いとなると相手の側にも何か理由があるのではないだろうか。

腕を組んでしばらく考えこんだ挙句、赴任前に王都の偉い人たちに任せておいてもいいかもしれないと思い、放置していた件を一応俺の側からも具申しておくことにしよう、と思い直す。国が魔軍側の作戦に気が付いていないとは思わんが、当初の想像より規模が大きくなるかもしれない。

「フレンセン、王都の父に書状を送る。冒険者を三組手配してもらいたい」

「はっ」

魔物《モンスター》が出没するこの世界で確実に相手に書状を届けようと思えば、しっかりとした戦闘力のある集団、それをさらに複数用意して、同文の書状を別々のルートで送るのが一番、という事になる。いざという時に戦力にもなる冒険者が減るのは痛いが、届かないのも困るし。飛行靴《スカイウォーク》を使えば安全確実ではあるんだが、そっちは所有している数の問題がある。

ふと思考が別の点に向いた。うーん？

「待った、フレンセン。ちょっとその冒険者に注文を付けたい」

「は、何でございましょう」

「一組はアンハイムで一番素行が悪い冒険者グループを呼んでほしい」

「……は、あの、素行の悪い、ですか？」

フレンセンだけでなくノイラートやシュンツェルたちまで変な顔を向けてきた。けど、そんな奴らが籠城戦にいても邪魔なだけ。それに今のアンハイムで評判や素行が悪い連中は塩塊ギルドと近い奴らで、町の住民や衛兵も手出しができなかった可能性が高い。そうだとすると、今後の事も考えて町から出しておいた方が確実だ。

俺が考えている事を詳しく説明すると、やや呆《あき》れた表情を浮かべられつつも納得してくれた。せっかくだから有効活用したほうがいいからな。

「ですが、伯爵様がお怒りになるのでは」

「あー……うん、まあ、怒られるのは俺だし」

父より母が怒るかもなあ。けど、王都に戻るためには少々こういう行動をとっておく方が何かと役に立ちそうだから、怒られるのは甘受するしかない。そう思いながら俺は立ち上がり、手紙を書くためにまず厨房《ちゅうぼう》に足を向けた。

◆

「ヴェルナー様、王都から来客です」

「俺に？」

午前中に一組、午後に二組の冒険者たちを送り出した翌日の早朝、門番からの連絡を取り次いだフレンセンがそんなことを言ってきて、うっかり俺とか口走ってしまった。昨日の今日だし、客が来るとは聞いていないのだが。

「はい。王都からの物資護衛に同行して到着した鋼鉄の鎚《アイアン・ハンマー》がお会いしたいと」

タイミング的にどうやら俺の出した書状の冒険者と行き違いになったようだな。それにしても、出てきた名前にちょっと驚いた。

いやまあ冒険者ならどこにいても驚くことじゃないが、アンハイムでその名を聞くとは思わなかった。物資受け取りの件もあるし、気分転換も兼ねて会いに行くか。ついでに確認しておきたいこともあるからな。そう思いながら一度館の外に出て大回りで物資の確認をすることにする。

物資の第二陣は結構な量だ。材木四割、保存食が二割、金属類が二割、その他もろもろってところだから場所を取るな。受け取り確認をしていたホルツデッペ卿《きょう》と役人に貯蔵場所を指示しておく。

籠城戦というと食い物と武器類が重要なのは確かだが、意外と必要になるのが材木と金属類だ。城門が破られそうになったら内側から木と釘《くぎ》で補強しなきゃならないし、武器や鎧《よろい》、馬具の補修なんかにも使う。鏃《やじり》なんかは城内で作る例も結構あるし、槍の柄を作り直すこともある。食事の煮炊きや鉄を溶かすためにも木は必要。もちろん篝《かがり》火《び》も重要だ。

兵も食も十分なのに落城した城の中には、材木の方が不足してしまいこれ以上籠城していても施設・設備の方が維持できないから、なんて例が意外とあったりする。今回のこれに関しては別の用途もあるけどな。

そんなことを考えていると物資を確認していたホルツデッペ卿が近づいて来た。

「今回予定されていた分は無事届きましたが、小型とはいえ、攻城兵器の投石機など何に使われるのですか？」

「いろいろ使えるぞ」

籠城側が城内から大量の砂利を入れた箱を撃ち出して、攻囲軍の頭の上に石の雨を降らせた話もある。相手が人間だったらたまらないだろうと思う。俺の予定している使い方も変則的になるが、魔物《モンスター》の群れ、それも魔将がいる相手に俺の兵力だけで野戦はできない。そのうち支援隊にも投石機を使えるようにしてもらわんと。

ただ弓とか剣と違い、投石機なんてものは普段使う道具ではないから、慣れている人間の方が少ないはずだ。もちろん俺も前世のテレビ番組で見たのは別にして、実物が動いているのを見たことはない。実戦で一度使ってみるか。

「材木はこれからも来ると思うから適宜場所を確保しておいてくれ」

「承知いたしました。それとあちらは」

「地下牢《ちかろう》に突っ込んでおいてくれ。後で会いに行く」

「解《わか》りました」

とりあえずの指示を出した後で執務館ではなく領主館の方に足を向ける。あー、材木を加工する木工ギルドのギルド長とも相談しないとなあ。町そのものが不景気な現状、木工ギルドに仕事を回すことで好意的中立ぐらいに持っていけるだろう。相談に乗ってくれる時間ぐらいは取ってもらえるはずだ。

そのあとで金属加工を任せる鍛冶ギルド長もか。国境監視用の砦《とりで》を作るとでも言っておくか。監視の必要性は嘘《うそ》じゃないし。注文する内容がややこしいからこっちから訪ねて行きたいぐらいだが、そうするとベーンケ卿に腰が軽いと言われる。難しい。

考えながら歩みを進め領主館に入る。領主館っていうのは俺の私的な住居で、政務ではない、個人の客はこっちで会うのが普通。お忍びの客もこっちを訪ねて来る。

ちなみに代官でも領主館と言われるのはこの世界でなんかそういう慣習らしい。普通の人からすれば偉い人の住んでいる建物だと解ればいいんだろう。そういうものだという事でとりあえず気にしない。

本来なら家族と住み込む館なので俺には広すぎる。ノイラートやシュンツェルたちのほか、難民から雇った使用人も適当に住み込んでもらって何とかある程度部屋を埋めた。領主館の窓が暗いと気分が落ち込むという声があったからだ。

人がいなくても明るくしておくのは貴族としては珍しくないし、火の始末は別にして実際問題として防犯の役にも立つのだが、俺はそういう無駄使いは気が引けるから明るい所には人がいてほしい。

使用人の中には金庫番とか料理人とか、前世の知識でもわかりやすい職もあるが、蠟燭《ろうそく》係や醸造係とかのちょっとわかりにくい職業もある。

蠟燭係は保管している数と種類を管理する専門職。点《つ》けたり消したりするのはメイドや従僕など下級使用人の仕事だ。

何せこの世界の蠟燭は工業製品ではない。安い蠟燭は煙が大量に出るから外で使い、煙が少なく明るいのは来客用など、使い分けを管理する必要がある。蠟燭の種類そのものが多い事もあり、どうしても専門職が必要になるわけだ。獣脂蠟燭の臭いなんかなかなか凄《すご》いものがあるから間違った場所で使ったらえらい事になるし、逆に有名な魔獣の脂で作られた超高級蠟燭になると庶民にはまず手が出ない価格のため、泥棒が狙ったりもする。

この世界には魔道ランプがあるのではと思うかもしれないが、魔道ランプの魔石よりも安い蠟燭は使用人の灯《あか》りとして必需品だし、わざわざ一度使うとなくなってしまう高価な蠟燭を銀製の立派な燭台《しょくだい》で使うのは貴族アピールの一面もあったりする。演出用の小道具と言われても反論はできないが、その小道具一本で平民一家が数日間腹いっぱい食える事を忘れてはいけないと思う。

醸造係ってのは要するにワインセラーの専門職なのだが、詳しく説明すると長くなるから大雑把に説明すると、要するにこの世界はガラスが高い。だから樽《たる》でワインを保存する事が圧倒的に多いが、木の樽だと必要以上に樽由来の香りが強く付きすぎてしまったりする。担当者は単純に温度や湿度の管理だけじゃなく、熟成と香りを管理し、タイミングを見計らってガラス瓶に移し替えたりすることも求められるわけだ。前世のソムリエプラス醸造職人だな。

この世界だと瓶内部で二次発酵させることはあんまりない、と思う。俺の知らない所では行われているかもしれない。

ちなみにガラス瓶は古いものどころか、他の地域のワイン瓶がリサイクル使用されていることも結構ある。ガラスがまだ高価だという事もあるが、保存のためだけならどんな瓶でもいいからだ。パーティーなんかで使う際にはデキャンタすればいいし。その辺も把握している醸造係が必要な理由。

そんな事を考えながら、奥に入ると見知った顔の冒険者たちがのんびり茶を飲んでいた。鋼鉄の鎚《アイアン・ハンマー》の五人だ。元気そうで何より。

「おう、久しぶり」

「これは子爵様、代官就任おめでとうございます」

「やめろ馬鹿」

思わずそう応じて一拍おき、笑い合った。いやほんと、こういう軽いやりとりができるのはありがたい。マゼルは元気かね。

「ですが、随分王都で評判悪いですよ。浪費子爵とか、借金代官とか」

「事実だからな」

事実という事にしておかないといけないからな、と言うべきだろうか。言えるはずもないけどさ。

火のないところに煙は立たないというが、ゲッケさんたちを雇うためなど、実際に借金をしているから小さな火はついている。後は勝手に大きくなるのを放っておくだけだ。

王太子殿下やセイファート将爵がいくら陰で支援をしてくれるという事になっていても、たびたび物資が送られてくればどうしたって贔屓《ひいき》されている、という噂《うわさ》は立つだろう。

だが、金の出所が借金だったとしても、俺が買った物資が俺の預かる領地に輸送されるのであれば何もおかしなことはない。むしろ堂々と輸送できる。〝誰か〟から優先的に金を借りられて、必要な物資が優先的に購入できているとしてもな。表向き傷付くのは俺の評判だけだ。物資不足で勝てないより王都で評判が悪くなる方を選ぶ。

とはいえ両親が金遣いの荒い息子を持ったとか言われているかもしれないと思うと、そこにはちょっと忸怩《じくじ》たるものがあるのも事実。そのうち親孝行しないといけないなあ。

「いろいろ預かってきていますが、まずはこれを」

そう言って渡されたのは魔法鞄《マジックバッグ》と手紙。手紙は父からだ。

「鞄の中身は？」

「必要書類だと聞いていますけど」

ああ、なるほど。その符丁は伯爵家経由で将爵からだな。魔法鞄なんて高価なもので送ってきたのもそのせいか。そう思いながら手紙の方にざっと目を通してみて驚いた。

「王都にマゼルが来たのか」

「そうらしいです。俺たちは会っていませんが」

魔軍四天王の一人目を撃破した後に王都まで戻ってきて、ツェアフェルト邸にも顔を出したらしい。俺が王都を出発した翌日じゃないか。残念。まあマゼルと家族が久しぶりに再会できたらしいんでよしとしよう。

ん、なんだこれ。四天王一体目を倒す時点で合流済みのウーヴェ爺《じい》さんが同行しているのはゲーム通りだが、あの爺さんが俺に会いたがっていた、ってどういうことだ。俺、何かやらかしたかなあ。記憶にないぞ。

手紙を読みながら小耳に入る鋼鉄の鎚《アイアン・ハンマー》メンバーの、勇者様にお会いしてみたかったぁ、とか、今それを言うか、とかの声に思わず苦笑い。マゼルの奴《やつ》は相変わらず人気あるねえ。

「伯爵からの依頼でそのマゼルさんからの手紙と、これと……あとあれを含む荷物も運んできましたよ」

これ、と言われて受け取った袋の中身は飛行靴《スカイウォーク》だった。五、六個だが十分ありがたい。今のところはまだ不要だが後で使うことになるだろうと思うし。町の外側に着くという点がなければもっといろいろ使えるのだが、贅沢《ぜいたく》は言えん。

実のところ、王太子殿下からも飛行靴を数個預かっている。緊急時、王都への使者に使わせるということになっているし、そのために一個は確実に使う。

しかしこれ、迂闊《うかつ》に存在と効果を知られると首脳陣だけが逃げ出すのではないかという疑いを持たれてもおかしくない。逆に自分と家族をそれで逃がせとか言い出す奴も出て来るだろうし。俺にそんなつもりはないが、意外と扱いが難しいぞ。ちょっと相談したほうがよさそうだな。

それはそれとして、あれ、と言われて壁に立てかけてあるものに目を向ける。新品の槍《やり》か。それも結構よさそうな感じ。四天王の一人目を倒したあたりで買えるとなると闘士の槍だろうか。あの当時のゲームだとグラフィックはないから見た目ではわからん。

そういえばゲームでもあの辺りで装備の買い替えが必要になったような。レベルアップ目的で雑魚を倒すのではなくて、装備を買い替えようとしているうちにいつの間にかレベルが上がるような時期。ありがたいが自分たちの装備の方を優先してほしい。

「後で確認させてもらうよ。ところでしばらくこの町にいてもらえないか」

「何か面倒な依頼ですか」

「それもあるが、冒険者をしながら町で俺の評判とか聞いてもらえると助かる」

「そのぐらいならいいですよ」

うん、後で冒険者ギルド経由の面倒な依頼も持ち込む事になると思うけど、今は言う必要はないよな。マゼルの手紙は後で読もう。

マゼルには妙な癖があって、重要なことほど手紙とかメモじゃなくて口で伝えようとすることが多い。アーレア村だと紙が貴重だったからだろうか。つまり手紙って事はあんまりたいしたことじゃないのだろう。あいつのそういう所は解りやすい。

とりあえず、一人目の四天王を倒して本人たちも無事なら問題はない。顔ぐらいは見たかったけど。むしろマゼルたちが上手《うま》く行っているなら俺の方もどんどん進めないといけないか。

その後、鋼鉄の鎚《アイアン・ハンマー》から他にもここに来るまでの状況や王都での噂なんかを耳に入れる。それから寄るところがあると席を立とうとした彼らに、代官として宿に宛てた紹介状を書いて手渡した。

彼らが退出すると、俺も荷物の確認だ。まずはマゼルから贈られた槍を確認する。今まで使っていた槍よりちょっと重いが、その分しっかりしている。腕を少し慣らさないといけなそうだが、確かにいい槍だ。今までの槍も使い慣れているとはいえ、さすがに少々くたびれてきているからな。魔将が攻めてくる前に少し実戦慣れしておきたい。

それ以外の荷物は、と思って見てみると別の小さな荷がある。何だろうと思って開いてみたら手紙とハンカチ、それに絵だった。これは全部リリーからのか。

ハンカチにはツェアフェルトの家紋と花が一緒に刺繍《ししゅう》されている。刺繍なんかも練習しているのか。絵心があるからなのか、全体のデザインセンスはいい。前世でも売れそうなレベルだ。

絵の方は貴族基準でいえば決して大きくはない。前世で言うと縦三〇センチ、横二〇センチぐらいか。額や画材はいいものを使っているな。この辺は父か母の手が入っているかもしれない。絵は俺の部屋にあった花瓶と小物、花瓶には飾られたバラの花束。

サイズ的に小さいから客間に飾るとはいかないが、俺の部屋に飾るぐらいならちょうどいいだろう。正直、俺に花が似合うとは思えないのだが、貴族の部屋に飾っておいても恥ずかしくない完成度なのは素直にすごいと思う。

実際の所、この世界でもそうだし前世中世でもそうだが、生花を飾るのは金と手間がかかる。全部手作業だし、温室とかあるほうが珍しいからそれも当然か。だから貴族の館でも普段は花の絵をかわりに飾っていた。生花を飾るのはパーティーの時とかだけって家も意外と多い。そのせいで前世の美術館には中近世に描かれた多くの花の絵が残っていた。

手紙の方はマゼルと会ったこととか近況報告、おや、あの護衛を任せた女性騎士さんと仲良くなったのか。それ以外は俺の体の心配ぐらい。王都での悪い噂とかは一切書いてない。気を遣わせているのかもしれないな。これから俺がやることを知ったらもっと気を遣わせそうだ。

この町、なんかリリーに贈れるようなものあったかな。確かトライオットとは銀製品とかを交易していたはず。トライオットとの流通は途切れているが市場には何か残っているかもしれないな。後で探しに行ってみよう。

続いてマゼルの手紙に目を通す。ふむ、やはり四天王一人目はゲームと同じか。とするとこれからの流れもゲームと同じでいいのだろう。マップも同じだったかどうか知りたい気もしなくもないが、まあ贅沢は言うまい。家族に対する礼は流しておく。というか実質俺は何もしてないし。

それにしても、何気ない話にヒントがあったりするかもしれないが、やはり手紙だと情

報量に限界はあるな。マゼルにも一度会いたいのだが、これぱっかりは難しいだろう。

……待てよ？　敵の配置がゲームと同じだとすると、王都を襲撃してくる四天王最後の一人のいるダンジョンは王都から見て西側にある。ひょっとしてこれは王都襲撃の防御を厚くする方向が限定できるって事にならないだろうか。少なくとも西門側に罠《わな》を仕掛けておくのは効果的ではないか。これはちょっとチェックしておく必要がありそうだな。

それにしても王都でやりたい事ばっかりが増えていくなあ。そのためにもやることをやるか。はあ、胃が痛い。

◆

ノイラートとシュンツェルを呼び地下牢《ちかろう》に向かう。最初に討伐した賊は死刑にして、侵入娘は罰金と引き換えに解放。塩塊ギルドの連中は旧トライオット方面に追放したから、今は今日入った奴がいるだけのはずだ。

二人が不愉快そうについて来る。俺も不愉快ではあるんだけどね。内心苦笑いしながら人影のあるその牢の前に立った。中の男がこっちを見て驚いた顔をしている。

「まさか貴方様《あなたさま》だとは思いませんでしたよ」

「お互い見たくない顔だろうからな。気分はどうだ、ラフェド」

レスラトガの工作員だった時はもうちょっと皮膚がたるんでいた記憶もあるが、王都の牢内で少しはダイエットもできたようだな。皮肉っぽくそんなことを思いながらラフェドを見下ろす。

どうやら奴はなぜ俺がいるのか理解できないらしい。探るような表情で口を開いた。

「はて、貴方様が死刑執行人という事ですかな」

「それが望みならそうしてやってもいいが、その前に少し働いてもらう」

ラフェドが目を瞬かせた。背中に目はないけどノイラートとシュンツェルが憮然《ぶぜん》とした空気を纏《まと》っているのがわかるが、我慢してほしい。

「先に言っておくが、リリーたちに手を出そうとしたお前を信用してない」

「……はっきりとおっしゃいますなあ」

「お前が断ったら、実際に死刑執行人になるだけだという意味でもある」

座り込んだまま繋《つな》がれた鎖の音をさせてラフェドが見上げて来る。どうせ上目遣いで見られるなら美人にお願いしたい。中年親父《おやじ》にやられても嬉《うれ》しくない。

「ここは最前線だ。魔軍が襲撃してくる危険性も高い。俺に協力しなければ俺が殺すが、俺が魔軍に負ければこの町も蹂躙《じゅうりん》されるだろうから当然お前も死ぬ」

「魔軍には内通もできませんからな。しても私が食われるだけでしょう」

「城外の治安もよくはない。一人で逃げだしても無事で済む保証はないだろう」

「なるほど、貴方様に協力する事だけが私の命を繋ぐ方法だという事ですか」

ラフェドが一つため息をつく。わざとらしさは感じるがまあいいだろう。頭の回転は悪くないというか、一国の工作員を命じられていたぐらいだから状況判断力はあるはずだ。そして第二王子派だったこいつは第一王子派が地盤を固めた国には戻るのは難しかろう。どれほど不本意でもしばらくは身の置き所を考えるはず。

少し考えていたらしいラフェドが口を開いた。

「子爵様にご協力すれば命は助けていただけるので？」

「保証する。その後も敵対するなという条件はつけるが」

これは嘘《うそ》じゃない。というよりさすがに嘘をつく気はない。

「何をすればよろしいので？」

「その前に確認するが、お前は商人で毒物にもある程度詳しい。それは事実か」

「事実です」

ならばよし。勝つためにこいつの知識は役に立つはずだ。戦国時代の武田信玄《たけだしんげん》も〝人を使うのではなく、その才能を使う〟と言っている。せいぜい働いてもらうことにしよう。

「文官として数字を扱ってもらうのもあるが、お前の知識を使ってもらう。まず……」

説明を進める。奴は最初怪訝《けげん》な表情をしていたが、だんだん顔が引きつってきた。確かに正攻法の戦い方ではない。とはいえ、魔軍相手に正攻法の戦いをやる気もないんでね。

「そこまでするような必要があるという事ですな」

「そうなる。お前の生活費や必要予算は俺が出す。ああ、行動は制限しないが見張りはつけておくぞ」

「承知いたしました。こうなったら私も覚悟を決めますよ」

　万一逃げたら逃げたでどうにかするが、奴もまずは町の状況や周辺情報を集めようとするはず。何か企《たくら》んでいたとしてもしばらくは大人しくしているだろう。

　まず全員にラフェドの顔合わせをしておいて、ついでにノイラートとシュンツェルのストレス解消も含めて、運動がてら槍をちょっと慣らすか。新しい重さに慣れておかないとミスをするかもしれん。忙しくなる前に勘を摑《つか》みたいな。

◆

　その日の午後、ヴェルナーは会議の場でレスラトガの工作員だったというラフェドという男を全員に紹介した。

　その後、他の参加者の反対意見を聞き流して、槍を慣らしたいと側近たちを連れて席を立ったヴェルナーを見送り、ベーンケたちは椅子に沈み込むことになる。最後まで反対したベーンケに対して「わが国の兵を斃《たお》した敵国の騎士に対して、我が国に仕えよと求めた例もあるだろう」と言い張ったあたりで、他の面々もヴェルナーの態度にわざとらしさは感じており、結局その人事に反対するのをやめたのだ。

その後、ゲッケもすぐに傭兵団《ようへいだん》に戻り、ラフェドという男はまず薬師《くすし》ギルドに顔を出してから商業ギルドで薬草の品ぞろえを確認したいと退席しているので、ベーンケ、ケステン、ホルツデッペの三人のみがこの場に残っている。

「卿《けい》は知っておったのか、ベーンケ卿《きょう》」

「犯罪者をこちらの地方で監督したい、と王都で申し出ていたのは知っておりました。まさか他国の工作員だった男とは」

ホルツデッペの疑問にベーンケが苦笑交じりに応じる。詭弁《きべん》ではあるが嘘は言っていない。監督するとは言ったが行動の自由を認めないとは言っていないからだ。彼らに反対される前から決めていたとしか思えない。ケステンが腕を組んだ。

「陛下はご存じなのであろうか」

「わかりませぬが、少なくとも王太子殿下か法務関係者には内々で許可を得ていると考える方が自然かと」

ただ、なぜ秘密にしているのかに関しては一考の余地はございますな、とベーンケが口調に冷静さを取り戻して応じ、その言葉を受けてホルツデッペが疑問を呈する。

「それにしても解せん。王都の借金代官などの評判といい、この人事といい、子爵はまるで意図的に自分の評判を落としているようにも見えるが」

「まったくだ」

ケステンも頷《うなず》く。実際、直接接している彼らから見れば、魔将襲撃の可能性が高いとはいえ、ヴェルナーはむしろ真面目で働きすぎなぐらいである。

ここ半月ほどの間、新兵訓練はケステンに、領政はベーンケに丸投げしているものの、町の住民からよく話は聞くし、王都からの物資を扱う仕事もあり雇用も生み出している。犯罪者に対しては苛烈といえる姿勢を見せる事もあるが、厳しい所はあるものの気さくで悪い代官ではない、という評価がアンハイムでは普通となりつつあるのだ。

少なくとも贅沢《ぜいたく》や放蕩《ほうとう》からは程遠く、年齢も考えれば平均より上という評価を受けてもおかしくない。もっとも、生き急いでいる、とまでいうと大げさすぎるが、何かに追い立てられているようには感じている。

事実、彼らの見立てはそれほど間違いでもない。ヴェルナーにしてみれば目の前の魔将も問題ではあるが、それ以上に王都襲撃までには王都に戻りたいと考えているからだ。ある意味で追い立てられているとは言えるだろう。

「ベーンケ卿はどう見ておるのか」

「さようですなあ……」

ケステンの問いを受けて顎鬚《あごひげ》を撫《な》でながらベーンケは少し考え込む。やがて口を開くと、複雑そうな笑みを浮かべて語りだした。

「まず一つには、王都に戻るための下準備とも思えますな」

「王都に戻るため？」

ホルツデッペが怪訝そうに応じ、ベーンケが頷く。

「卿らもご存じのように、魔将が攻めてくることは予想されておりますが、その後は別、という事です」

「ふむ……？」

「戦いに勝ちこの地をうまく治めすぎているとどうなりますかな」

「引き続きこの地方《アンハイム》を治め続けさせるのが最善、という声が上がる事も……なるほど」

顔を見合わせホルツデッペとケステンが頷く。続けたのはケステンである。

「だが、王都での評判が悪ければ、召還という話も出て来るであろうな」

「その上、子爵が強敵である魔将を倒しておれば、今後の対魔軍作戦は楽に進められます。そう考えれば交代したがる者も出て来るでしょう」

「そこまでして王都に戻りたいのだろうか？」

「若い子爵にここは退屈かもしれませんな」

ホルツデッペの疑問に応じたベーンケの台詞《せりふ》に苦笑が浮かんだ。色町はもちろんあるにしても、全体として落ち込んだ雰囲気だったアンハイムである。現在活気が出てきているのは戦争特需のようなものであり、確かに若者向けの町ではない。

とはいえヴェルナーが遊び人型の人間ではないことはよく解《わか》っている。やや皮肉がこもった冗談といっていいだろう。

ケステンが組んでいた腕をほどいてベーンケに向き直った。

「卿はまずと言ったが、他にもあるのか」

「単純に評判が悪いと、婚約だのなんだのという話が減るというのはありそうですが」

「婚約者がいるというのは事実なのか？」

「聞いたことはありませんな」

さりげなく三人の視線が交差する。ヴェルナーには既に婚約者がいるというあの噂《うわさ》に人為的なものを感じたのは事実であるが、誰が流したのか、という点に関してはそれぞれが疑問に思っている所である。一つ咳《せき》をしてケステンが話を戻した。

「実際、他に理由はあるのだろうか」

「子爵がここまで考えているかはわかりませぬ。これは考えすぎかもしれませぬが、皆様ご内密に」

そう言ってベーンケが口を開き、彼自身の予想を話し始める。話が進むうちにやがて他の二人は難しい表情を浮かべ始めた。

通常、貴族家にとっては血よりも家名である。家という存在が残ることが優先され、その意味では分家ができることは家名の存続という可能性が高くなるため望ましい。

つまりこのままヴェルナーが分家として、独立貴族であるツェアフェルト新子爵家となることも、ツェアフェルトという家全体から見れば立派な報酬となるのである。もちろんヴェルナー自身にとっても若くして一家の長となる実力を認められた、という事で名誉な話であるはずであろう。

だが、ヴェルナーは伯爵家嫡子として家を継ぐ立場だ。それを分家とする以上、本家はどこからか養子を取らなくてはならない。もちろん年齢的な候補はいくらでもいるが、家紋に飾り枠を許された名門ツェアフェルトに相応《ふさわ》しい人物となると限られる。

しかし、格好の人物が一人いる。もちろんそれは魔王討伐が成功したら、の話であるが、少なくとも武功としては誰からも異論は出ないであろう人物。

勇者マゼル・ハルティングを勅命でツェアフェルト伯爵家の跡取りとして養子に迎え入れさせる。

相手が魔王討伐という功績を上げた勇者、内容は勅命であればツェアフェルトにとっては名誉以外の何物でもないはずだ。その上で、勇者としての功績にこれまでの家としての評価を認め、例えば侯爵に陞爵《しょうしゃく》、さらに第二王女殿下と婚約させたとしたらどうであろうか。

国は勇者を家と血の二つで縛ることができる。ツェアフェルト家は王女を迎え入れるという名誉まで受ける。一方でマゼル・ツェアフェルトとなった勇者は貴族としての振る舞いには慣れておらず、ツェアフェルトの貴族としての政治力はむしろ低下する。

他方、ヴェルナーのツェアフェルト新子爵家は、独立して領地を得たとしてもいかんせん当主が若すぎる上に、家を支える家臣団が存在しない。家臣団を育成するのに十年はかかるだろう。

つまり、外面的には功績に応じてツェアフェルトは大きくなるが、当人は評価されているものの力は弱い分家と、実績、領地、名誉もあるが貴族としての能力には疑問符が付く本家に分割という形で、実質弱体化させることができるのだ。

ただこれには条件がある。ヴェルナーが分家当主に相応しいという条件が。そのヴェルナーが借金を大量に作り、その上他国の、しかも国に害を与えようとした罪人を幕僚としていたとなると、はたして分家当主として相応しいと言えるかどうか。

極端な例ではあるが、マンゴルトのように伯爵相手に怒鳴り散らすような問題児でも、魔族絡みの失態がなければ家を継げたはずだった。評判が悪くてもヴェルナーがツェアフェルト伯爵家を継ぐことはできるだろう。いろいろと言われはするだろうが。

だが分家当主にする、つまり新しい貴族家を増やすとなるとその評判からは抵抗が生じるに違いない。借金まみれで犯罪者を抱え込んだ貴族家を新設、などという悪い前例を作るわけにはいかないからだ。

誰かがツェアフェルト家を分割統治しようとしていたのであれば、あのラフェドという男を部下にして働かせた事だけでもその計画には楔《くさび》が打ち込まれた格好になる。反乱や反抗という形ではないが、一方的に利用されるだけではないぞと牽制《けんせい》したとも言えるだろう。目上のいう事を素直に聞く扱いやすい若僧とヴェルナーを軽く見ていた貴族には、今回の行動に衝撃が走ったかもしれない。

「子爵家程度の家格で、分家を庇《かば》うはずの本家が政治慣れしていないとなれば、これほど利用しやすい相手はいない。ヴェルナー卿を利用しやすくするため、そのような考え方を積極的に働きかけていた家があったかもしれん」

「うまく左遷させた、と思っていた貴族家から見ても確かに衝撃的だ。子爵家〝当主〟ならいざ知らず、評判が悪かろうと伯爵家〝嫡子〟をいつまでも地方に置いておくわけにもいかない。必ず王都に戻ってくる」

「これはあくまでも想像。そのようなことを考えていなかった場合もありえますが」

ベーンケは主語をさりげなく口にしなかった。貴族社会が分割統治を考えていなかったとも、ヴェルナーの行動がそこまで考えていなかったともとれる言い回しである。他の二人もあえてそれ以上は言及を控えた。ホルツデッペが首をかしげながら口を開く。

「それほど伯爵家当主の座が欲しいのだろうか」

「むしろ、悪評を被りながら勇者殿を政治の場から庇おうとしているように思えます」

仮に勇者が別の貴族家、例えばフィノイ防衛戦前に滅ぼされて現在空位となっているフリートハイム伯爵の後を継ぐような形になった場合でも、ヴェルナー自身が伯爵家を背負っていれば宮廷内で後ろ盾になることができる。どこまで狙っているのかは別にして、ヴェルナーには自身の欲よりも他人のための行動である様子が垣間見《かいまみ》えるのである。そう評したベーンケの台詞に二人も頷いた。

お互いの背後に誰がいるのかを理解している三人は、互いにさりげなく視線を交差させる。やがてケステンが苦笑交じりに呟《つぶや》いた。

「いずれにしろ、子爵が変わり者であるということには間違いがなさそうだ」

「確かに、そうですな」

「うむ。何をしでかすやらわからぬ」

この国の貴族でヴェルナーほど自分の名誉にこだわらない人間は恐らく前例がないだろう。ベーンケとホルツデッペが同意し、三人は笑い出した。

二章（山賊討伐～任地と王都～）

　その日の早朝、王都のツェアフェルト伯爵邸を訪ねてきたのは、アンハイムに赴任したヴェルナーからの手紙を運んできた冒険者のグループであった。

　通常、冒険者が貴族宛ての手紙を預かった場合は、館の執事補や使用人に預けて受領確認を受け取り、確認証と引き換えにギルドで報酬を受け取るというパターンが一般的だ。確認証はギルドで通用する一種の為替《かわせ》のようなものだとも言える。

　だが、今回の冒険者たちは口頭で伯爵様に伝言があると伝え、それを証明するヴェルナーから執事であるノルベルト宛ての直筆状があったこともあり、護衛を同席させた上で、インゴは自分自身でその冒険者たちと面会した。護衛が国から派遣された騎士であったことは国への配慮というものである。

　口頭での伝言を聞いて書状を受け取り、中を確認したインゴが何とも言えない表情を浮かべた事は許容されるべきであろう。その後、冒険者たちに伯爵家からの報酬を別途支払うように指示をして、妻であるクラウディアと執事のノルベルトに書状を確認させたうえで、インゴはリリーを応接室に呼んだ。

「失礼いたします」

　クラウディアとノルベルトが部屋に入って来る姿勢から見ているのは、それ自体が教育の場でもあるからだ。人を雇うのが貴族の義務なら、雇った人間を育てるのも義務である。

「用件はこれだ。アンハイムのヴェルナーから書状が来た。こちらはお前に見せてほしいとの事だ」

　インゴがそう言いながら二枚のうち一枚の魔皮紙を差し出し、リリーはノルベルトに許可を取ってからそれを受け取った。

「ここで拝見してもよろしいのでしょうか」

「かまわない」

　ここで読め、という無言の指示を理解しつつもリリーがインゴに確認をとり、確認をとったことをクラウディアとノルベルトが評価したように頷《うなず》く。リリーは一礼してヴェルナーからの書状を開き、さすがに一瞬眉を顰《ひそ》めた。

　確かに宛名はリリーになっている。だが、魔皮紙の質こそ貴族が使うものらしく高級な品であっても、中身はお世辞にも褒められたものではない。アンハイムには美味《うま》い酒も茶もないとか、殺風景で面白くないとかの愚痴ばかりだ。そもそも肉汁やワインの染みがそこかしこについているだけでも問題である。

「どう思う」

「少々お待ちください」

インゴの問いに一礼して、リリーが書状にもう一度目を落とす。やがて小さく言葉が口から零《こぼ》れだした。

「……違う……ええと……」

インゴやクラウディア、ノルベルトが黙って見ている中で小さな声で呟いていたリリーだが、やがて顔を上げるとノルベルトに顔を向ける。

「申し訳ございません。伯爵様に届いたほうを拝見させていただくことはできませんでしょうか」

その発言を聞いたノルベルトがインゴに顔を向け、黙って頷いたインゴの手から書状を受け取る。ノルベルトから手紙を受け取ったリリーは文面には一切目を向けず、しばらく考えるようなそぶりを続けていたが、やがて理解できたという表情で顔を上げた。

「ヴェルナー様の執務机、右側二段目の引き出しの中にある青い帯で束ねた書類、です。ヴェルナー様は、その書類を伯爵様にご確認いただきたいのだと思います」

「ノルベルト」

インゴのその言葉に応じ、ノルベルトが退出する。一度だけその背に目を向けてからインゴはリリーに視線を向けた。

「どういうことか」

「は、はい。ヴェルナー様には以前、光の点滅で遠くまで連絡できる方法を教えていただきました」

ラフェドを含むレスラトガの人間がマゼルの家族を狙ってきた際、実際に使用もしている。もっともその時点では計画開始の合図程度でしかなかったのは事実だ。それを知っているインゴは黙って頷き視線で続きを要求した。

「その光の点滅の、長い光と短い光を使って、短文を送る方法をヴェルナー様は考えておられたのです」

ヴェルナーの前世でいえばモールス信号をもとにした発案である。とはいえ、モールス信号の存在は知識として知っていても、実際に使用経験があったわけではない。ゼロベースで考える必要があったため、ヴェルナー本人もまだ実用レベルだとは思っていなかった。アンハイム赴任までに実用化が間に合わなかったと嘆きつつも、未完成段階のそれを一応清書しておいてほしいとヴェルナーがリリーに頼んでいたのだ。

「ふむ、それで」

「この手紙、最初は汚れのついている文字か、汚れのない文字だけで読むのかと思ったのですが、どちらも意味が通りませんでした。そのため、汚れそのものに意味があると考え直してみました」

「それで意味が通るのか」

「ワインの汚れが短い光、肉汁の汚れを長い光だと考え、二通の手紙の汚れを縦に読むと〝みぎ、に、あお、だす〟という言葉になりました。この汚れは意図的だと思います」

横書きの手紙を縦に読むという発想自体はある。だが、汚れそのものが暗号化されている文面であったのだ。そこまで聞いてインゴも頷いた。

実はインゴはその内容を知っている。汚れに意図があることも、その内容も冒険者たちから口頭で伝え聴いていた。この手紙の写しが〝別ルート〟で王都に届いた場合も想定して、ヴェルナーは本文に泣き言と愚痴だけの手紙を書いていたのである。

インゴがあえてリリーにこれを見せたのは、息子《ヴェルナー》の意図をリリーが読み取れるのかを試験したというほうが正しい。そして結果は満足がいくものであった。

「文面に関してはどう思う」

「ヴェルナー様がこんな手紙を書くはずはないと思います」

その問いにリリーが即答する。事実として故意に情けない内容の手紙となっているのだが、ここまで信頼されているのを目の前で見たら、ヴェルナーももう少し文面に気を遣うべきだったたと反省したかもしれない。

ちょうどそこにノルベルトが書類の束を青い帯でまとめたものを持って戻って来た。受け取ったインゴが黙ってそれを読み始める。その横でクラウディアが複雑な表情を浮かべつつ沈黙していた。他の方法はなかったのかと言いたいのであろう。ヴェルナーの策略だという事は理解していても、汚れた手紙など受け取って気分のいいものではない。

伯爵夫人《クラウディア》の不機嫌そうな表情を見、ヴェルナーのフォローをした方がいいのかと内心でおろおろしはじめたリリーをよそに、インゴがその書類を読み終えて一つ頷いた。

「何かありましたか」

ノルベルトの疑問に対し、インゴは顎に手をやりつつ言葉を発する。

「この書類は下書きだ。思い付きが脇に書き残され、文章にもまとまりはない。途中まで考えて後回しにした書類だろう」

そんな書類をなぜ、とはその場の誰もが思ったはずである。だがそれには直接答えることをせず、真顔でノルベルトに視線を向けた。

「出仕前に使者を立てる。火急の用件で陛下にお時間を頂きたいと先触れを出しておけ」

「ただちに」

顔色一つ変えずにノルベルトが頭を下げる。声をかけたのはクラウディアだ。

「旦那様、それほどのことですか」

「ヴェルナーの危惧が事実であればそういう事になるだろう。城から戻る頃にマックスを館に呼んでおくように」

「はい、かしこまりました」

真顔に戻ったリリーもノルベルト同様、発言に応じて頭を下げる。その後、館の外は普

段と変わらないまま、いつもよりやや遅れてイ
ンゴは城に出仕するため馬車に乗り込んだ。

◆

国王、王太子、宰相のいる場でヴェルナーからの手紙と意図を説明し、次いで書類をそのまま提出したインゴは小さく頭を下げた。

「以上でございます」

「なるほどな。大臣のご子息はよく気がきく」

ファルケンシュタイン宰相が小さく頷きつつそう口にする。続けて口を開いたのは国王マクシミリアンだ。

「ツェアフェルト子爵の提案は有効だな。提出してきた書類に関してだが」

「多少、修正をした方がよいかとは思いますがそちらも問題はございません」

王太子ヒュベルトゥスがその言葉を引き取る。そのやり取りにはさすがのインゴも目に理解が追いつかないという表情を浮かべ、王太子《ヒュベル》が小さく笑って口を開いた。

「ヴェルナー卿《きょう》のこれはツェアフェルト伯爵領が戦場になった場合に備えた計画書だな」

「さようでございます。原案、という所ではあろうかと思いますが」

伯爵領が戦場になった場合の避難計画や戦場に有利な場所、あるいは逆に不利な場所な

どを思いつくままに書き記したようなもので、貴族ならば自分の領地を守るために秘匿しておくべき資料であり、完成度という面で見ても本来ならまだ人目に触れさせるような水準に達しているとは言い難い。

にもかかわらずインゴがその書類を王室に提供したのは、ヴェルナーの意図がそこにあるのだろうと推測したためである。またそうでなければ、わざわざアンハイムから書状などを送って来ない。

ヒュベルもその言葉に一つ頷き、自分の予想を口にする。

「これは卿の家に勇者《マゼル》の家族がいる事と、王都の中に魔軍の間者《スパイ》がいる事の二つを前提にした作戦計画書だろう。魔軍が伯爵領を襲撃し、可能であれば王都の伯爵家邸からも戦力を領地に向かわせてから、勇者の家族を狙って襲撃をかける。それに備えるために考えたものだな」

「恐らくおっしゃる通りかと」

インゴが頷き、それを確認した後にヒュベルが言葉を続けた。

「ヴェルナー卿がこの資料を今この時に提出し、言いたいのはこういう事だ。魔軍が国内の複数か所で襲撃を起こし、騎士団を王都から引き離そうとしている可能性があるとな」

「は……」

インゴも頷いた。ヴェルナーからの書類の束に視線を向けたヒュベルが更に口を開く。

「騎士団が王都から離れ、なおかつ連戦を続けていればアンハイムへの援軍がその分遅くなる。そのあたりを心配したのだろう」

「ヴェルナー卿が危惧するのも当然ですな」

宰相であるファルケンシュタインが頷く。アンハイムにいるヴェルナーの率いる兵力は決して多いとは言えないし、国の最精鋭という訳でもない。そのような状況で魔将と戦うのに、援軍到着が遅れるのはヴェルナーからすれば避けてほしい事態であろう。

「それを口頭で伝えなかったのは、王国各地で魔軍が出没する可能性が冒険者の口から漏れ、市井に噂《うわさ》が広まれば無用の混乱を招く可能性があったからだ。だが、一方でこの危惧は〝確実〟に王都に届ける必要もあった」

冒険者たちの一団がしっかりと届けることに成功しているがな、と口にしたヒュベルが含み笑いを浮かべる。

「三通目の手紙がどう届くのかが楽しみだ」

「殿下もお人がお悪い」

ファルケンシュタイン宰相が笑顔でそう反応し、王が小さく頷いてからインゴに対して視線を向ける。

「典礼大臣たるツェアフェルト伯爵、余の名をもって王都の家騎士を領に移動させる許可を与える。仮に敵側にアンハイム代官を動揺させる意図があるのであれば、伯爵領も戦場になる可能性があろう」

「ご配慮に謹んで感謝を申し上げます」

「その間、王都伯爵邸《ツェアフェルト》の警備を一時的に強化する。宰相、誰がよいと考えるか」

「恐れながら、臣にお任せいただければ。監視していると考えられるかもしれませんが」

「そのようなことは思ってもおりません。閣下のご厚意に感謝申し上げます」

ファルケンシュタインは伯爵邸を自分の家騎士で警備させると申し出、更に笑いながら声をかけてきたことに対し、インゴは真顔で応じる。

ヴェルナーを左遷したと思っていた者たちからすれば、王家が伯爵家騎士団の軍事行動を許可しただけでなく、宰相という地位にいる人物がその後の警備を自ら引き受けたという事実は大きい。伯爵家《ツェアフェルト》に対する信頼は揺らいでいないという証明であるためだ。

その後、さらにいくつかの会話を王や王太子と交わしたインゴは、夕刻になって館に戻った後に、マックス、オーゲン、バルケイらに伯爵領の警戒状態を上げるように手配をした。それと同時に、いくつかの指示を出してさらにその後にくるであろう事態の推移に備えたのである。

◆

「アンハイムでのツェアフェルト子爵のやりようには問題がございます。ぜひとも、詳しく調査を」

「解《わか》っておる」

　インゴの手元にヴェルナーからの書状が届いてから数日後の御前会議の席。法務部で局長級の地位にいる子爵は王や王太子に向かい、かなりの時間をとってそう主張していた。アンハイム誓約人会の一部構成員が王都に向けて告発状を送ってきたためだ。

　特にこの貴族が問題視していたのは、アンハイム誓約人会の関係者を裁判もなしにその場で処断した事と、他国の工作員であった男を独断で部下としている事の二点である。だが、王も宰相もそれに直接の言質を与えずにその場を下がらせた。

「しかし、ツェアフェルト子爵のやり方は強引に過ぎるかと」

「多少強引かもしれぬが、その権限が代官にはある。代官からの報告を待ってから対応しても問題はないであろう」

　別の貴族がヴェルナーを批判する意図を込めて口を開いたのに対し、内務大臣であるアウデンリートが短く応じる。事実である。問題が大きいと判断すれば裁判を開かず代官の権限で処断する事は可能だ。普通はそこまで強引に権限を使わないことの方が多いが、相手が山賊と組んでいたような人間であればその場で処断する事もおかしい事ではない。

「誓約人会を通した裁判を行わなかったとはいえ、代官の裁量範囲である。現時点での問題はないと認める。次」

　王が最終的にそう判断し、次の議題に移ろうとしたとき、この日の議会に同席を希望していた貴族の一人が挙手と共に声を上げた。

「宰相閣下、恐れながら申し上げたき事がございます」

「ガームリヒ伯爵、何か」

　どうやら予想していた行動をとるのは伯爵のようだ、と内心で思いつつファルケンシュタインが応じる。

「アンハイム代官のツェアフェルト子爵ですが、代官という任に堪えるような人物ではないのではないかと思われます」

「何故にか」

　ファルケンシュタインが確認する一方、王や王太子は沈黙を守っている。その表情を確認はしたものの、ガームリヒ伯爵はむしろ自信ありげに懐から一通の書状を取り出した。

「この書状をご覧ください。これは子爵から実家の伯爵家に宛てたものでございますが、酒や金品の希望、あるいはメイドに宛てた愚痴など、中身は読むに堪えないような内容ばかり。代官どころか子爵の地位さえも相応《ふさわ》しいとは思えません」

「卿《けい》の意見はわかったが、まずその書状を読ませてもらおう」

　そう口を開くのを待っていたように壁際に控えていた侍従の一人がガームリヒ伯爵に近

づいて書状を受け取り、ファルケンシュタインの手元に運んできた。ファルケンシュタインがそれを黙って一読し、そのまま国王に差し出す。内容を知っている王が無言で目を通している横で、ファルケンシュタインが確認するように問いかける。

「卿はどこでこの書状を手に入れたのか」

「我が領内にいた山賊を討伐したところ、その直前に殺害されていたアンハイムからの使者の遺品の中にこの書状を発見いたしました」

「ツェアフェルト伯」

ガームリヒ伯爵が自信満々にそう答えたところで王が口を開き、その書状をインゴに手渡した。インゴはそれを一瞥《いちべつ》し、冷たい口調で短く応じる。

「字はよく似ておりますが偽物でございます」

「なっ」

顔色を変えて何か言いかけたガームリヒ伯爵が何か声に出すより早く、インゴが冷静そのものの口調で発言を続けた。

「恐れながらこの典礼大臣インゴ・ファティ・ツェアフェルト、このような肉汁やワインの染みが付いたままの書状を清書もしないで送るような、恥ずべき教育を息子に施してはおりませぬ」

堂々とそう言葉を続けたインゴに視線を向け、ガームリヒ伯爵は絶句している。他の貴族たちはインゴのその態度に思わず頷《うなず》いた。積み上げてきた信頼の差というものであっただろう。確かに、典礼大臣がそのような教育をしているとは考えにくい、と事情を知らない貴族たちを納得させるのに十分な返答と態度であったのだ。

それ以上は何も発言することなく、インゴが書状を王の手元に戻した。そのまま王の手から王太子の手に書状が渡るのを見ながら内務大臣のアウデンリートが口を開く。

「大臣のご子息は学園でも優等生として通っていると伺っております。いくら家族宛てであってもそのような書状は出さぬでしょう」

「だ、だが、借金を繰り返し遊び惚《ほう》けていると王都まで噂が届いております。本当に優等生であったかも……」

「学園には王家の目もある。子爵が優等生であることは事実だ」

王太子《ヒュベル》がガームリヒ伯爵の発言に被《かぶ》せるように口を開き、インゴが〝偽物〟と断じた書状に視線を落としたまま言葉を継いだ。

「私も子爵から提出された提案書や報告書を読んでいるが、それらがこのような汚いものを使っていた例はない。いくら家族宛ての書状とはいえあり得ぬであろうな」

そう言いながら、さりげなく侍従にその書状を渡し、そのまま会議中の部屋から運び去るように命じた。ヴェルナーの手紙という物証が手元から失われたガームリヒ伯爵が微《かす》かに慌てた表情を浮かべたところで、王が口を開く。

「ツェアフェルト子爵は若くして評価され地位を得ているゆえ、恨まれることもあろう。ガームリヒ伯」

「は、はっ」

「この件はここまでとする。何か異論があるか？」

「ご、ございません」

仮にあったとしても王がここまで言ったことに反論することは難しい。まして物証が既に伯爵の手元を離れているのである。舌打ちを堪《こら》えるような表情を一瞬だけ浮かべた伯爵が沈黙すると、他の出席者からも異論はなく、議題が次の話題へと移った。

やがて数々の問題に一通りの対応が決定し、王が大多数の貴族が参加する朝礼会議の解散を宣告すると、多くの貴族はすぐに会議室を後にする。

魔王復活後に国内外で魔物《モンスター》の蠢動《しゅんどう》が勢いを増している現在、国と貴族家の領地の双方でたびたび問題が起きており、まともな貴族や公職にある者にはすぐに終わらぬほどの公務がある。本人が王家や他の貴族が何をしているのか調べるような時間はなく、またそういった情報を収集するために使用人や派閥の貴族がいるのだ。席に何人かの貴族が残っているが、いずれ状況がわかるであろうと他の貴族たちは自分たちの執務室へと戻った。

◆

その場に残ったのはあらかじめ残るようにと指示されていた大臣級の貴族ばかりである。彼らが再び席に着くのを待ち、王がゆっくりと口を開く。

「確実に書状を届けるためとはいえ、ツェアフェルト子爵は面白い方法をとったの」

「確かに」

ファルケンシュタインが小さく笑った。結果論で言えば冒険者たちが正規の書状を届ける事に成功していたが、書状を王都に確実に届けるという目的で見れば、ガームリヒ伯爵が見せた複写の届け方も正解とも言えるだろう。

「子爵の評判を下げたいと思うものからすれば、あのような見苦しい書状はなるべく多くの人の目に触れさせたかったでしょうな」

あの書状が第二王女《ラウラ》の婚約者候補であるヴェルナーの足を引っ張りたいと考える貴族の手に渡れば、その相手は確実に王都に届けようとする。ヴェルナーはそう考え、わざわざ裏切りそうな冒険者の一団を選び、その貴族を利用して書状を王都まで届けさせたのだ。魔王復活後、出没する魔物《モンスター》の強さが変化しているという前提から、使者が魔物に襲われる事まで想定しての手段であった。

王太子《ヒュベル》が小さく楽しそうな笑みを浮かべる。

「我々も試されている気分だな」

「あのような手紙の内容を信じることはございませんが」

ファルケンシュタインが惚《とぼ》けた表情を浮かべて応じる。ヴェルナーにその意図が全くなかったとは言えないであろう。

王家は魔将が襲撃してくるであろう事を想定してヴェルナーを抜擢《ばってき》したのだ。ヴェルナーの泣き言や遊び人のふりはもちろん、その足を引っ張ろうとする貴族の誹謗《ひぼう》中傷に耳を貸すようなことはない。だが、ヴェルナーが反応を危惧する事もまた当然である。

「王家が誹謗中傷に動じることはないという態度をはっきりさせておけば、子爵を妨害しようと考える輩《やから》は動きにくくなりましたな」

「それが狙いでしたか」

外務大臣エクヴォルトが納得しつつ頷く。思わず笑いが漏れたのは、書状そのものは陰謀でも誹謗中傷でもなく、事実ヴェルナーが書いたものだという事であっただろう。それを知りながら堂々と偽物だと断定するあたり、インゴも肝が太い。

「ヴェルナー卿《きょう》の悪い噂《うわさ》に関してだが、外務大臣。それとなく他国の外交関係者の耳に入るように細工をしてもらいたい」

「は。他国の王宮で話題になる程度でよろしいですか」

「うむ。適度に広まればよい」

意図を確認するための問いに対して王は短く答える。さらに言葉を継いだのは王太子だ。

「我が国でさえまだ王都の中に魔族がいないとも限らぬ。他の国も同様だ。アンハイムの代官が遊び人らしいという噂が魔族の耳に入るぐらいがヴェルナー卿にとっても都合がいいだろう」

他国の魔族経由でアンハイム代官のヴェルナー恐れるに足らず、と魔軍側が油断、あるいは軽視すればその間ヴェルナーは領内を固める時間的な余裕ができる。アンハイムへの攻撃そのものが全力ではなく片手間程度の攻勢になるかもしれない。意図の一面を確認したエクヴォルトは頭を下げた。と同時に、別の目的があることも理解する。その噂を単純に信じ込んだ国に対しては別の結果も期待できるためだ。

例えば、勇者を自国に引き込もうとした国の貴族が勇者《マゼル》に対し「ヴェルナー卿は酷《ひど》い遊び人らしいな」と話しかければどうなるであろうか。勇者から見れば離間策を仕掛けてきたようにしか見えないであろう。結果的に勇者がその国への印象を悪化させることになる。

「子爵が第二王女《ラウラ》殿下の婚約者候補であるという噂も他国には流しておくべきですな」

「ふむ、なるほど」

宰相の発言に王も頷く。一方で悪評、一方で王家が評価していると複数の情報が流れていれば混乱は避けられない。相手を混乱させることも情報戦なら事実を事実として伝えることも情報戦だ。

「それにしても、法務の部局長は器に相応しい地位であったな」

国王マクシミリアンが特に感情を浮かべずにそう応じ、他の同席者も頷いた。宰相であるファルケンシュタインが冷静に応じる。

「中堅貴族にいささか人材不足がございますな」

「少し政務を増やし様子を見るとしようか。それでよろしゅうございますか、陛下」

「よかろう。多くの貴族に役目を振り分けられるように」

王太子《ヒュベル》の提案に王も軽く頷き指示を出した。それでこの件は終わりである。

本人のあずかり知らぬところであるが、ヴェルナーは一種の評価基準のような扱いをされていた。まだ若いヴェルナーをどのように扱うつもりであるか、という観点でヴァイン王国の上層部は中堅貴族たちを採点していたのだ。

現在の大臣級貴族たちから見れば、ヴェルナーの扱いはどのように〝使う〟か、という一点での判断になる。

もし目的が一致できるのであれば同僚として扱うか、部下としてその才幹を振るえるように手配をする。一致できないのであれば、どうやって取り込むか、あるいは自分たちと利害関係の異なる職務で全体として国のためになるよう働かせるかを考える。最悪、宮廷内で敵対する立場になったとしたら、別の政敵と嚙《か》み合わせて双方を疲弊させることを考慮しなければならない。

国の重鎮という視点では、その人物が優秀であればあるほど、どう使うか、どのように自分と国の利益に結び付くかを考えて対応を行う。また、そう考えられなければ大国の大臣など務まらない。讒言《ざんげん》は論外として、まず競争相手の足を引っ張ることを考えるような貴族は、国家の役職という観点ではせいぜい中級職どまりという評価にしかならないのである。

その意味で、ラフェドという他国の人間をアンハイムで働かせるという事実の裏側を理解する事ができない部局長にしても、その前にヴェルナーをアンハイムへの配転という名の左遷を望んだ貴族の振る舞いも、現時点では落第という評価にならざるを得ない。将来的には彼らの多くは逆に自分たちが地方転属という形になることも大いにありえる。一方でそれらの貴族たちの再教育も同時に考えねばならないのが大臣たちの立場だ。

国には多くの人材がいなければならない。望まぬ不慮の事故や病気で人材が失われる可能性は常にある。家を維持することが貴族の義務であれば、国を維持するために多くの人材を育てるのが大臣級貴族の義務であり、義務を軽んじる人間はこの場にはいなかった。そのような人物を大臣として任命している王の目も優れていると評してもよいだろう。

実のところ、ヴェルナー本人も気が付いていたように、ヴァイン王国としてはアンハイム領の失陥さえも考慮に入れていた。アンハイムが敵中に落ちても別の形で挽回《ばんかい》すればよいと考えているのである。あえて断じるのであれば、すべてを守ることはできない以上、どこを守りどこを切り捨てるかを判断するのが政治であるとさえ言えた。

軽く王太子が笑う。

「しかし面白い手を打ったものだ。あの工作員を利用するとはな」

「対象が勇者殿のご家族であったとはいえ、拉致未遂犯ですからな」

未遂なので匙加減《さじかげん》一つでどうとでも扱うことができる。極端なことを言えば、ラフェドがマゼルの家族に謝罪し、家族の側がそれを受け入れれば国としてはそれ以上口を挟む必要はなくなる。無論、勇者の家族を狙ったと厳しく罰することも可能だ。

「戦いに勝てば敵国の人間ですら使いこなしたと評価される。負ければ罪人一人の扱いなど気にしてはいられぬ。それでいながらこの登用は貴族社会に対しての牽制《けんせい》になる。子爵は存外食えぬの」

「陛下も随分とご機嫌が良いようで」

「駆け引きができるのは良いことだ」

内務大臣アウデンリートの問いに王はそう応じた。性格上、駆け引きができない人間というのは確かにいる。そのような性格の人間に国の中枢を任せるのは難しい。これは能力というより適性の問題である。

だが、やろうと思えば駆け引きもできるとなると評価は変わる。いざという時には駆け引きができるのだから、要職に据えることも可能なのだ。貴族が国を相手に駆け引きを仕掛けてくることなど珍しい事でもなく、この程度で機嫌を損ねることもない。ヴェルナーに対する評価が上がったとまではいわないが、現在の評価を継続すると言ってよいだろう。

さらに王室にはヴェルナーを重用する別の理由もある。貴族出身で本人が優秀、なおかつ勇者の親友というその存在そのものの価値が高いのだ。

この世界、王は独裁者ではないし絶対権力者でもない。仮に貴族の過半数が「魔王と戦える勇者は危険であるから排除せよ」と言い出した場合、王室としてはそれを考慮する、少なくとも考慮する格好を見せる必要が生じてしまう。どれほど勇者が国の看板としての価値があるとしても、だ。

勇者という強力な個人はそのように多数の貴族が一方に流れる危険性も内包していたが、その流れを乱しているのがヴェルナーの存在であった。

二人が親友と言っていい関係であることはよく知られている。もし勇者を排除するような真似《まね》をしたら、最悪の場合、ヴェルナーが他国へ亡命するかもしれない。そうなると大きな人的資源の喪失である。大臣の子息で伯爵家嫡子の亡命など国にとって恥であるし、他国にあの才能を用いられたらその国が強大化する危険性もある。勇者への過剰な警戒感があったとしても隠さざるを得ない。

また逆に、ヴェルナーを排除した場合、国やそれを主導した貴族を勇者が敵視する危険性があるとなると、それも簡単に実行に移すわけにはいかない。既に魔将二人と四天王一体を斃《たお》せるだけの戦闘力がある存在であることはわかっているのだから、一つの貴族家が単独で敵対して戦闘状態にでもなればまず間違いなくその貴族の命はないだろう。ヴェルナーを消す、という選択肢は恐ろしくて取れない。

勇者一人ではなく、勇者と貴族の二人が存在しているため、不満や嫉妬があるにしても、危険であるから排除してしまえという行動や、冤罪《えんざい》などを用いての処分という単純な方法を選びようがないのである。

王家もこの状況を利用している。王は勇者に期待し、その立場を庇《かば》う姿勢をしばしば示す。一方、王太子はヴェルナーを評価し、かつ将来を嘱望している事を態度で示している。二人が別々に、どちらか片方に肩入れをしているのだ。

このため、親友である二人が協力して反旗を翻したらどうするのか、と思っても口には出せない。その意見を口に出した途端、〝王と王太子、二人揃《そろ》って人を見る目が節穴〟と評しているのと同じことになってしまう。そうなるとさすがに王宮に本人の居所がなくなるだろう。己の立場も考えれば自然とその考えを捨てるしかないのだ。

ただその結果、別の人物が本人の意思と無関係に重要人物となってしまっていることも事実であるのだが。

「ところでツェアフェルト伯爵、勇者の妹はどうか」

「は、その件で実は陛下にご相談が」

インゴが表情を変えずに口を開き、最近の問題について説明する。話を聴き終え、王が憮然《ぶぜん》とした表情を浮かべた。

「解《わか》った。余からも釘《くぎ》を刺そう」

「力及ばず面目もございません」

「一貴族家でどうにかなる問題ではないゆえ卿《けい》が気にせずともよい。それ以外はどうか」

「今のところ、国家として動く必要があることはございませぬ」

王が頷《うなず》く。代わって王太子が口を開いた。

「魔軍の動きは」

「西方国境の方に小集団がおりましたが現地の兵力で鎮圧した模様。他には変わった報告はありません」

「引き続き警戒を。外務の者は他国の動向や情報収集を怠るな」

「はっ」

「かしこまりました」

「次に……」

魔物《モンスター》の出没はヴェルナーのいる地域だけではない。そのため、他の地域で何か問題があった場合は迅速に各地の状況を調査し必要に応じて兵を動かさなければならない。国内の難民や魔軍の被害にあった者たちへの対応もある。そして何より、次に来るであろう動きに備える必要があった。

人類最大の敵は魔軍ではあるが、魔軍との戦いで消耗したところで他国が手を出してこないという保証もない。考えることはいくらでもある。

御前会議はまだしばらくの間続くことになった。

◆

アンハイムで出撃前の最後の準備を整えている最中、わざと汚したあの書状に関してノイラートとシュンツェルから質問を受けることになったんで、簡単に説明をしておくことにする。急ぎの疑問ではないが、別に隠しておくようなものでもないし。

あの日、午後になってからアンハイムを出立した冒険者たちにはアンハイムの統治における報告書も同時に持って行ってもらっている。こちらは公的なルートを通じて国に提出するもので、父あての手紙はその後に伯爵家に直接届けてもらうつもりだったものだ。

一方、午前に出発させた少々評判の悪い冒険者たちは遠回りになるがいくつかの貴族領を経由して王都に向かわせた。名目的にはいくつかにルートを分け、どこかのルートが使えなかった場合に備えるというものだが、実際は書状を運んだそれぞれの人間が自由に動けるようにする目的がある。例えば、あの書状をどこかの貴族に売りつけたりすることができるように、とかな。

塩塊ギルドと関係がありそうな冒険者たちには遠くに行ってもらいたいと思っていたから、この際理由をつけて遠くに行ってもらう事にしたという方が正しい。王都に書状を届けることに失敗したら冒険者としては戻ってはこられないだろう。連中は俺が失脚するまで待ってから戻ればいいと考えているのかもしれんが、それは向こうの願望みたいなものだし、かなえてやる義理はない。

唯一心配だったのは三通全部に邪魔が入って素直に届かなかった場合なので、ちょっとした暗号文を使う事にしたのだが、暗号を解読してもらえない可能性に一抹の不安がないと言えば嘘《うそ》だ。だが、最悪の場合、父があんな書状を送ってきたことをお怒りになって返信を持ってくる奴《やつ》がいるだろうから、それを待って対応すればいいだろうと考えてもいる。

「なんせ俺は嫉妬されまくっているしなあ」

「その嫉妬している貴族家の領地をわざわざ通るように指示したのですか」

「ついでに俺と仲が悪いという事も冒険者たちの前でしゃべってからな」

半分愚痴になったのは事実だが。とはいえ、向こうが一方的にこっちを妬んでいるというのが正しいだろう。俺は実家の伯爵家だけで手一杯で、正直それ以上の地位はどうでもいい。他の連中が出世するのを邪魔する気はないから、勝手に俺を追い抜いて出世してくださいというのがまぎれもなく俺の本心だ。

「俺の予想になるが、多分、ガームリヒ伯爵領かコルトレツィス侯爵領あたり、多分後者で連中は行方不明になると思う」

連中から貴族家に売り込むか、アンハイムの使者というだけで殺されるかはわからんが。

ヴァイン王国南東方面に大きな領地を持っているコルトレツィス侯爵家は武門の名門だ。とはいえ、ちょっと訳アリの家でもあるらしい。侯爵家当主が病気療養中という理由もあるようだが、基本的に王都にいるはずの侯爵が領地にいるというだけでもこの国では奇異の目で見られている。そして、それを気にしない程度には家の勢力もあるようだ。

「しかし、侯爵とヴェルナー様の関係はなぜそのようなことになっているのでしょう」

「うーん。二つの事情が重なっているからなあ」

「どういう事でしょうか」

俺も考えながらノイラートの疑問に応じると、代わって疑問の声を上げたのはシュンツェルだ。二人に答えつつ、俺自身も頭の中で状況を整理していくことにする。

「まず貴族社会での俺に対する批判。こいつの原因は端的に言えば俺が第二王女《ラウラ》殿下と適齢だという事だな。殿下の婚約者候補とみられているわけだ」

迷惑極まりないが。そもそもマゼルとラウラは心底お似合いだからそこに割って入るような真似をする気はない。

もっとも、俺の方にそういった連中の目が向いているおかげで、ラウラと同行して魔王討伐に向かっているマゼルの足を引っ張ろうという動きが少ない面はある。そう考えると、王家が俺とラウラの関係を否定しないのは、魔王討伐の旅をしているマゼルから目を逸《そ》らさせる意図があるんじゃなかろうか。どうやら魔物暴走《スタンピード》の後で王太子殿下に依頼されたマゼルの壁役という役目はまだ継続中らしい。

「で、第二王女殿下の夫という立場を狙う奴らからすれば俺は邪魔」

かといって暗殺だなんだという選択肢はさすがに取れない。今の段階で俺でなくても婚約者候補の一人が暗殺されたら他の奴が疑われるに決まっているし、大臣の嫡子が殺害されたとなれば大事だ。本格的な捜査から足がつく結果が予想できてリスクが大きすぎる。

なんせこの国の王族は基本的に優秀だから、下手なやらかしをするとまず間違いなく自分の首も一緒に飛ぶ。そうなると〝あいつは第二王女殿下には相応《ふさわ》しくない〟という悪評を立てようとするのが現時点で相手が打ってくるだろう手であると予想ができるわけだ。

「うまくいかんとは思うが」

「なぜでしょう」

「先に王太子殿下には伝えてあるからな」

なんせ俺本人が王都で俺の悪い噂《うわさ》を流します、と先に申し出てある。足を引っ張りたい貴族家が俺の悪い噂を流したとしても、俺本人が作った噂に紛れてしまうだろう。また、もし俺が流した噂を事実と信じて利用できると食いつくような馬鹿がいれば、後で実はそいつが黒幕だと貴族的に悪評の責任を押し付けられるから、かえって好都合だ。

息子が自分の悪い噂を流して回るという行動に父が渋い顔をしていたが、これはもう後で平謝りするしかない。

「何分俺の実家は伯爵家で大臣だ。下手なやり方をして反撃された場合も考えると、それなりの家柄でないと大やけどをする事にもなる。となると仕掛けてくる相手もある程度絞られるわけだ」

　派閥が違う事もあってあまり詳しくないが、コルトレツィス侯爵家と王家の間は微妙な関係だと耳にしている。王国大臣の嫡子で王家が選んだ代官が遊び人、というのは間接的にはそんな人間を選んだ王家の評判を悪化させることに繋《つな》がるというわけだ。

　そこまで説明するとノイラートが考え込みながら口を開いた。

「だからあの冒険者たちはコルトレツィス侯爵領で行方不明になるという事ですか」

「難民護送の時にコルトレツィス侯爵家からの危険情報が伝わってこなかった件からの予想になるが、多分な」

　あの時、情報が届かなかった件はおそらく意図的なものだったのだろうが、その時点での俺は侯爵家クラスから直接狙われるほど大物ではない。今現在でさえ俺は子爵であって侯爵家から見ればその他大勢レベルではあるのだが。同じ貴族でも侯爵と子爵にはそのぐらいの差がある。この世界は脳筋世界なので、文官系貴族の分際で、という程度の視線は向けられているかもしれん。

「多分だが、あの時はセイファート将爵の方が狙いだった」

コルトレツィス侯爵家やその派閥の貴族からすれば『優れた武門の家である我らを差し置いて、事実上引退していた老人をなぜ』というあたりだったのではないだろうか。いくら侯爵家であっても魔物《モンスター》の集団を作ったりすることはさすがにできるはずもない。

だが、近隣領地の支援要請などを無視、あるいは自分たちの支配地域以外での被害を放置するなどはできるはず。結果、数が増えた魔軍に襲撃された旧トライオットからの難民集団に大損害が出れば引率責任者だった将爵の評判も落ちる。ひょっとしたら将爵も戦没したかもしれない。

戦没までは想定していなかったとしても、将爵の評判が落ちれば『やはり現役の武門の家に……』という話が出てくるのはおかしくないし、結果、後釜に自分たちが座ることも十分にあり得る。あの難民護送の時、コルトレツィス侯爵家から何の連絡もなかったのはそのあたりを期待していたんじゃなかろうか。

「そもそもコルトレツィス侯爵家はクナープ侯爵と同じ武断派だしな」

とはいえ、ややこしいところだが同じ派閥だからといって内部で順位争いをしていないわけじゃない。クナープ侯爵家が壊滅的な被害を被ったのであれば、自分たちがその分勢力を伸ばしたいと考えるのは当然といえば当然だろう。そして王家の側から見れば単独の一貴族家が大きくなるのは避けたいはずだ。王家側はそのあたりも考慮して難民護送の責任者にはセイファート将爵を選んだのではないかと思う。

「しかし、コルトレツィス侯爵ご本人は御病気だと伺っております」

「侯爵家には長男と次男がいてどっちも俺より年上だぞ」

シュンツェルの発言に対して何気なくそう応じたが、だからこそ危険かもしれないと思い直した。つまりラウラの婚約者候補としても適齢だという事だからだ。

特に次男の方が兄を追い落とし、次期侯爵家当主の地位を狙って、よく言えば積極的に行動、悪く言えば暴走している可能性がある。が、そのあたりは情報不足だな。

「それがなぜヴェルナー様への反発というか対応になるのですか」

「うーん。一言でいうと王家と一部の貴族が勢力争いをしているというか」

もともとヴァイン王国は絶対王政でもなければ独裁国家でもない。少々皮肉な言い方をすれば、魔王復活以前から魔物が出没するこの世界、国土の広さに情報通信網が追いついていない。地方を統治する貴族にある程度の権限を与えておかないと問題発生後、放置されることで国そのものが成り立たなくなる危険性もある。

そして俺は、俺自身に毛ほどもそんな意思はないとはいえ第二王女《ラウラ》の婚約者候補で、王家派の有力者である将爵が親しくしている。あれは絶対に俺で遊んでいる一面があるが、傍《はた》から見ればお気に入りという目で見られるのも間違いはない。父が大臣であることも含め、俺も王家派の一員として見られているのだろう。

「そして俺の評判が悪化すれば、それは回り回って俺を評価している人の人を見る目がない、という事になるからな」

そのあたりまで考えないといけないのが貴族社会の面倒なところだ。内心でため息をついていると、ノイラートが口を開いた。

「それなのにご自身の悪評をお流しになったのですか」

「父には申し訳ないと思っているのは事実だ」

母にもだが。息子が遊び人だとの評判が流れていれば普通の親はいい顔をしないだろうとは思う。なお国に関しては申し訳ないというよりもどうぞ上手に処理してください、できますよねという気分だ。そのぐらいは許してもらおう。

「そんな噂が流れてしまうと逆に王都に戻りにくくなるのではないでしょうか」

「それはない」

そもそも王太子殿下や将爵の言動がある。俺がここに配属されているのはあくまでも魔将対策だ。王都の住人にも防衛戦に成功すれば俺自身が流した噂だという事を信じてもらえる、と思う。中には信じない奴もいるだろうが、そういう奴は何をやっても味方にはならないだろうから、こっちも初めからそういう対応をするだけだ。

逆に防衛に失敗したら、魔軍の占領地に隣接している土地を任せるに足らないとすぐ王都に呼び戻されることになるだろう。できればついでに閑職にでも追い込んでくれないかな。そうすれば気になっていることを調べる時間ができそうだと思ったのは事実だ。

ただ、失敗するという事は多数の被害者が出る事でもある。ヴァレリッツのあの惨状を忘れることはできないし、少なくとも俺の手が届く範囲であれを再現する気はない。

だからやることはやるつもりではあるが、足を引っ張られたくはない。王都でないと準備できない物なんかを輸送する際に邪魔をされると大変に困る。その点、遊び人が借金までして何か買いこんだものを輸送しているというのであれば、邪魔をしようと考える奴は減るだろう。

「あとはまあ、国の方がうまくやってくれると思うしな」

正直な所、その先まで考えている余裕がない。魔軍のボスクラスである魔将を相手に、ともかく耐えるための作戦を考えるだけでも頭の処理能力は限界だ。後の事は後のことと考えて噂の先は意識的に思考停止。目の前の問題に集中する事にする。

◆

数日後、直属の騎士三〇人、歩兵六〇人とゲッケさんの傭兵《ようへい》六〇人、それに荷駄隊三〇人と地理に詳しい案内役を数人連れてアンハイムを出立。盗賊団や山賊団ならこの戦力で十分だし、正直、これでも長々と動かすと消費物資が洒落《しゃれ》にならない。

理屈で言えば大軍を揃《そろ》えたほうが強いというのはその通りなのだが、大軍を揃えるとその分物資が必要になる。ついでにいうと支援隊はまだ現場に出すには早い。ままならないものだ。全員が一方の門から出るのではなく、複数の門から分けて出たのは用心のため。

「ご武運をお祈りしております」

「卿《けい》らも気を付けてくれ。特に工事の準備と国境監視を頼む」

「承りました」

アンハイムに残るのは政務をとるベーンケ卿《きょう》、支援隊を指揮するケステン卿、フレンセン、それにラフェドとアンハイムの警備隊隊長。動くのは代官の直接動員兵力だけで、糧食なども俺の名で準備したもの。誓約人会は予算も出さないが口も出せない。

警備隊長は自分たちが信用できないのかと聞いてきたが、警備隊を動かすとなると誓約人会の同意が必要で、そうするといろいろ面倒くさい。そろそろ面子《メンツ》がどうのと言ってくるだろうし、塩塊ギルド長も我慢できなくなるころだ。その前に賊の方を終わらせる。賊もそうだが、魔軍にも時間を与えすぎているぐらいだしな。

賊は大きく三つの集団に分かれている。というか、そうなるよう誘導した。他の集団と合流しようとした小規模集団をホルツデッペ卿やゲッケさんに討伐させたり、わざと多数の人数を出して牽制《けんせい》したりしながら、全体が一つの塊にならないようにしながらある程度の集団にしたわけだ。

賊が小さく分かれすぎていてあちこちで討伐すると時間がかかるが、賊を全部一か所に集めると数が多くなるのでこっちの被害が心配だし、討ち漏らしの危険性も増すからそこは難しい。

本当は二つにしたかったのだが、例の嫌なところに居座っている集団が思うように動かない。それどころか柵やらなんやらで砦《とりで》もどきまで作っているらしい。あの丘の近くの村からは搾取されていると救助要請も来ている。しかし略奪じゃなく搾取って賊の発想じゃない気がするんだよなあ。

とりあえず偵騎と隣接する領に使者を出し、冒険者ギルドにいくつか依頼をしておいてからアンハイムを出発。誓約人会の大多数も賊を放置しておくことの問題を理解できないはずもないわけで、協力的という訳でもないが、喜んでいない訳でもないという何とも微妙な表情で見送られた。今回は足を引っ張られなければいい。保険も置いて来たし。

「ヴェルナー様、敵の位置が判明しました」

「ああ、どのあたりだ」

アンハイムを出て二日目、偵騎が戻ってきて敵の位置を確認することができた。ホルツデッペ卿は偵騎の使い方が上手《うま》い。意外なのはノイラートにもその才能がありそうなことだ。ちょうどいいのでノイラートを補佐役という形でつけて学ばせている。

「図で言うと例の高地にいる奴《やつ》らに動きはありません。他の一団がこのあたり、もう一団はこの方向に移動中です」

「なるほど」

俺の指揮下にいる人たちですら地図がせいぜいで、立体図形を基にした絵は見たことがなかったこともあり、当然驚かれたが、すぐにこの地図と立体図の併用による有利性は理解してもらえた。今のところまだ広めてはいないが、そのうち広がるのかなあ。どうせなら等高線図を広めたい。とはいえそれはマゼルの魔王討伐が終わってからだろうな。

先の事を脳内から放り出して図にコマを置いて状況を確認。移動をしていない一団がいるあたりには窪地《くぼち》があったな。待ち伏せというよりやり過ごしたいと考えているような感じか。移動している集団はツァーベル男爵の預かっている地域に移動中、と。例の動かない連中も含めてそれぞれが一日から三日ぐらいの距離があるな。合流されないようにしていたのだから当然か。さてそうすると。

「やり過ごそうとしている方から潰すか。窪地にいるなら騎兵を側面に回らせ、歩兵はこっちの丘から逆落としをかける」

「閣下、ヒルデア平原の時の作戦案はヴェルナー様が考えたと聞いておりますが」

「あー、そんな噂《うわさ》まで広まっているのか」

ホルツデッペ卿の副官らしい騎士がそんなことを言って来た。そういえばあの時セイファート将爵の名前で報告はしてもらうように願い出たが、その後は特に秘密にしてほしいとか何も言っていなかったって、おや。

　口止めとかはしてなかったけど、そんなことを知っている人が多いはずもないよな。そもそも話にする必要もないし。それから想像できるのは、ホルツデッペ卿は単に代官付き武官というだけではなく、国の有力者に近い所にいる人なのだろうという事だ。とはいえ、仕事をしてくれればその辺はどっちでもいいや。

「今回もあれをやってはいかがでしょうか。所詮は賊、いっそ殲滅《せんめつ》してしまえば」

「あんなもんがそうそう成功してたまるか」

　言い切ったら絶句された。けど実際そうなんだよ。ハンニバルはカンナエの戦いで両翼包囲戦術を成功させたが、別の戦場でハンニバルの弟が再現しようとしたら見事なまでに失敗している。

　両翼包囲戦術を成功させるには、向いている地形とか、両翼を巧みに動かす総指揮官の力量とか、前線指揮官の状況判断力とかいろんなものが必要。はっきり言えば王太子殿下にはできたが俺には無理。俺は俺にできる戦い方でやる。

「離れた地点に鎮座している連中はどうしますか」

「連中は当面放置だ。どうやら有利な場所を手に入れてしまったから逆に離れられなくなったらしい」

　他の集団と合流されてからあそこの丘に登られたら面倒くさかっただろうと思う。補給面か何かに問題があるのだろうか。そのあたりは正直何とも言えなかったが、ホルツデッペ卿の集めた情報によると、どうやら相手の方から合流を願い出てくるのを待っていたような気配だ。賊には賊の面子争いとかあるのだろうな。

どうもその辺にちぐはぐ感もあるのだが、どちらにしても動かないなら後回しだ。さっさと各個撃破してしまおう。

「ホルツデッペ卿、卿は騎兵を率いて大回りで窪地のあちら側に回れ。その間私は歩兵を連れてこっちの丘に登る。ノイラート、ホルツデッペ卿と同行して道案内と突撃の合図を待て。長二短二で」

「かしこまりました」

「はっ」

それ以外の準備を手早く済ませるようにシュンツェルに命じ、ゲッケさんの傭兵隊にも指示を出すと、足元を確認しながら歩兵を連れて移動開始。ちょうどいい大きさの石があったら拾い集めるように周囲に声をかける。あまり時間をかけずにこいつらは片付けたいところだな。

◆

賊徒の一人であるダゴファーは、代官の討伐軍がアンハイムの町を出たと知ると、それを一旦やり過ごすつもりで街道から離れた窪地に集団を移していた。

このダゴファーという男は、元々はトライオットで傍若無人にふるまっていた山賊集団の首領である。トライオットの王都が魔物《モンスター》に襲撃されて落城した際には、そこから逃亡する自国の避難民の方を襲撃し、財宝、糧食だけではなく人も襲い命を奪ってきた。行動だけ見れば魔獣と比べても差を感じない。

ところがその後、旧トライオットでは魔獣の狂暴化が止まらず、更には見たこともない種類の魔物も増加したため、自分たちの身の安全を確保するために魔物の弱いヴァイン王国に避難。そしてヴァイン王国内でも襲撃を繰り返していたのである。

ダゴファーが悪辣だったのは、ヴァイン王国内でしばらくの間、主に旧トライオットの難民を相手に襲撃を繰り返していた事であったろう。難民でも多少は金品を持っている事もあるし、ヴァイン王国にも貴金属なら相手が賊と承知の上で買い取る者もいる。そしてヴァイン王国の側、正確にいえばクナープ侯爵も騎士団が壊滅していた事もあり、被害者が自国民ではないという事で対応が後回しになってしまう。

結果としてしばらくの間は好き放題にやっていたダゴファーだが、徐々に同じようにヴァイン王国に逃亡してきた他の賊を吸収したり、逆に難民の中から賊に参加する者が出てきたりもして、人数が多くなり分け前の分配が追いつかなくなっていく。

そして、人数が三桁近くに達したことにより、増えた人数を養うため、ヴァイン国内の村落を襲撃する事に手を出し始めていたのである。

「王都からきてまだ一月程度の代官なら、こっちの方が地理に詳しい。場所のわかりやすいゼーガースか、うろうろしているグラナックの方に行くだろうぜ」

村を襲撃して得た肉を齧《かじ》りながらダゴファーは嗤《わら》う。獲物を独占したいと考える型の男だ。同じように旧トライオットから入り込んでいた、他の集団における首魁《しゅかい》であるゼーガースとグラナックの二人はむしろ代官に倒されてくれと思っている。

特にゼーガースの集団は有利な拠点を手に入れたから自分たちに従え、などと言い出した連中である。もしゼーガースが代官の軍と激突して両方とも消耗したら、代官より先に潰してやろうかとさえ考えていた。

「この辺りは水がないですから明日辺りには移動しなきゃいけませんがね」

「そのぐらいは」

「んぎゃっ!?」

我慢しろ、と言いかけたダゴファーの言葉を断ち切るように悲鳴が上がった。何事だ、と周囲を見回した途端、更に数人が悲鳴を上げて倒れる。

「お頭、あっちです!」

手下の一人が丘の上を指さす。稜線《りょうせん》上に一〇人程度の人間が並び、丘の上から立て続けに投石紐《スリング》で石を投げ込んできていた。

熟練した投石紐の使い手による石の有効射程は二〇〇メートルにもなる。そこまで熟達していなくてもただ投げるより飛距離があり、相手が革鎧《かわよろい》なら十分に効果的だ。山賊程度の鎧では、当たり所によっては致命傷にすらなりえる。ちなみに熟練者になると一〇〇メートル離れている人間の頭を狙って当てることもできたという。

拳大の石が無数に飛んでくることにより、既に何人かが戦闘力を失いその場に倒れ込んでいる。兵士なら盾などもあるだろうが、賊にそんなものを持っている人物は多くない。何より、丘の上という地の利を得たことで一方的に投石紐の方が有利なのだ。さらに数人が石の直撃を受けて倒れた。

「このやろおっ！」

「ふざけるなこいつら！」

寄り合い所帯であったことが災いした。ダゴファーが何か言うより先に、何人もの男が剣を抜いて丘の上を目指し走り出す。だが、身を隠すことのできない坂を駆けあがるのだ。盾でも持っていなければ無謀と言うよりほかにない。

まずその男たちが次の投石を受けて悲鳴を上げながら次々と倒れた。肩を直撃され、のたうち回りながら坂を転がり落ちた男は運がいい方で、顔面に石が直撃した男は仰向《あおむ》けに倒れ込んでぴくりとも動かない。

「あのバカどもっ！」

「大丈夫でさあ、お頭。奴ら大した武器持ってませんぜ」

傍《そば》にいた手下にそう言われ、見直すと確かに投石紐《スリング》を振り回してはいるが、弓も盾も持っていない。よく見ると鎧にも統一性がない。うち一人は投石紐さえ持っていない。

「どこか襲撃した村の奴らが狩人《ハンター》でも雇ったか？」

「かもしれやせんね」

この地域で活動していた人間であるなら地の利に詳しいのも納得がいく。舌打ちしたダゴファーはすぐに決断した。元々血の気が多い男だ。こちらの方が人数は多いうえ、丘の上から一方的に攻撃される状況で守りに入るわけにもいかないという事情もある。剣を抜くと周囲を圧する大声を上げた。

「野郎ども、あのハエどもをぶっ殺せ！」

そう言うと自分が先頭に立って丘を駆け上がりだす。遅れて部下たちも走り出した。それに対し丘の上にいた、武器を持っていない男が明後日《あさって》の方向に手をかざす。ちかちかと手に持っていた金属板が光った。長く二回、短く二回。

駆け上がってくる賊から身を隠すように、丘の上にいた投石紐の集団が一斉に稜線の向こう側に駆け降りる。次の瞬間、入れ替わるように稜線上に無数の槍《やり》が林のように起き上がった。中腹辺りまで駆け上がっていた賊たちがぎょっとしたように足を止める。

同時に、右手の方から悲鳴が上がった。

「騎兵だ、騎士団だ！」

声に応じて皆が砂煙を上げて駆け込んでくる騎兵の方を向いたのは人間心理ではあっただろう。だが、すぐに自分たちが悲鳴を上げることになった。丘の向こう側に伏せていた槍兵が一斉に稜線を越え、喊声《かんせい》と共に駆け下りてきたのである。

たちまちのうちに無数の悲鳴と絶叫が丘の斜面で上がり始め、薄汚れた革鎧を着た人間が叩《たた》かれ、殴られ、貫かれ、地面を赤く染める。隣で吹きあがった鮮血に怯《おび》えて逃げ出そうとした賊の背中に容赦なく槍が突き刺さり、男は声もなくその場に崩れ落ちた。

丘の上から坂を駆け下りつつ槍を繰り出す歩兵が賊の集団そのものを突き落とすように窪地に追い落とし、そこに時間差で雪崩《なだ》れ込んで来た騎兵が馬蹄《ばてい》と武器で蹂躙《じゅうりん》し始める。あっという間に阿鼻《あび》叫喚《きょうかん》の混乱は一方的な戦況へと移っていった。

「馬鹿な……」

「集中力が足りない」

冷たい声でダゴファーのつぶやきに応じながら目の前に立ったのは、騎士などではないが、鋭く磨き抜かれた刃《やいば》のような男である。ダゴファーは背筋に冷たいものを感じながら、それでも剣を構えなおした。

「て、てめえ、な……」

何者だ、と言葉すら続けられぬ。周囲で部下たちが次々と絶叫を上げ倒れ込む中で、鋭く切り込まれてきた相手の剣を受けるのがやっとである。山賊として少々暴力に慣れていても、より実戦慣れしている傭兵《ようへい》を相手にするのには荷が重すぎたようだ。

闇雲に振り回した剣を下からはね上げられると、剣が手から離れて大きく宙を舞う。武器を失った、と思った瞬間にダゴファーは身を翻して逃げ出そうとしたが、走り出した途端、無数の石礫《いしつぶて》が飛んできてうち一つが太腿《ふともも》を直撃した。

野太い声を上げてダゴファーがその場に倒れ込む。投石をやめるように合図をしたシュンツェルが近づいて捕縛するように指示を出しながら話しかけた。

「お見事です、ゲッケ卿《きょう》」

「斬る方が楽だったのだがな」

実際、ゲッケの実力であれば殺そうと思えば殺せたはずである。実力差がありすぎたので生かして捕らえられたと言ってもいいだろう。出自はともかく現在は傭兵であるゲッケにしてみれば、名乗ってから戦うような礼儀もないし、生かしておいても身代金をとれない賊徒などは斬る方が早いに違いない。

雁字《がんじ》搦《がら》めにされている賊の首領を見ながらゲッケが口を開いた。

「石ならこちらを甘く見るというヴェルナー卿の判断は正しかったな」

「軍でも石はよく使うのですが」

とはいえ、騎士団や国の兵士なら弓を使うだろう、と考える人間が多いのも確かである。普段、力を誇示し暴れていた男にとって、弓矢ならともかく投石でやられたというのは仲間内の評判に関わるという問題もあったに違いない。諸々《もろもろ》の理由からまず投石紐《スリング》での攻撃を指示したヴェルナーの策が見事に的中したと言える。

「ところで、そのヴェルナー卿はどうしている」

「槍兵を率いて追撃戦に入っております。降伏は一切許さず、例の方向に追い立てろと」

「予定通りだな、解《わか》った」

ゲッケが自分の隊に装備を整えるように指示を出し、シュンツェルも最後尾から残った賊にとどめを刺しつつあとを追う旨を伝え、二人はすぐに分かれた。

◆

賊の首魁の一人、グラナックは移動しながらもアンハイムから離れるべきか、それとも代官の軍を迎撃すべきか、悩んでいた。

同じトライオットで賊をしていたが、グラナックはダゴファーとは多少異なる。やりすぎると討伐隊が送られてくるという事を想定していたグラナックは、主に酪農をしている村などを襲い、人を直接襲うことは少なく、襲う時も身代金狙いの方が多かった。

積極的に人命を奪うようになったのはヴァイン王国に入ってからである。それもどちらかというと新しく集まってきた者たちが襲いだしたことから始まり、なし崩し的にグラナックも襲うようになったという方が近い。

グラナックは腕力もある種の人望もあるが、流されやすい性格であったのかもしれない。今回もアンハイムから代官の軍が出撃してきたことから移動を始めていたが、遠くに移動するか、有利な地点で迎撃するかを決めかねていた。そして事態はグラナックが決断するより早く動いたのである。

軍と違い移動中の夜営も雑魚寝で済ませていたグラナックは、見張りの上げた大声に目を覚ました。東の空がやや明るくなってきており、顔の判別に苦労はしない時間帯である。

「お頭っ」

「何だ、騒々しい」

本来、革鎧であっても着たまま眠ることは難しい。だが魔王復活後には以前よりも魔物《モンスター》が闊歩《かっぽ》する状況となっており、皆が苦労しながら鎧を着たまま夜を眠るようになっていた。

警戒のための歩哨《ほしょう》は立てていたが、それでも魔物に襲われ被害が出ることもある。だが、襲ってくる魔物の強さがまるで違うため、グラナックも旧トライオットに戻る気にはならなかったのだ。

駆け寄ってきた手下にグラナックは怒鳴る。その声に驚き、周囲の者たちも目を覚まし始めた。

「そっ、それが、ダゴファーの奴《やつ》が……」

「奴がどうした？」

まさか代官の軍が出撃したどさくさに紛れてこっちを襲いに来たのか、と一瞬でも考えたが、その疑いはすぐに別の問題にとってかわられる。手下が周囲にまで聞こえるほどの声を上げたからだ。

「ダゴファーの奴が負けたらしいです！　その生き残りがさっきからうちの集団に駆け込んできて、助けを求めてきてます！」

「ま、まて、なんだと？」

「ですんで、ダゴファーの奴が負けて、その残党が……」

グラナックの驚きを手下の方は理解できなかった。聞こえなかったのかと誤解し、同じことを繰り返そうとする。その手下の声にグラナックの怒声がかぶさった。

「馬鹿野郎！　全員起きろ！　武器を整えろ！」

「お、お頭？」

「敵が近くにいるって事だろうが！　さっさと……」

「敵襲ーっ！」

グラナックが言い終わる前に絶叫が響いた。逃げるダゴファー勢の残党を隠《かく》れ蓑《みの》にするような形で追い立てていたホルツデッペの率いる騎兵が突入してきたのである。

ここまで追い立てられていた敗残の生き残りたちは、寝ぼけ顔のグラナック集団の中に助けを求めて駆け込んできただけでは済まなかった。後方から騎兵に追われていることを知っていた彼らは恐怖にかられてグラナック勢の中で奥へ奥へと走り込み、あるいは少しでも人数の多い方へと逃げまどい、意図せずして混乱を引き起こす。

何が起きたのかもわからないまま、逃げまわる男につられるように走り出す者、とっさに武器を探す者、集団に統一性がなくただ目の前の状況に翻弄され始める。その状況下で騎兵の突入を許したのだ。瞬く間に集団全体に混乱が拡大した。

「狼狽《うろた》えるなぁっ！　奴らの数は少ないぞ！」

グラナックが怒鳴るが、もはや本人にさえその声ははっきりとは聞こえない。恐怖の悲鳴、動揺の絶叫、逃げ惑う足音や切り斃《たお》される絶命の声が周囲を圧し、混乱した者がいたずらに武器を振り回し味方を傷付けるほどだ。

騎兵は途中でとどまることなく賊の集団を中央突破し、突破されたことで混乱が深まった所に、遅れて到着したヴェルナーの率いる歩兵が一丸となって突入した。

「確実に仕留めろ！」

ヴェルナーが鋭く指示を出し、三人一組になった兵の一組が賊一人に三本の剣を突き立て、次々と骸《むくろ》に変えていく。ここまで休みなくダゴファーの残党を追撃してきた兵はその最中に槍を捨て剣に持ち替えている。身軽にならないと追撃は難しいためである。いまだに槍を使っているのはヴェルナーぐらいであろう。

だが、賊の残党を囮《おとり》に使う形で乱戦に突入した兵士たちにとっては、槍より剣の方がより便利で有利でもあった。乱戦向きの武器を混乱の中で躊躇《ちゅうちょ》なく振るい、賊の体が大地に斃れ伏していく。

賊の手の中で手入れを怠っていた鉈《なた》が砕け、剣の柄《つか》が折れ、それと引き換えに血飛沫《ちしぶき》が上がる。馬蹄に踏みつけられた男が地面の上でのたうち回り、盾ごと左腕を切り飛ばされた男の絶叫が追撃の一閃《いっせん》を受け途中で中断した。

数は賊の方が多いが混乱し逃げる事を優先しており、稀《まれ》に反撃をする男もいるが、それは個人的な勇敢さであり、組織だっての抵抗ではない。ヴェルナーがヴェリーザ砦《とりで》の救援作戦の際に述べたように、混乱した集団には指示が届かないのである。

混乱が拡大した最中に時間差で到着したゲッケの傭兵隊が最も大きな賊の集団に突入し、次々になぎ倒していく。もはや賊の集団は四分五裂して逃げ惑うだけである。茫然《ぼうぜん》としていたグラナックが殺気を感じて躱《かわ》したのはむしろ見事であったとさえいえるだろう。

「この野郎！」

とっさに躱したグラナックが剣を振るうが、槍の柄にはじき返される。グラナックの目に映ったのは、外見だけで言えば学生ほどの年齢でありながら、年齢不相応に不敵に笑うヴェルナーの顔であった。

　グラナックはもう一度剣を振った。だがヴェルナーは槍《やり》の長さを生かして牽制《けんせい》し、そもそも剣の間合いに入らない。踏み込もうとすると槍の穂先が横に薙《な》ぐようにして襲いかかってくるため、逆に後ろに下がらざるを得ず、柄を切り払おうとすると槍を手繰り寄せて逆に突き込んでくる。

「くそ、この、卑《ひ》怯《きょう》な」

「賊のお前が言うか」

　ヴェルナーが皮肉っぽく応じつつ、数度連続して突きを繰り出した。微妙に突きの速さを変えることでグラナックを翻弄する。その状況で一歩間合いを詰められたグラナックは逃げられないことを悟った。おそらく身を翻した途端、背中に槍の穂先が突き刺さるに違いない。

　グラナックはヴェルナーが手元に槍を引き戻すタイミングを見て猛然と前に出た。もし彼がもう少し冷静であればこのような誘いには乗らなかったであろう。だが早朝から一方的に翻弄され、周囲からは悲鳴が聞こえ、自身も追い詰められている。冷静になれなかったのは仕方がなかったかもしれない。

　一気に距離を詰めようとしたグラナックを見ていたヴェルナーは、槍を引き寄せた動きのまま柄の中ほどを持ち、石突きを下から掬《すく》い上げるように振り回した。下顎を襲われたグラナックが思わず仰《の》け反《ぞ》るように体を崩す。

その直後、ヴェルナーが振り上げた槍を、今度は全身の力を使って振り下ろした。鈍い音と確実な手ごたえが腕に響く。

肩を撃砕される勢いで槍を叩《たた》きつけられたグラナックが激痛に耐えかねてその場に崩れ落ちた。周囲で他の敵を寄せ付けないように牽制していたノイラートが素早く捕縛する。

「お見事です」

「いや、剣で戦えば多分こいつの方が俺より強いぞ」

ヴェルナーは謙遜したわけではない。周辺の戦況や精神的な状況が相手から冷静さを奪っていただけである。逆に言えば、個人の戦闘力を十分発揮できない状況に敵を追い込んだ時点で、既にヴェルナーは勝っていたのであろう。

「ヴェルナー様、敵を追撃しますか」

「ひとまず兵を纏《まと》めろ。怪我人《けがにん》がいたら治療を。さすがに丸一日駆け通しだしな」

「承知しました」

兵の基本は歩く事であり、基礎運動量が賊と比較しても圧倒的に違う。軍というのは時に無理ができる訓練をしている集団の事を言うのだ。今回のヴェルナーは正規軍と傭兵隊だけで固めていたこともあり、必要な場面では強行軍を躊躇しなかった。

とはいえ、疲労を無視し続けることもできない。どうせ放っておいても逃げられるわけでもないという状況を作っていたヴェルナーは、無理な追撃をして自軍が受ける損害の方を恐れた。魔軍の方が主敵であり、賊で損害を出すのは避けたいというのも本心だ。

また、冷めた言い方をするのであれば、少数で逃げる賊など魔物《モンスター》の餌食にしかならない。追撃する側にとっても少数で追撃することの方が賊より危険な事さえあるのがこの世界である。

アンハイムの町を出る際に連絡をつけておいた、ツァーベル男爵の率いる軍が散り散りになっていた賊の残党もほぼ壊滅させた、とヴェルナーたちが聞いたのはその日の夜であった。

◆

「ツェアフェルト子爵、お見事」

「ツァーベル男爵、手数をおかけして申し訳ない」

ツァーベル男爵は三十歳になったばかり。代官としては若いと言われてもおかしくないが、ヴェルナーの存在があるためそれほど目立っていないのは皮肉と言うべきであろうか。

本人より目立つのは身長よりはるかに長い斧槍《ハルバード》であろう。三メートル近いそれを自由に振り回せるスキル持ちであり、長身と相まって一種の威圧感がある。お忍びで町を歩いていたら冒険者ギルドからスカウトされたという逸話を持つ体格の持ち主で、騎士としては一騎討ちを好む。どちらかというと民政より軍事を好むと言っていいだろう。

旧クナープ侯爵領に配属された三人のうち、全体の責任者はグレルマン子爵であり、この場の二人は一応同僚だ。爵位で言えばヴェルナーの方が、年齢と経験的にはツァーベル男爵の方が上ということになるものの、お互いの人柄もあり、口調はツァーベル男爵の方がくだけている。

実のところ最初に挨拶のため顔を合わせた際に、まず手合わせを希望されたヴェルナーの方は頭痛を覚えたのだが、勝負の結果実力を認められてからはむしろツァーベル男爵の方から親交の空気を纏っている。やや年の離れた友人関係と言ってもよいかもしれない。

「なに、こちらは逃げ回る相手を叩き潰すだけの楽な仕事よ。卿《けい》の方はまだ終わっていないのだろう?」

「あと一集団、数は多くないのですが面倒なところに居座られています」

もっとも動かない相手なんで手は打ちやすい、と内心でヴェルナーは付け加える。

「兵を貸そうか?」

「いえ、ご心配なく。ところでそちらの方はどうなっておりますか」

「ああ、糧食、矢、馬は予定通り集まっている。王都から騎士団が補給なしで駆けつけてきても補充できる状況だ」

「安心しました。兵のほうは」

「旧トライオットの生き残った貴族や兵士による部隊もだいぶ整ってきたな。グレルマン子爵のほうも同じように編制が進んでいるはずだ。それにしても」

何を考えているのか、とやや窺《うかが》うような表情でヴェルナーを見やる。ヴェルナーの方は笑顔を保っていた。

「そちらが最前線になるはずだろう。兵力は卿の方が必要のはずだ。本当に良いのか」

「ええ、私がやるのは機動戦ではありませんので」

旧トライオット戦闘経験者がいれば訓練の手間などは少なくなるだろう。一度はヴェルナーもそういった亡命貴族や兵たちを編制することを考えた。だが、相手が他国のとはいえ、貴族階級を籠城軍に加えた場合、指揮系統が割れる危険性を考慮し断念したのである。命令を無視し勝手に打って出られて、そこから全体が崩れるような事態になるのは避けたかったのだ。露骨な言い方をするのであれば、そういった危険性のありそうな人物を第二陣という形でグレルマン子爵やツァーベル男爵に押し付けたとも言える。

その後に二つ三つ状況を報告しあう。特に旧クナープ侯爵家の本拠を監督しているグレルマン子爵との連携も今後重要になる。基本的な作戦計画に変更がない事や、やや不足気味の物資手配などをこの場で打ち合わせた。

ラフェドの件に関しては「事情は分かったが寝首をかかれぬように気を付けたほうが良

いぞ」と男爵が笑い飛ばし、ヴェルナーを苦笑させた。

　更にヴェルナーがあらかじめ用意していた書状をツァーベル男爵に預け、男爵の手から王都に届けてほしいと願い出る。

「アンハイム内部の掃除が済んでいればいいのですが、まだ断定しかねる状況でして」

「報告を出す事さえ知られたくないという事か。了解した。確実に王都まで届けよう」

「お手数をおかけ致します」

　その程度の事で気にするな、とツァーベル男爵は豪快に笑った。そして笑いをおさめると声を潜めて言葉を継ぐ。

「それにしてもあの地図はよくできているな。紹介してもらいたいぐらいだ」

「それはおいおいという事で」

　探るような男爵の発言に応じたヴェルナーの返答は苦笑交じりである。正確には作成した図のさらに模写なのであるが、それでもこの世界の水準で言えば際立っているのは事実だ。余計なことを言うとややこしいことになりかねないという程度の配慮は働いていた。男爵も軽くうなずく。

「では我々は賊の残党を叩きながら戻るとしよう。子爵も気をつけるがいい」

「男爵も」

　そのまま男爵は自軍の指揮に戻る。話が終わったと見てノイラートとシュンツェルが近づいて来た。男爵の手勢が一糸乱れぬ動きを見せて遠ざかるのを見てノイラートが呟《つぶや》く。

「見事な統率ですな」

「いざという時のアンハイム救援役でもあるのだろう」

そう応じはしたが、それ以上に、アンハイムが時間を稼げなかった時の第二陣として期待されているのだろうな、と内心でヴェルナーは肩をすくめた。

国の側もヴェルナーなら絶対大丈夫などと楽観視はしていないだろう。というよりもそこまで甘いとは思っていない。二の手、三の手が用意してあると考える方が自然である。無論、ヴェルナーは自分の所で食い止めるつもりではあるが。

「よし、休みを取ったら死体処理を行いながら移動するぞ」

死体が直接不死者《アンデッド》になったところを見たことがある人間は一人もいないのだが、一般的には死体を放置しておくと魔物化《モンスター》すると言われている。またそうでなくても死体を放置しておくと、死体の臭いにつられた魔物がどこからともなく現れないとも限らないのも事実だ。疫病発生の危険もある。

強襲から追撃戦と連戦を行った結果、賊の死体がかなり広い範囲に散らばってしまっており、その始末をしなければならない。前世と異なり、この世界では魔物が徘徊《はいかい》するため、戦闘能力のない人間に作業をさせることができない。戦後処理も軍の役目なのだ。

「装備のうち金属製品は回収。鎧《よろい》は綺麗《きれい》なものだけでいいがあまり期待はできんだろうな。

なるべく状態のいいものを複数確保してくれ。賊の財貨は一度全部確認してから倒したものに報酬として支払う。それ以外は死体と一緒に焼くぞ」

「はっ」

戦闘よりも戦後処理の方が大変なのである。特に精神的に。ヴェルナーは大きくため息をついて自身も作業に参加するため足を向けた。

◆

休みと戦後処理に数日の時間をかけ、最後の一集団を視界の端にとらえる村に移動したヴェルナーたちは、その地に先に到着していた冒険者たちと、搬送されてきていた荷を含め合流した。

荷の一部を受け取った兵が引きつった顔をしているのは仕方がない。気を付けるようにと伝言を残し、村内を歩き回って建物の状況などを確認。村長などからの挨拶を軽く流しておいてから、ヴェルナーは冒険者たちに会うことにした。

「もう子爵様からの依頼は受けたくないですよ」

「悪かったって」

村の一軒に寄宿していた鋼鉄の鎚《アイアン・ハンマー》の文句にヴェルナーは苦笑交じりに応じる。貴族としてあまり人前で見せていい態度ではないが、下手な魔物《モンスター》討伐の方が楽であっただろう依頼をしたので、文句を言われても仕方がないというのが本心だ。ひとまず金品での報酬をこの場で手渡しして、数日前からいる彼らから直近の情報収集に努める。

「賊の連中、村には？」

「冒険者だけで二〇人もいればさすがに近づいては来ないですね」

水は別の方法で確保できていたとしても食料は無理である。食べることもできる野草などはあるかもしれないが、腹を満たす程の量は採れない。魔物を狩るとしても賊の戦力では限界があるだろう。そろそろ飢え始める頃か、とヴェルナーは判断した。賊が暴れだす前に間に合ったのは幸運だったと内心で安堵《あんど》の息をつく。

「俺たちも賊のいる丘を見に行きましたが、なんか砦《とりで》みたいになってますよ」

「あんまり変なことをしないでほしいもんだ」

その目撃談にヴェルナーが肩をすくめて応じる。実のところ、ヴェルナー自身、あの丘を戦略的に使いたいと思っていたのである。賊にあまり余計なことはされたくなかった。

「ノイラート、シュンツェル、ホルツデッペ卿《きょう》とゲッケ卿を呼んできてくれ」

「かしこまりました」

「皆はすまないが、引き続き村の護衛を頼む」

「解《わか》っています。戦争は子爵にお任せしますよ」

村の方は冒険者勢に引き続き任せておいても問題はないだろう。むしろ荷の扱いの方が大変である。賊にこれ以上余計なことをされたくもない。生物の動きが悪くなるのもよくないだろう、との判断からヴェルナーはすぐに準備を始めることにした。

近隣の村に冒険者たちだけではなく騎士や兵士まで到着した、と手下から聞いたゼーガースはすぐに副将格のアイクシュテットを呼び出した。

「おう、アイク。予想通り連中来たらしいぞ」

「……そうらしいな」

呼びかけられた男の顔色は優れない。というよりも、どこかあきらめに似た表情を浮かべている。そんな男の顔を見てゼーガースは笑い飛ばした。

「お前の予想通りじゃねぇか。これなら何とかなるだろう」

「予想通りだからこそ、早くこの場を離れるべきだった」

首領の気楽な発言にアイクと呼ばれている男は短く応じた。有利な地を得て一時的な拠点とした所まではよかったが、別の賊との小競り合いで一方的な優位を収めたことから、ゼーガースはこの地に根を生やしたように動かなくなってしまったのである。

それだけではなく意思疎通に齟齬《そご》も生じていた。アイクシュテットは他の集団と合流して別の地域に移動するべきだと考えていたのだが、ゼーガースはまず自分に従え、という態度の使者を他の集団に送ってしまったため、完全に孤立してしまったのだ。アイクシュテットが単純で利用しやすいと思っていた男は、単純すぎて客観的な状況判断を失ってしまったが故の現状であるとも言えた。

また食料不足も悲観的な方に思考が向かう原因でもある。冒険者の集団が村に入り、そこから食料を得られなくなった時点で飢えることは解っていた。にもかかわらず、周囲を見下ろすことができるこの丘の優位性に拘泥し、ゼーガースは移動を拒否し続けたのだ。

ゼーガースとアイクシュテットにとってもっとも不運だったのは、彼ら自身の態度が災いし、ダゴファーやグラナックの生き残りも彼らに助けを求めなかった事であろう。結果的に情報面でも彼らは孤立していたのだが、本人たちが知る由もなかった。

「お頭、代官の兵が来ます」

「来やがったか」

暗い表情のままのアイクシュテットを放置して建物を出、急造した柵から丘の下を見たゼーガースは不思議そうな表情を浮かべた。

「何だ、あの緑の板と、後ろの塔みたいなものは」

「解りません」

手下の一人が首をかしげるが、誰もそれ以上応じない。無理もない事であろう。賊の立場では投石機など名すら聞いたことがないものの方が多いのである。ましてその下半分が隠されている状態では〝木の何か〟としか思えなかったに違いない。

だが、しばらくその周囲で兵が動き回っていたかと思うと、巨大な音とともに子供の頭ほどもある石が柵の中に飛び込んできたことでにわかに賊の拠点内部が騒がしくなる。

「なっ、なんだあれは」

「投石機……あんなものまで持ち出して来たのか!?」

大きな音に驚いて駆けつけてきたアイクシュテットが物体の正体を確認し驚いた声を上げた。その直後、飛んできた二つ目の石が柵の外側に落ちて地面を凹《へこ》ませる。

「あぶねぇ……」

「だ、だけど狙いはよくなさそうだぜ」

「おいアイク、いっそ打って出てあれを焼き払うか」

投石機の射程は二〇〇メートルほどであるのに対し、長弓《ロングボウ》の射程は四〇〇メートルを超えていたとされる。だがそれは手入れの良い弓と優秀な射ち手《て》があってのことだ。山賊程度が使う弓ではここから投石機まで届かない。そのため、ゼーガースは打って出ることを考えたのだが、アイクシュテットは首を振った。

「だめだ、板の陰にいる兵は弩弓《クロスボウ》を用意している。近づく前に損害が大きくなる」

「ちっ」

舌打ちしたゼーガースだが、やがて少し気を抜いた表情を浮かべ始めた。何個も飛んでくる石が意外なほど人的被害を出さないためだ。柵の中で右往左往していた山賊たちも石が落ちてくる瞬間にこそ気を付けてはいるが、最初ほどの動揺はない。

「思ったより、危なくないな」

「もともとは城壁などを破壊するためのものだからな。複数ならともかく、一基だけこんなところで使ってもあまり意味はない」

それだけになぜこんなところに投石機を持ち込んだのか、とアイクシュテットが疑問を抱いた時に、新たな影が飛び込んで来た。拠点のほぼ中心に落ちたそれが、ばきっという木が割れる音を出して砕け散り、直後、騒々しいほどの羽音が周囲に響き渡る。

音の正体を理解した複数の賊が絶叫を上げた。

「は……蜂だあぁぁっ!?」

ゼーガースとアイクシュテットですら凍り付いた。地面に叩《たた》きつけられて樽《たる》の中にあった巣を破壊された蜂の群れが、黒い塊となって怒りに羽を震わせ周囲の人影に襲い掛かったのである。たちまちのうちに周囲が阿鼻叫喚《あびきょうかん》の渦と化した。

「痛っ、いてぇっ!!」

「たすけてくれぇぇぇっ！」

剣を振り回しても役には立たぬ。全身に群がる蜂には革鎧など意味をなさぬ。顔面に針を突き立てられ、鎧で守られていない手や足に激痛が走り、足をとられて転倒した男の悲鳴が上がる。助けを求めて仲間に駆け寄るが、近寄られた側も同じように襲われてしまい、自ら転げまわる有様だ。

人を殺すことを躊躇《ちゆうちよ》しない山賊が狼狽《うろた》えて走り回り、武器を捨てて逃げ出そうと右往左往する。だが逃げ場などは存在しない。柵に囲まれた彼らの砦はそのまま彼ら自身を捕らえる檻《おり》となっていた。

「な、な、な……」

ゼーガースもアイクシュテットも急転した目の前の状況にとっさに対応方法さえ思いつかない。茫然《ぼうぜん》としているうちに蜂の群れが向かってきたのを見て、二人は事態を理解するより先に顔を恐怖に歪《ゆが》めた。

「残しておいてもしょうがないし全部ぶち込むか」

「蜂蜜は甘味として貴重品なのでもったいないですね」

ヴェルナーの指示にそう応じながらもシュンツェルが合図をすると、投石機を動かしていた兵がひきつった表情のまま中から羽音のする樽を設置する。

そのまま、さっさと遠くに行ってくれといわんばかりの速さで兵士たちが投石機を操作すると、新たな樽が賊の立てこもっている柵の中に飛び込んだ。再び上がった悲鳴がここまで聞こえてきたような気もするが錯覚かもしれない。蜂の巣入り樽が遠くに飛んで行った事により、兵士たちが安堵のため息をついているのは事実である。

「蜂の巣を撃ち込むなど聞いたこともありませんよ」

「そうか？」

呆《あき》れたようにホルツデッペが呟《つぶや》き、ヴェルナーが首をかしげる。前世では疫病を蔓延《まんえん》させるために投石機で城内に死体を放り込んだ例さえあるほどなので、ヴェルナーからすればさほどおかしなことをしている自覚はない。個人の武勇が最優先されるこの世界ではメジャーな方法ではないかもしれないな、と軽く流した。

とはいえ、蜂の巣を丸ごと樽に入れて運んできてほしい、と依頼された冒険者たちには別の言い分もあるだろう。熟練の戦闘集団であるゲッケの傭兵《ようへい》団員ですら何ともいえない笑いを浮かべているので、彼らも冒険者たちに同意するかもしれない。

ちなみにミツバチも刺す。ヴェルナーの前世のニホンミツバチは温厚でめったに人を襲う事はないが、そのニホンミツバチですら巣を守るためなら刺してくる。この世界はミツバチも攻撃的なように見えるのだが、これはこの世界が脳筋世界であるというヴェルナーの偏見か錯覚であったかもしれない。

「蜂の巣を燻《いぶ》すと蜂が逃げだしたり、おとなしくなったりするとは知りませんでした」

「俺も聞いたことがあっただけだけどな。煙で死んだりするわけでもないらしいし」

正確に言えば、前世で蜂の巣駆除をしているテレビ番組で見ただけである。それでも普通なら危険な作業ではあるが、この世界にはポーションや回復魔法があるので、蜂に刺されたぐらいでは冒険者は死なないだろうという奇妙な確信があったことは否定できない。

「巣ごと樽の中に落とせば巣の中にいる女王蜂の所に帰ってくるからな。後は夜間に蓋をしてそのまま運んでもらっただけだ」

「だけ、ではないと思います」

うろ覚えの記憶だが上手《うま》く行ったようでよかった、とヴェルナーは安心してもう一度賊の建てた柵に目を向けた。シュンツェルの何ともいえない表情は無視している。確かに貴族らしくない知識だという自覚はあるので、それ以上指摘されたくなかったヴェルナーは話を変えた。

「しかし、投石機は撃ち出すまでの準備に時間がかかるな」

「慣れもあるとは思いますが」

命中精度も人サイズの物を的にすると期待はできない。重量があるので車体というか本体も地盤次第では動かすのも意外と面倒だという事も理解した。弾丸となる石を準備し撃ち出すのにも時間がかかる。初めて使用する兵士ばかりであったことを差し引いても、威力はあるが意外と使いにくいというのが現場で使用した率直な感想である。

設置型の用途で使うほうが無難かと内心で評価を下していたヴェルナーの視界の隅に、賊徒が作った柵に設置された扉が開き、蜂に追い立てられて逃げだして来る人影の集団が目に入った。

「弩弓《クロスボウ》用意」

「用意よし」

「撃て！」

蜂から逃亡してきた賊が、ヴェルナーが命令を出す必要もなく、前線にいたノイラートの指示による弩弓隊の一斉射によって針鼠《はりねずみ》と化す。ばたばたとその場に倒れた賊徒を横目に見ながら、ヴェルナーは松明《たいまつ》の準備を指示した。

「後始末が大変だな」

「蜂蜜、残っていますかねえ」

「残っていたら掬《すく》って食っていいぞ」

さすがにあの状況では蜂を焼くしかない。賊よりその方が手間かもしれないが、自軍の被害という意味では油断しなければ大丈夫であろう。ノイラートの軽口にこちらも軽く応じながら、ヴェルナーは兵士に周辺警戒の指示を出し、蜂が疲労し動きが鈍くなるまでの時間を頭脳労働で過ごすことにした。

実際問題として、事実上壊滅しているであろう賊よりも、被害を被っていた村への補償問題の方が今のヴェルナーにとっては重要だったのである。

そして数時間後、蜂を排除しながら賊の拠点を確認しているさなかに、彼らは何人かの生き残りを捕虜とすることになった。

◆

ヴェルナーらが賊の討伐作戦を展開していた頃、アンハイムの教会施療院の奥まった一室に一〇人ほどの人間が密談のために集まっていた。

教会施療院は本来、貧しい者たちの救護所として教会が運営している施設だ。普段は旅の途中で病気になったものや貧民、老人や身寄りのない者たちが病気の治療をしながら体を休め、互いに協力しながら生活をしている。篤志家が生活費を出す慈善施設として各地の町にも存在しているので、町の有力者やその部下が足を運ぶことも珍しくはない。

だが、この日は全く別の目的で複数の人間が集まっていた。

「まったく、我らを無視しすぎである」

「うむ。若いからとしばらく自由にさせてやっておれば調子にのりおって……」

何人かが口々に不満を述べる。この場にいる者の多くは新代官であるヴェルナーに冷遇された者たちである。誓約人もいれば、町の顔役とでもいうべき立場の人間、町の下級役人の一部は割を食った人間であると言えるだろう。中にはヴェルナーに娘を犯罪者扱いにされた顔役や、塩塊ギルドの長などもいる。というよりも、塩塊ギルドの長が中心となって人を集めていたといえるかもしれない。

そのほか、警備隊の副隊長もいる。警備隊長は新代官であるヴェルナーの連れてきたケステンという男に完全に屈服してしまっているのだが、彼は必ずしもそうではなかった。ヴェルナーの締め付けが厳しすぎるというのがその不満の理由である。

もっとも、体格はいいが年寄りだろうと相手を甘く見てケステンに勝負を挑んだ結果、完敗という醜態をさらした今現在、陰で不満を口にする程度の事しかできていなかったのであるが。

「何より、裁判を独断で進めたことが気にくわぬ」

そう口にした人物がいるのは無理もないかもしれない。この世界、事件の多くは罰金刑になる。罪人を長期収容するためだけを目的とした監獄などがないことも理由になるのだが、それ以上の理由として、裁判の結果、代官が得るものが大きいからだ。

仮に、なんらかの事件で加害者に銀貨一〇〇枚の罰金が言い渡された場合、被害者には一割から二割、裁判を担当した者にはそれぞれ一枚前後の参加費、残りはすべて代官の収入となる。その結果、代官の懐には七割を超える銀貨が入ることも珍しくはない。

自然、代官は罪を問うのに熱心になるし、裁判を担当する委員たちも犯罪者を裁判にかけるたびに臨時収入が入るのである。罰金を支払えなければ労働民となり、安く使える労働力を手に入れられるので、委員には美味《おい》しい業務と言えた。

さらに特殊な理由もある。クナープ侯爵領であった当時は侯爵領独自法により、裁判に参加した者には侯爵家からの特別手当が出ていたのだ。

隣国トライオットとの国境に面した都市であったため密輸入に関する裁判が多く、その分時間がとられるためであったのだが、トライオットが滅びた後もクナープ侯の戦没などの事情が重なり、その法が生きていた。クナープ侯が任命した代官は特に劣悪という訳でもなかったが、他の裁判にもそれらの権利を行使することに抵抗はなかったのである。結果、アンハイムでは国内全体の平均より多くの裁判が行われていた。

だがこの点、ヴェルナーは侯爵領ではなくなったことを理由に特別手当をすべて削減し、更に裁判そのものも即断という方が近い形で自ら処断してしまう。一方で軽めの罪に関してはわざわざ裁判を開かずに労働刑などで処理していた。代官独断で処断された場合の多くは裁判という形にならないので、裁判委員会に任命された者たちはいわば儲《もう》け損ねているのだ。

もちろん、代官にはその権限があるのだが、普通の代官はそこまで手を出さない。ヴェルナーは地方の有力者を無視していると言われても反論できなかったに違いない。無論、そこには別の意図があったわけだが。

「いっそ、少し困らせてやるか」

「そうですなあ。賊は討伐してもらわなくては困りますが、多少の苦労は必要でしょう」

「物資が遅れて届くなど、よくある事ですしな」

「大丈夫なのですか」

心配する声も上がったが、初老の男が笑い飛ばす。

「心配はなかろう。この場には居られぬが神殿長も我らと同じように思っておるからこの場を貸してくださっておるはずだ。代官とて神殿には容易に手は出せまいて」

「いえいえ、そうでもありませぬよ」

突然の声に、その場にいた一同がぎょっとした表情で扉に視線を向ける。そこにはどこか奇妙にたるんだような商人風の男がおり、その背後に無数の武装した人間が揃《そろ》っていた。

「な、何者だ、貴様」

「これは申し遅れました。わたくし、代官であるツェアフェルト子爵の下で働かせていただいております、ラフェドと申します」

態度だけは恭しく一礼。だが、顔を上げた途端、皮肉っぽい表情を浮かべた。

「今までのお話は聞かせていただきました。もちろん、神殿長様の許可をいただいての事でございますが」

沈黙が下りる。一方は顔色も変えず、もう一方は赤くなったり青くなったりしているが、そのうちの一人がかろうじて声を上げた。

「ま、まて。我らはまだ何もしていないぞ。確かに、代官殿に不満があるように聞こえていたかもしれんが……」

「それはまた別件でございましてな」

軽く肩をすくめてラフェドが言葉を続ける。

「ツェアフェルト子爵が赴任前に王都で調べていた資料に、マンゴルトに資金援助が行われていた件に関するものがあったそうで。その中には多数の方のお名前があったとか」

誓約人でもあるギルド長たちが顔色を変えた。確かに、その事実はあったためである。だが、うち一人が意識して声を荒らげた。

「だとしても問題はあるまい！　あの当時、マンゴルト卿《きょう》がクナープ侯の御一族であったことは事実なのだ！」

「それはその通りではございますが、ヴェリーザ砦《とりで》への強襲を企《たくら》んだ際、王に無断で兵を集めたことも事実でございます。これは立派な罪でございまして、その予算がどこから出ていたのかには確認の必要がございますなあ」

情報の落差があったことは否定できない。王都での評判と異なり、アンハイムという国境沿いの町では、父が戦没したなら子が跡を継ぐのは当然と考え、〝次期クナープ侯〟であるマンゴルトに早いうちからいい顔をしておこうと考える人間が出て来るのは当然ともいえる。またマンゴルト自身、発言や行動が暴力的ではあったが、その程度なら貴族として珍しくないという事実もあった。

とはいえ、町の権力者からの献金や資金援助は正規の税収とその色合いが異なるのは確かであるが、それだけで罪に問えるかというと難しい。だが、無断で兵を集める目的で使われる事を知っていたかを確認するために数日間身柄を確保されるぐらいはあり得るし、その間は好き勝手な動きは取れない。

要は数日の間大人しくさせておくことだけが目的なのである。逆に言えば初めからそれが目的なのだから理由はどうにでも付けられるのだ。先手を打たれた、と誓約人側が理解するのに時間はかからなかった。

更にラフェドは頭を下げる。慇懃無礼《いんぎんぶれい》というよりもどこか舞台役者のような態度である。残念ながら役者になれるような外見ではなかったが。

「ああ、それと、一部のかたは別件での取り調べもさせていただきます。侯爵没後の混乱に乗じ、ギルドの売り上げを偽り、税をごまかしていたとか」

「な、何を。どこにそのような……」

「わたくし、不満を持っている人間を見つける目には自信がございまして。ギルドというのも一枚岩ではございませんもので」

ギルド長に不満を持っていた内通者の言質を得ている、という意味の発言に何人かが蒼《そう》白《はく》となったが、ラフェドの合図とともに雪崩《なだ》れ込んで来た兵の数に観念したのか、大人しく連行されていった。代わってその場に姿を見せたのはケステンと神殿長である。

ラフェドが神殿長に頭を下げた。
「ご協力、誠に感謝いたします」
「いえいえ、子爵様には聖女様から直筆の書状で力になるよう依頼されましたので」
にこやかに笑いながら神殿長はそう応じる。王都冒険者ギルド経由の依頼で鋼鉄の鎚《アイアン・ハンマー》が
アンハイムまでやってきた理由の一つはこれであったのだが、その挙句が蜂採集である。
のちに鋼鉄の鎚メンバーは「王都から手紙と荷物を運ぶだけの楽な仕事だと思ったんだ
が」とこぼしていたという。
短い時間、世間話に近い会話を交わして神殿長が出ていくと、代わって支援隊を率いて
いたケステンが皮肉っぽい目でラフェドを見た。
「随分熱心に仕事をしておるな」
「実のところ命が惜しいというのがありましてな。それに……」
「それに？」
「勇者殿のご友人というだけでなく、聖女様から直接協力するように依頼されるような御
仁をこれ以上敵に回したくはありませぬよ」
大陸中の教会全てを敵に回すようなものですからな、と感心とも嘆きともつかない、奇
妙な口調でそう言ったラフェドに、ケステンも苦笑いしつつ頷《うなず》いた。

◆

ヴェルナーが賊を討伐するため軍を動かしていたのとほぼ同時期。王太子《ヒュベルトゥス》は軍務大臣シュンドラーと共に報告書を確認しながら一つ頷いていた。そこに王都防衛計画の案を持ったセイファートが訪ねてきたため、ちょうどよいという表情を浮かべて執務室に通す。

ヒュベルの表情を見てセイファートが興味深そうに口を開いた。

「どうかなさいましたかな」

「相手は素人だな」

そう言いながらヒュベルは手に持っていた報告書を差し出してくる。受け取ったセイファートもざっと目を通して頷いた。その様子を見ながらヒュベルが言葉を続ける。

「ヴァレリッツに送ったミューエ伯爵、〝塩の道〟における安全確保を命じたシャンデール伯爵、双方とも無事に魔物《モンスター》の集団を鎮圧したようだ」

「王都の騎士団をアンハイムからなるべく遠ざけようと北方で蠢動《しゅんどう》したわけですな」

「予想通りの場所が戦場となったがな」

現在のヴァレリッツはクナープ侯爵の新領として再建の途中であるが、依然として王都とフィノイ大神殿を繋《つな》ぐ交通の要衝に位置していることに変わりはない。また、ヴァイン王国の北東方向にある島国・ザーロイスに向かう船が泊まる港町と王都を繋ぐ道は、王都に塩を運んでくる重要な街道だ。敵が襲撃して来るなら当然の場所である。

「ノルポト侯爵も旧クナープ侯爵領に向かう街道の水場を警戒しておるそうですな」

「そちらも敵襲があったが、ほぼ予想通りだ」

軍務大臣が手配した計画書を見ながらヒュベルが応じる。セイファートが小さく頷いた。

「ツェアフェルト子爵が警戒したように、陽動と騎士団の足止めが狙いですかな」

「敵に指揮官がいることは間違いがないですな」

「予想の範疇《はんちゅう》を出ていない」

シュンドラーの発言に続けてヒュベルが魔軍の作戦計画に冷たい口調で落第点を付ける。シュンドラーとセイファートも頷いた。

魔軍の作戦計画立案者が立てた作戦案そのものは間違っていない。だが、襲撃地点が予想から一歩も出ていないのだ。実戦慣れしていないのであろう、と三人とも内心で同じ評価を下している。だがそれは同時に、魔軍の中にも計画を立てて動いているものがいる、という事だ。少なくとも野生の獣や力押し一辺倒の敵ではないという事で警戒を怠るわけにはいかないという事でもある。

「しかし、こうも各地に戦線が拡大すると補給線の維持が困難ですな」

ライニシュ子爵やデーゲンコルプ子爵の家騎士団を東西の主要都市を繋ぐ街道に派兵するよう手配を進めながら、シュンドラーがそう呟《つぶや》くと、セイファートが短く応じた。

「ふむ……じゃが、そう長くはかからんであろうよ」

「老将軍はそうお考えですか」

シュンドラーの疑問に対し、セイファートが笑みを浮かべて答えた。

「アンハイムの方で動きがあるじゃろう。ヴェルナー卿は何を考えておるのかよくわからん男じゃが、現状を把握できぬほど愚かではない」

あの書状で伯爵領や王国各地で襲撃が起きる可能性を伝えてきたのだ。魔軍側が陽動作戦をとる可能性はもちろん、王都内部に魔物《モンスター》側の間者《スパイ》が再び入り込んでいることまで考えているとなれば、自分から状況を動かそうとするはずだとセイファートは判断している。

「策を立てたとして、アンハイム領内にも批判的なものがいることまで考えると、グレルマン子爵かツァーベル男爵を経由して使者が来るのではないかな」

「なるほど。しかしそうなりますかな」

「なあに、間違っておっても別にかまわぬ。騎士団を温存できておることで最低限、当初の予定通りにはなっておるからの」

セイファートがそう口にしたところで侍従がその部屋を訪ねて来た。ツァーベル男爵からの書状が王都に届いた、というのである。シュンドラーが思わずセイファートの顔に視線を向けたが、セイファートはただ笑みを浮かべていただけであった。

三章（アンハイム防衛戦～戦略と再会～）

前世の中世もそうだったが、この中世風世界でも町の中心近くには大きな広場がある。夏には祭りの中心地となり、交易商人が来た際には市が立つ。時には市民が集まり政治集会の場となり、事件現場となったり、見世物の舞台になったりもする。

前世と違うのは町の中心に宗教がない事で、広場に面した場所に町一番の教会が建っていないことかもしれない。広場に噴水があったりなかったりするのはこの世界だと魔道ポンプで水をくみ上げる必要があるからだろうか。

「よし、斬れ！」

俺がそう大声で指示すると三人の兵士が処刑人として、処刑台の上に拘束されていた三人の男の首を斬り飛ばす。ダゴファーとかいう男の首が特に大きく斬り飛ばされ、見物人から歓声があがった。

処刑された三人の首を槍《やり》先に突き刺して捧《ささ》げるようにしながら兵が移動し、その周囲を町の住人たちが取り囲みながらついて行く。見ようによっては前世日本で御神輿《おみこし》を囲む祭りのように見えなくもないが、神輿じゃなく首なのだから殺伐としているよな。今回に関しては被害者の知人や親族もいるのでなおさら人出が多くなった一面はあるが。

もともとは高貴な者を死刑にするときは斬首、そうでない人間は縛り首という区分があったらしい。前世の中世日本で武士は切腹、そうでない場合は斬首という具合に分けていたのもそうだが、地位で処刑方法が異なる事はどこの世界でもある。

だが今回はあえて斬首刑にした。縛り首だとその後しばらく死体をそのままにして晒《さら》すのだが、今回は首だけを晒すことを命じてわざわざそのための台まで作らせた。前世日本の獄門台で晒し首にした発想からだ。もっとも獄門台なんぞドラマの時代劇でしか見たことはないが。この世界では珍しいやり方だったから逆に興味を引いたようだ。

日本人としての記憶があるせいか死刑を娯楽にしている市民をちょっと冷めた目で見てしまうが、顔に出さないように気を付ける。この世界ではこれが普通だという考えは忘れてはいけないし間違ってもいないのだが、違和感というかもやもやする感覚も事実。

人の命を自然科学的にいうのであれば〝命は平等〟だが、政治、軍事的な観点で見れば味方の命と敵の命は平等じゃない。そして俺は後者の視点で考えなければならない立場だ。

身近な人や大切な人の命を守るためであっても敵の命を奪うというのは内心思う所がないわけじゃない。だがこの生き方を選んだ以上は人前でそれを見せるわけにはいかないし、この感覚は忘れたくもない。理性と感情は違うって事だろうか。人は矛盾の生き物だな。

気を取り直して執務館に戻り、誓約人会の人間を相手にやり取り。協力的な人たちに対しては感謝と報酬の約束をする。同時にさらなる仕事の依頼をして、ついでに難民にも仕事を回すように手配を頼んだ。これから人手が必要になることがあるからこそ単純労働は多くの人に回したい。

一方、非協力的だった連中に対して。脱税に関してはベーンケ卿《きょう》が既にきっちり証拠までそろえて纏《まと》めてくれていたので、それをもとに処分。罰金が随分たまったな。マンゴルト関連に関しては譴責《けんせき》処分だけに済ませるかわりに一つ手を打った。

誓約人たちがおとなしいのは首を斬られた上に晒される、というこの世界にない刑罰を見せられたことに警戒しているのだと思う。高い地位での処分をしながら一転して低い立場の扱いにされるとか、相手の立場で考えてみれば性悪かもしれない。

腹の探り合いを含めてそっちが終わると、王都と近隣の各領地に使者を送って情報共有を行う。ついでというと語弊があるが鋼鉄の鎚《アイアン・ハンマー》に王都のツェアフェルト邸に父あての手紙と届け物を依頼してアンハイムから送り出す。

それが終わると今度は賊討伐の報酬関係の処理だ。これもおろそかにできないのでさっさと仕事をする必要がある。

「……問題はないかと思われます」

「よし、では兵士あての報酬はシュンツェルに実務を任せる。今日中で構わないが、ゲッケ卿の傭兵《ようへい》団にはノイラートが代わりに持って行ってくれ」

「はっ」

「フレンセン、こっちの書類は箱に纏めておいてくれ。被害者への補償に関するものだから、忘れていたら後で声をかけてほしい」

「かしこまりました」

内容をケステン卿にも確認してもらいながら戦功を確認しつつ報酬を決定していく。武器だったり現金だったり、騎士が相手の場合は馬だったり。前世で言えば高級自動車が報酬みたいなものだから、馬って事はそうは多くないけど。

前世の戦国時代の話を読んでいると、時々そんなものが報酬になるのかと思ったこともある。頭巾とか履物とか。けど実際に人の上に立つ側になると、まずその働きを見ていたぞ、という事を言葉と形にすることが絶対に必要なことがよくわかる。

人心掌握のためには金銭報酬ではなく名誉報酬としてでも、形あるものを出さなければならない。その意味では現金だけではなく、皿一枚、手袋一つだって王直属の代官からの報酬となれば金銭以上の価値が生じる。馬鹿にしていい物じゃなかった。前世の戦国武将ごめん。

と、必要性は解《わか》っているのだが、仕事としては面倒くさいんだよ。不公平だと別の不満が出るし。内心で文句を言いながら手早く書類を確認し、サインしては机の隅に積んでいくのを横で見ていたベーンケ卿が感心したように頷いた。

「子爵はこのような事務処理もなかなかの手並みで」

「卿《けい》がまとめてくれていた分もあるしな。軍務に関しては慣れているだけだ」

実際、内務関連の書類に関してベーンケ卿は相当に優秀だ。俺が必要としている資料はきっちりそろっているし、何よりも前例などのサンプルに対する知識が多い。

それに、戦功に対する業務はフィノイの後にもやったし、そもそも前世でこういった書類関係の仕事だってなかったわけじゃない。効率的に仕事を進める基本的なノウハウぐらいはさすがに持っている。

そう思いながら作業を進めていたがベーンケ卿の台詞《せりふ》に咽《む》せそうになった。

「いえ、子爵のお歳《とし》ではそもそも書類作業が面倒で嫌だという方も多いので。伯爵の教育がよろしかったのでしょうな」

「父にそう言っておくよ」

そうか、考えてみれば本来なら学生の年齢だものなあ……このやり取り、どっかでやったなと思ったら同級生に勉強の効率がいいと言われたときか。マゼルは例外としても、男女問わずいろんな奴《やつ》から学園では勉強の相談を受けていたっけ。

対価は前世だったら昼飯おごりとかだが、この世界の貴族がそれもなんだからと地元の名産情報とか宮廷の噂話《うわさばなし》と引き換えに教えてやったなあ。社会人になると学生時代の勉強できる時間って貴重なんだと知っているだけに、学園に戻れるかどうかは気になる。

いやとりあえずそれはこの際どうでもいいっていうか回想している場合じゃない。意識を現実に引き戻す。

ちょうどその時に扉がノックされ、フレンセンが応じてこちらに向き直った。死体の処分に意外と時間がかかったな。あの人出じゃ当然か。

「ヴェルナー様、ラフェドと、ゲッケ卿、それにお呼びした方が来ておりますが」

「ああ、かまわない」

承認するとラフェドたちと一緒に先ほど処刑に関わった下級兵士の鎧《よろい》を着た男が入ってくる。年齢は俺より年長だが十歳は離れていないだろう。俺もとりあえず書類を除《よ》けた。

「済んだのか、アイクシュテット卿」

「子爵閣下のご厚意には御礼の申し上げようもございません」

いきなり平伏までしやがった。やめろっての。閣下と呼ばれることさえむず痒《がゆ》いんだから。ベーンケ卿やケステン卿、フレンセンにも一応説明はしてあったが、改めて簡単に紹介だけはする。

「話しにくいからやめてくれ。皆、彼がアイクシュテット卿だ。トライオットで伯爵家出身らしい」

「亡国の死にぞこないでございます」

「卑下を聞きたくて呼んだわけじゃない。立ってくれ」

内心、相手の方が年上で一応元伯爵家令息って相手に俺のこの態度はどうかとも思うが、国がなくなるってこういう事だ。山賊をやっていたことも含め、あっちは年少の俺に平伏さえする立場だし、俺はそれを受け止めなければいけない側。今のアイクシュテット卿の姿は、王都防衛から逃げていた場合に訪れていた俺の姿と言えるのかもしれない。

「あの程度しかできず済まないな」

「いえ、感謝の申しようもございません」

蜂に刺されても必ず死ぬわけじゃないとはいえ、よくあの状況で息があったものだ。執念だけで生きていたのだなと改めて感心する。と同時に全部治しちゃうポーションすげえ。

「気が晴れた、とは言えないだろうが一つ済んだことには間違いはないか」

「はい。これで妻と娘にも合わせる顔ができました」

何と声をかけるべきか悩んだ俺は無言で頷《うなず》く。元々アイクシュテット卿の命を救ったのはあの丘でどのように飲料水を得ていたのか、尋問したかったからだ。正直誰でもよかったことは否定しない。

だが話の流れでなぜ賊になったのかを聞いて協力する気になった。なってしまったというべきだろうか。

◆

あのダゴファーとかいう奴は旧トライオットの滅亡時、脱出を図った自国の民も襲撃していたらしい。そしてアイクシュテット卿のいた避難民の集団もダゴファーの集団に襲われていた。その際に彼の母親は賊に斬られ、まだ一歳だった子供は文字通りの意味で蹴り殺されてしまったという。

また、その時に拉致された奥方に関しては、発見した際の事を言葉にしようとした所で泣き崩れてしまい何も聞けなかったが、ろくな結果ではなかったのだろう事は想像に難くない。話を聞いていた俺たちですら何も言えなくなってしまった。

父親である伯爵はトライオット滅亡時に王宮にいたはずという事で、恐らく生きていないだろうとの事。

賊になった理由は他の賊を油断させて、そいつの影に隠れてダゴファーと合流してから酔い潰し、その場で刺し殺すつもりだったらしい。腕力に自信がないアイクシュテット卿は他に手が思いつかなかったんだそうだ。俺自身、自分の大切な人がそんな目にあったら間違いなく復讐《ふくしゅう》を考えるだろうと思うから、責める気にはなれない。

それらを語った上で「死刑は覚悟している。ただダゴファーより後にして欲しい。奴の死を見てから死にたい」と泣きながら頼まれた時点で俺はこの人にダゴファーの死刑執行役を任せる気になった。今回、斬首刑にしたのはむしろその理由の方が大きかったかもしれない。ちなみにアイクシュテット卿のいた賊集団で首領をやっていたゼーガースとかいう奴は弩弓《クロスボウ》で針鼠《はりねずみ》になっていたので、他の賊を代わりに処刑した。

「さて、ではあの地に拠点を構築することを選んだ卿に話があるわけだが」

「何でもお話しいたします」

「どうせなら死ぬ前に役に立つ気はないか」

そう言ったら怪訝《けげん》な表情を向けられた。俺は賊には容赦しないといわれているらしいから、この反応は当然か。だが、現実問題として俺にはちょっと知識が足りていない。協力者が必要だ。そしてその協力者にちょうどよさそうな感じなんだよな、この人。

「言うまでもないがトライオットを滅ぼしたのは魔軍だ。卿がそのような状況になったのも魔軍の仕業だと言える」

「それは……その通りではございますが」

「その分も復讐してやるのが筋じゃないか？」

アイクシュテット卿は一瞬沈黙し、次いで不思議そうな顔で口を開く。

「閣下は何をなさるおつもりですか」

「私の目的か。差し当たっては」

俺と言いかけたんで一呼吸入れる。胃が痛いが作戦計画を言わないわけにもいかない。一息で答える。

「こちらからトライオットに侵攻する」

◆

俺の発言が終わると部屋に沈黙が下りた。俺が何を言っているのか脳内で吟味していたんだろう。まず一番の常識人であるフレンセンが口を開く。

「ヴェルナー様、今何と？」

「こちらからトライオットに侵攻する」

もう一度繰り返す。紅茶かコーヒーが飲みたいなあ。コーヒー豆どっかにないかなとか思ったのは現実逃避だろうか。いや豆があっても多分淹《い》れられないけど。前世で飲んだのは店以外ではインスタントか缶コーヒーだけだ。豆からの淹れ方なんぞ知らん。

しょうもないことを考えていたら今度はベーンケ卿が決意を込めた表情で俺に向き直った。自分が止めなければとでも思ったのかもしれない。

「不可能です。そのような……」

「慌てるな。私は侵攻する、と言ったんだ。占領する気はない」

軽く手を挙げて相手の発言を制しながら応じる。かなり複雑なことを言うのは解っていたんで、まず俺の方から説明しないといけないのだが、どの順番で説明すればいいのか悩んでいるんだよ。とりあえず共通認識を纏《まと》めておこう。

「まず確認しておきたいことは、旧トライオットはヴァイン王国のような大国ではないにしても、れっきとした国だったという事だ。一方、私の方は大貴族でもない一代官。トライオットを制圧維持するには戦力が二桁足りない。補給線も維持できないしな」

現状、魔物《モンスター》が闊歩《かっぽ》している状況だから二桁じゃなく三桁足りないかもしれない。とにかく圧倒的に足りないのは確かだ。それもあって、制圧とか占領とかは最初から考えていない。説明の順番をちょっと考えてから口を開く。

「もう滅びた国だからという訳でもないが、とりあえずこっちから攻め込んでも文句を言ってくる相手はいない。占領するわけでもないから犯人を追うという口実も成り立つ」

「犯人？」

「書類上な」

そこまで説明したら苦笑いを浮かべたのはゲッケさん。傭兵《ようへい》だからなのかわからんが、勘のいい人だなあ。

「なるほど。アンハイムに到着した直後のあれはそのためか」

「それだけでもないがまあそういう事」

塩塊ギルドの弟はその場で罪人として処罰したが、取り巻きどもはトライオット方面に追放しただけで済ませた。その後に調査を進めた結果、別件でもう一度捕縛する必要が新たに生じただけだ。書類上はそういうことになる。追放したトライオット方面を捜索する途中で魔物《モンスター》と交戦することも当然ありえる事だよな、うん。

「もう一つ確認しておきたい事は、この地での最終目的だ。魔軍の魔将を引きずり出して袋叩《ふくろだた》きにする」

「魔将、ですか」

と驚いたように口にしたのはアイクシュテット卿《きょう》だ。その辺の情報交換も後で個別にしておく必要があるな。とりあえず話を進める。

「だが、ここで地形が問題になる。このアンハイムはもともとトライオットとの国境警戒のために作られた都市だ。南側には川が流れている」

専門家に描かせた図を取り出し、北側の川岸にあるアンハイムを指し示す。

「相手が人間の軍ならこれでいい。南側の川がそのまま防衛戦の堀として活用できる。だが、相手は人間よりもはるかに身体能力に優れている魔軍だ」

「意味がない、と？」

「まったく意味がないとまでは思わないが、さほど期待もできない。身体能力が人間より優れている魔物なら簡単に渡って来られるだろうからな」

いやほんと。魔王復活前の頃から魔物が出没する世界だから、王国でも対魔物戦闘の訓練もしていたのに、魔物暴走《スタンピード》の時やらフィノイやらでは多数の被害が出た。魔物の身体能力や戦闘能力を甘く見る訳にはいかない。

「なるほど」

「だがそれ以上に問題なのは、相手が常に対岸から攻めてくるような場合だ」

ベーンケ卿は軍事に関してはあまり詳しくないようだ。フレンセンも実戦には詳しくないだろうし、詳しく説明することにする。

こっちが袋叩きにしようにも、敵が川の向こうにいるのでは、王国軍が川を渡る際に敵の襲撃を許すことになる。つまり本来町を守るための川が敵にも利用できる状況になってしまう。むしろ身体能力的に王国軍の方が不利とさえ言えるだろう。援軍として到着した騎士団がなんとか川を渡れたとしても、魔将を包囲する前に魔軍が一時後退し、トライオットのどこかに姿を消してしまうという結果になってしまうかもしれない。

「王国軍はトライオットの奥深くまで追うことはできない。するとまた敵が襲撃してくるまで何もできない、という事態になったらこっちがじり貧だ。魔物に至っちゃどっからともなく湧いて出て来るし」

「確かにそうですな」

思わず砕けた口調になったが、応じたホルツデッペ卿も含め誰も気にしていないようだ。状況の把握に努めてくれているのだろう。

「だから敵をどうしても川のこっち側、可能なら北側の城門前まで誘導したい。そうすれば王都からの援軍による包囲も容易になる」

「そこまでは解《わか》りましたが、それとトライオットへの侵攻というのがよくわかりません」

今度はアイクシュテット卿がそう聞いて来た。お、目にちょっと光が戻ってきているな。

相手が魔軍だということが目的意識と言うか意欲に繋《つな》がっているのかもしれない。

「魔軍の生態、ってのも妙な表現だが生態について考えていたことがある。まず連中、基本的に人間を恐れることはない」

勇者《マゼル》あたりは別のようだが、あれはむしろマゼルの方が例外なのだろう。ゲームだと戦闘画面で魔物《モンスター》のほうが逃げ出すこともあったが、現実には人間から魔物が逃げることはほとんどないらしい。特に魔王復活後はこっちが一〇〇人を超えていても向かって来るしな。ヴェリーザ砦《とりで》の時とか難民護送の際に嫌というほど実感した。

「それと、魔物とかは基本的に特定の範囲から出てこない。おそらく、縄張りと言うか何かそういうものがある。例外は魔将のような指揮官が率いている場合だ」

「確かに」

実際、ゲームだと橋一つ渡るだけで出現する敵が激変することもあるし。ゲームの場合はシステム的なものだけど。

俺は今回これを縄張りと表現したが、他に説明する言葉が思いつかなかったからだ。

仮説の段階ではあるのだが、この世界では魔物が自然災害の代わりなのだとしたら、通常出没する魔獣とかはむしろその地域での小さな地震のようなものなんじゃないか、と思い始めている。逆の言い方をするなら、自然災害の少ない、つまり魔物が弱い地域に都市を作るのは人間心理としてよくわかる。

だから王都周辺には強い魔物も現れないし、魔王城の近くの敵が最も手ごわいのは自然環境が厳しすぎて人が住めない地域という事の擬人化……擬魔化とでもいうのか、そういうものなんじゃないかと。ゲームにおけるスタート地点付近の敵が弱いのは魔王側が舐《な》めているのではなく、半ば必然だった可能性があるわけだ。

思い返してみるとゲームのフィールドマップでも敵が強い魔王城とかのあたりって大体において通行不能な山とかだらけだしな。この世界だと火山が魔王城のすぐ隣にあるし。仮に魔物とかいなくても、あんな山ばっかりで迷路みたいになっているとこ確かに住みたくない。

魔王城とかの事はひとまず置いておく。もし自然災害と魔物が同じような役回りの存在なのだとすると、前世の日本も含む多神教国家では自然災害は神の管轄だった。日本での風神雷神なんかも自然災害の象徴みたいなものだし。ナマズが地震の象徴になった理由はよく知らんが、ともかく災害を別の容《かたち》で表したものだ。

そういう、自然災害という概念のエネルギーが、恐らく魔王の影響を受けて実体化したが、どこかにモデルとなった生物の影響を受けてしまっているのではないか、という仮説を立てている。自然災害だとすると川一本でばっさり環境が変わるのはおかしいんだが、擬魔化して生き物としての感覚や思考を得たことにより、縄張りとかそういう考え方に引きずられるようになっていると考えると理屈が成り立つ。

だがこの世界、自然災害という言葉がまず見当たらない。それに一神教だからそういう自然を擬人化するとかの概念も乏しい。前世だと月食は魔狼《まろう》が月を食っているとかいう考え方をした地域もあるが、この世界ではどうもそういう言い伝えもないようだ。つまり両方説明しようとすると二重に複雑になってしまう。理解してもらえればいいのだから、縄張りとかの動物に例えて説明した方が早い。

しかし、そう考えると魔将とか四天王ってのは広範囲に被害を出す広域災害の擬魔化なのかもしれんなあ。その辺もひとまず置いておこう。優先順位はまず魔将退治だ。

「実のところ怖かったのは、私がこれからやることを逆に敵にやられていた場合だった。つまり、少数の部隊で相手の領内を逆に襲撃する。それも連続してだ」

人狼《ワーウルフ》クラスの魔物《モンスター》が数体いれば村辺りなら全滅させられかねない。繰り返されていれば被害は無視できないものになっていただろう。だが連中、それをやってこなかった。いつでも倒せると甘く見られているのがあるだろう。

もっとも、一番怖かったのは、魔族にもう一度王都に潜入されることだ。だから魔除《まよ》け薬はほぼすべて王都で使ってもらっている。

王都からは何も言ってこないし、その点は王太子殿下やその周囲にいる人たちを信頼するしかない。アンハイムには一体や二体ぐらい潜り込んでいるかもしれないと思ったが、ぶっちゃけ勇者《マゼル》でもなきゃ王国軍の主力でもない俺にそんな面倒なことをしてくる理由がない。正面から戦えば間違いなく相手の方が勝つ、というのは客観的な事実だし。あれ、獣化人《ライカンスロープ》って体じゃなくて人で数えるのか、それとも匹か頭か？　通じればいいか。

「多かれ少なかれ、指導者には立場ってものがある。魔将にもな」

「魔将がですか」

「強さだけがすべての魔軍で、甘く見ていた人間から縄張りに攻め込まれている、という事になったら大恥だろうよ」

ホルツデッペ卿の疑問にそう応じる。実際、アーレア村で取引をしてやるという態度をとってきた蜥蜴魔術師《リザードマジシャン》とのやり取りの印象は強い。人間を見下している事と、稚拙でも駆け引きをすることがあるという点において。だからこそ敵を引っ張り出すことができるはず、という結論にたどり着いたわけだが。

「まずは相手に恥をかかせるために、こちらから相手の縄張りに攻め込む。魔将を怒らせるために、だ」

はっきり言えば魔軍は強い。兵の質で見ても数で考えても、アンハイムの戦力だけで考えれば相手の方が有利だろう。俺としては正面から戦って勝てると考えるほどお気楽にはなれない。集団というか軍の中にいる魔将を斃《たお》すなんて真似《まね》ができるのはそれこそマゼルたち勇者パーティーだけだ。

したがって旧トライオットでの野戦をする気はなく、城壁を生かす戦いに持ち込む事を主題とする。ただそれだけではいろいろ駄目だったりするんだよなあ。

「第一段階はこっちから部隊単位で旧トライオット領に入り込んでせいぜい相手を挑発する。第二段階は敵をアンハイム領内に引きずり込んで、最終的に城壁を挟んでの防衛戦を行うことになる。そこで」

もう一度地図を指さす。全員の視線が俺の指を追った。

「まずここ」

アンハイムから少し離れた川岸にマーク代わりの銅貨を置く。

「ここに砦を作る。基本的な襲撃そのものはその時々で指示を出すが、機動戦力はすべてこの川岸の砦を拠点とする。この砦を敵に攻めさせるわけだ」

「攻めさせる、というのは」

「さっき言ったとおりだ。魔将を怒らせる。だが怒った魔将にいきなりアンハイムを襲撃されると南門をめぐる戦いになるからな。そこで、この川岸の砦だ」

表向き、というか見た目としては本城・支城制の支城に近い形になる。この場合は本城が攻められた際に敵の側面や背面を襲撃するための兵力を詰めておくための施設だ。ただし、主戦場と言うか、最初の戦場はその支城側になるように誘導することになるわけだが。

「拠点、と申しますと」

「私が普段からそこで寝泊まりするのさ。アンハイムに戻らずにな」

ノイラートやシュンツェルの疑問に答えていたら全員がぎょっとした表情になった。いや他に魔将が襲う目標になる相手はいないだろう。それこそマゼルでもいりゃともかく。

「あ、あの、子爵」

「ああ、急造の砦でずっと防衛戦をする気はないぞ」

ベーンケ卿《きょう》の発言にかぶせるようにしながらさらに二か所、地図に銀貨と金貨を置いていく。銅貨から順に金貨の位置までの場所をたどれば川岸から大きく半円を描くようにして、最終的にはアンハイムの北側に誘導するような形だ。ちなみに銀貨を置いた二番目の砦は、アイクシュテット卿たちが立てこもっていたあの平地の真ん中に盛り上がっている丘の場所になる。王都でリリーに地図を描いてもらった時からここは一つのポイントになると計画していた場所だ。

「この三か所にそれぞれ砦を作る。そこを順番に相手に攻めさせればアンハイムの北門に相手を引っ張り出せる」

「そう簡単にいきますか」

「敵が銅貨の位置に作る砦を襲撃してくれれば成功させる自信がある」

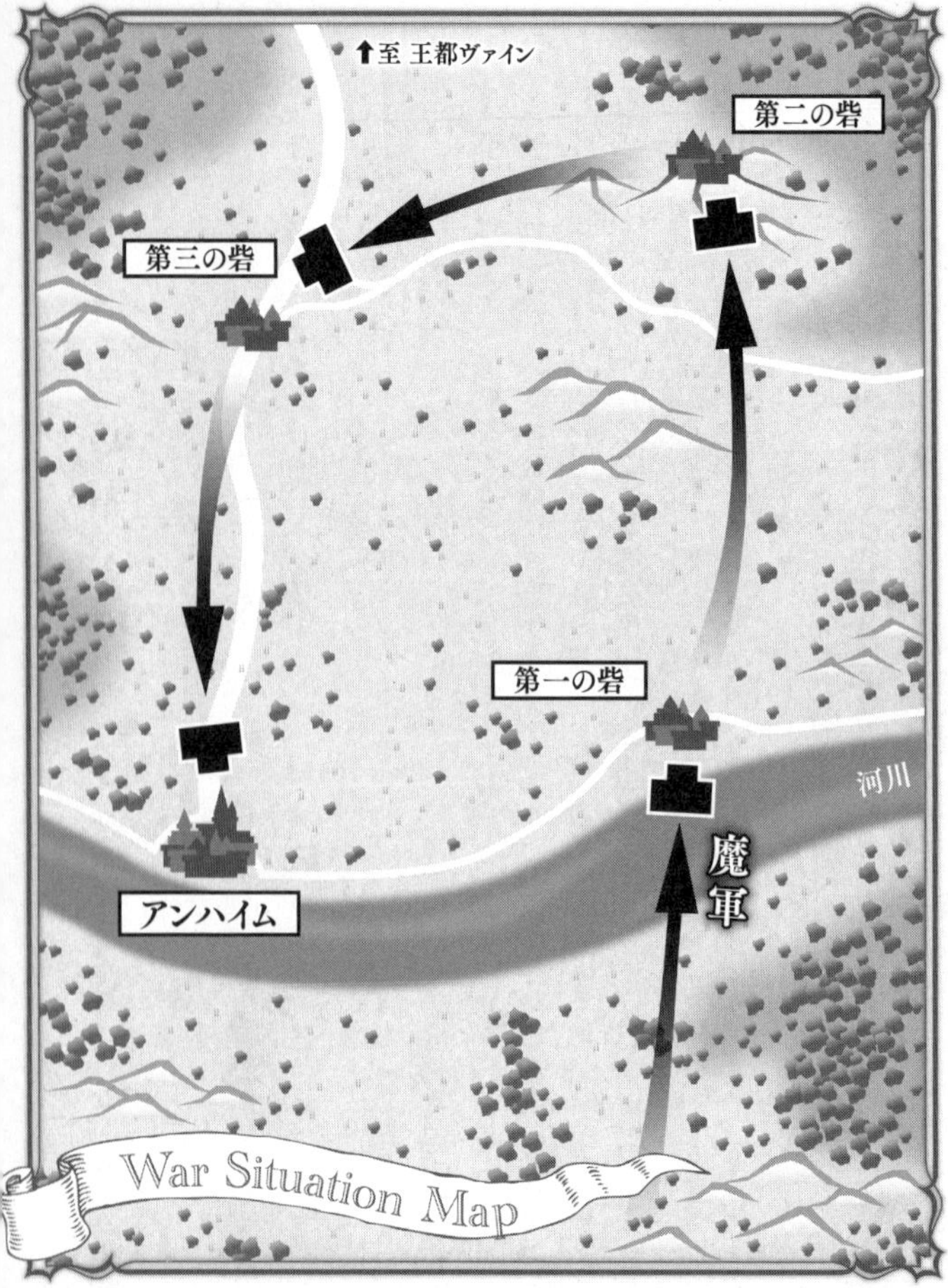
↑至 王都ヴァイン
第二の砦
第三の砦
第一の砦
河川
魔軍
アンハイム
War Situation Map

相手をおちょくるのは得意だからな。この点だけならマゼルに勝てる。いやそんなことで勝ってもしょうがないんだが。

敵は人間を甘く見ている以上、アンハイムと川岸に作る砦ぐらいしか把握しないはずだ。領の内側に作る砦の事なんか想像さえしないかもしれない。そもそも第一の砦で俺を殺せると思っているかもしれんしな。

だが、そんな魔軍でもさすがにアンハイムの城壁を攻めるのは面倒だろう。だからこそ俺自身が砦にこもる価値がある。

「私が敵に追われながら、この順に移動すれば向こうから私を追ってくるだろう。私自身が餌になるためには敵をせいぜい怒らせる必要があるわけだが」

ケステン卿の疑問にはそう応じる。彼が難しい表情を浮かべているのは、その間のアンハイム守備を自分がやることを理解しているのだろう。押し付けているわけじゃないぞ。支援隊を任せていたのは俺がアンハイムに戻るまでの間、万一に備えての守備を任せるためだ。内部の問題も含めてな。

アイクシュテテット卿がこっちに視線を向けてきた。

「この金貨の位置になる三番目の砦は危険ではありませんか。一番は川が堀になりますし、二番は高地にあって地形が味方をします。ですが三番目の砦は場所も草原で平地ですし、アンハイムとの間に敵が入れば分断される恐れも」

「そこは考えてある。任せてくれ」

はっきり言ってくれてありがとう。ホルツデッペ卿やケステン卿も気が付いていたみたいだけど。とはいえ、この三番目の砦まで誘導しないと東門に向かわれる危険性がある。北門まで敵を引っ張れればアンハイムの町そのものが敵を包囲するための壁になるんだ。魔将にトライオットの奥地に引き籠られると困るんだからそこはもう徹底するしかない。

「まず敵を怒らせるために攻め込む。それも相手の縄張りのあちこちにだ。二〇から三〇人の兵力で川の向こうに入り込み、魔物《モンスター》数体を屠《ほふ》ったらすぐ一番の砦に戻ってきてもらう。無理な戦闘は不要だ」

各部隊がトライオットにいる日数は短ければ二日、長くても三日程度。極論を言えば日帰り遠足でもいい。要するに嫌がらせのためだけに相手の縄張りの中で傍若無人に振る舞い、引っ掻《か》き回す。

奴《やつ》らが動物的な感覚に縛られているのであれば、最初は縄張りに入ってきた侵入者を叩《たた》こうとするだろうが、いずれしびれを切らして砦に攻め寄せてくるはず。

動物的な本能から魔物らしい怒りの感情までの移行期間がどの程度あるかは今のところ謎だが、侵攻部隊、実際は挑発部隊が敵の目を引き付けている間に砦もどきをさっさと構築してしまおう。そのためには。

「アイクシュテット卿、トライオット領への連続侵攻作戦の案を作ってもらいたい」

「は？」

「卿《けい》の母国を滅ぼした魔軍相手の作戦立案だ。やりがいがあるのではないか？」

何か言いたげな何人かを目で制した。実のところ亡命貴族とかヴァイン王国の外交官とかから、ある程度は地理情報を得て基本計画は考えてある。このアンハイムの町にいる商人たちにラフェドが聞き取りさせたから最新に近い情報にはなっているはずだし。なので、もしアイクシュテット卿の作戦案に問題があるようなら不採用にすればいい。

それでも彼に任せたのは、大切な家族を失い、復讐《ふくしゅう》を終えて生きる意欲をなくしている彼を何となく放っておけなかったからだ。俺の自己満足でしかないが、できれば立ち直ってほしい。

「条件としては小さな襲撃を繰り返す、連続して攻め込む計画であること。各侵攻部隊単位で見るとトライオットにいる時間は決して長くない事。川を渡る場所も複数ある事ぐらいか。後は卿の判断で考えてくれていい」

「川もですか」

「渡ったところで待ち伏せ、が一番相手にとって楽だからな」

立案された計画がある程度の完成度に達していれば、俺の計画と併用して使うことを視野に入れている。俺の作った計画には俺自身も気が付いていない癖がどこかにあるはず。その癖を見抜かれ、待ち伏せをされたら侵攻部隊が大きな損害を被ることになる。

　だが、途中で計画を立てる人そのものが変われば、突然作戦の癖が変化することになる。そうなると魔軍はついてこられないだろう。相手を翻弄するのにちょうどいい。そのためには俺と考え方が全く異なる人物の方がありがたいし、変に俺の癖を見慣れていない人間に任せた方が確実であり、その上、旧トライオットの地理に詳しいという点も含めるとアイクシュテット卿が適任だ。

「計画はアイクシュテット卿に任せるとして、侵攻部隊はホルツデッペ卿、ゲッケ卿、それにノイラートとシュンツェルにも今回は部隊指揮官として働いてもらうぞ」

「我々もですか」

「ああそうだ。期待している」

　二人も無茶な戦いをするタイプじゃないから、無駄な被害を出したりはしないはずだ。実際問題、俺の他にホルツデッペ卿とゲッケさんだけだと多方面に連続で侵攻というのは難しい。俺は相手を挑発するため、仕込みの方も確認しなきゃならないし。やること多くて胃が痛くなりそう。

　だが、そうなると前線部隊の指揮官が足りないので二人にも頑張ってもらわないとならない。と同時に、これは強く言っておく必要があるから、厳しい声を作る。

「全員に言っておく。当然のことだが、この戦いには敵がいる。ヴァレオと同じだ。敵だって頭があって行動をしてくる以上、最初から最後までこっちの予定通り、とはいかないだろう」

　ヴァレオってのはこの世界のチェスみたいなゲーム。この世界らしいというか何というか、騎士のほかに女騎士とかいう駒があるので最初は混乱した。まあそれはいい。

「この作戦の最終目的は魔将退治だ。だが、目的を達成するための途中経過はいくらでも変更を利かせることができる。状況変化の情報、相手の動きに応じた意見があれば遠慮なく言いに来い」

　状況は常に変化するのだから、その点を忘れてはどうにもならん。逆に言えば途中経過にはいくらでも修正の余地はある。登山に例えれば、山頂に到着さえできれば途中のルートは何回変えてもいいんだ。自分の計画が完璧だと思えるほど俺は自信過剰になれんしな。

「目の前の戦況に拘泥するな。当初の作戦計画だけに従うな。最終目的を見失うな。目的である魔将を誘導するため、最善の選択肢を選んで行動してもらいたい」

「ははっ」

　いい返事だ。全員が頷《うなず》いたのを確認して最後に締める。

「細部に異論はあるかもしれんが全体の方向性はこれで行く。卿らの働きに期待している」

　大手小手より先手が怖い、だ。魔将を引きずり回してやる。

◆

翌日、誓約人会を前に王家からの極秘情報という形で魔将襲撃の可能性を説明した。紛糾した紛糾した。証拠はあるのかと問い詰めてきた相手には陛下か王太子殿下に聞けと一蹴して黙り込ませる。

信じがたいのも無理はないが、もし本当に襲撃が来たら全員まとめて食われて死ぬぞ、襲撃がある前提で話を聞けと半分以上は脅したが、とりあえず話を進めることはできた。

「聖女様とも親しいとお噂《うわさ》のツェアフェルト子爵です、あるいは王室にのみ伝わっている神託を密命で漏らされていてもおかしくはございますまい」

神殿長殿がそうフォローしてくれたので視線で感謝しておこう。先日、ラフェドに協力しての不満分子捕縛に対する礼を言いに行ったら、聖女様によろしく、としっかりアピールされたが、まあそれは当然か。

「そこでだ。卿らに頼みがある」

「何でございましょうか」

「私はここに砦《とりで》を作る」

以前の図のうち、一番砦の場所を指し示す。反応は特にないが軍務経験がない人間の多くはそんなものか。

「理由を詳しくは説明できない。ただ、この砦で長く耐えることはできないだろう。一方でここに敵襲があれば今後の計画を進める合図にもなる」

「今後のでございますか」

「そうだ。この砦に敵が攻めてきたら、すぐにアンハイム周囲の村人たちの避難と保護を卿らに進めてもらいたい」

そう言われたときにようやく誓約人会の人間も表情を改めた。突然王都からやってきた落下傘候補的な代官よりも近くに住む村人の方が大事なのは理解できるので、内心で苦笑いするしかない。とりあえず知らん顔をしながら話を進める。

まずフィノイ以前に攻め滅ぼされた、フリートハイム伯爵領ヴァレリッツの状況を語る。嘘《うそ》を言う必要はないので、思い出したくもない記憶だが淡々と事実を説明していたら、周りの連中、顔色が蒼白《そうはく》になってきた。無理もないか。

「私としても犠牲者は一人でも減らしたい。そのためにも卿らに協力してもらう」

今度は全員が頷く。

「合図は狼煙《のろし》でいいだろう。ただ領のどこまでの範囲が戦場になるかは予想がつかない。そのため、アンハイムでは合図があり次第、全員を避難させてもらう」

「避難とおっしゃいましても」

「アンハイムが近い村の住人はアンハイムに全員避難させろ。そうでない場合、近隣のグレルマン子爵、ツァーベル男爵にも話は通っている。十日間、保護してもらえるはずだ」

「十日、ですか……」

「そのぐらい待てば王都からの援軍が来る」

断言したことでどうにか納得したようだ。もっとも、その前の魔族の襲撃状況を聞いていれば同意するしかないだろうな。

「避難を拒否するものもいるかもしれませんが」

「もしどこかの村から拒否者が出た場合、その村の税率は昨年の五倍にすると通達しろ」

ざわつきが起きたが反論は起きない。この中世風世界において村という集団での連携力というか、繋《つな》がりはとても強い。村全体に影響が出るとなれば従うしかないだろう。いちいち村々に危険性を説明して回ることはできないのだから、強権を発動する。

このぐらいやらないと被害を少なくすることはできないんだが、これ、村に犠牲者が出ないと単に強権発動したという記録しか残らないんだよなあ。はあ、今更ながら胃が痛い。

地図を示してどこの村はどこに避難させるか、人数等を一つ一つ詰めていく。家畜をどうするか、保障はいくら出すか、等も含めてだ。例えばこの地域だと、羊毛を取るための羊が家畜業の家一軒につき七十頭ぐらいが平均なので、家畜も避難させるか金銭で保障するのかとかも大きな問題になる。

やや余談になるがこの中世風世界の農村は前世の中世中期ごろに近い。酪農の専門に近い場合は住居と家畜小屋は別だが、普通の農家では家の中で家畜を飼っている。二階建ての農家なんてほとんどないので、仕切り一つで人と家畜の生活が隣り合わせになっている家も珍しくない。

それが鶏やガチョウとかだけではなく豚とかロバでもそんな感じなので、衛生面に関してはいろいろ考えるところもある。前世の黒死病が農村で蔓延《まんえん》したのは、家の中に家畜の排泄物《はいせつぶつ》があるような環境だったために鼠《ねずみ》が住みやすい事が理由の一つとさえ言われているからな。

まあ伝染病の理由を何か一つに集約させるのもおかしいんだが、危険性を知っている以上は放置っていうのも違う気がする。その辺は今後の課題ということになるだろうけど。さすがに今どうこうするような話じゃない。

◆

誓約人会との打ち合わせを終え、執務室に戻るといくつか籠城時に備えての指示を出す。魔道ランプの配分調整や弓の配分など、いくつか確認をしていると、ラフェドとケステン卿《きょう》の来訪が伝えられたんで入ってもらう。

「失礼いたします、お時間はよろしいでしょうか」

「ああ、かまわないぞ」

「ありがたき幸せ」

ラフェドの態度は何と言うかわざとらしい。妙な言い方だが、役者を演じている一般人とでもいう表現が一番しっくりくるだろうか。ケステン卿は戦士そのものという身のこなしなので、並ぶとギャップが凄《すご》いな。

「二人ともご苦労。ケステン卿、支援隊はどうだ？」

「この期間でできる限りのことは致しました。子爵の得意とするような戦い方はできないかもしれませんが、拠点防衛にならら十分戦力になるかと思われます」

ここまで一月程度だもんなあ。むしろよくやってくれたと思う。

俺の得意とする、という風に評されたのは大軍を運用するやり方じゃなく、どちらかというと少数の兵を使っての機動戦という意味らしい。俺自身にそういう自覚はないのだが、賊退治でそういう戦い方をしたのでそういう印象ができたのだろう。確かに大軍を統率する自信はないけど。

「ラフェドの方はどうだ」

「お望みの物は用意できましたが、数はやはり限界がありますな」

「そこは仕方がない」

むしろある程度でも揃《そろ》ったのは助かる。

今回、俺の立ち位置はあくまでも敵を引っ張り出す囮《おとり》であり、騎士団到着までの時間稼ぎだ。基本となる兵力が足りない。だが相手を倒す必要がない分、別の戦い方がある。ラフェドにいくつかの指示を出して荷を分けさせる手配を任せる。商人という一面もあっただけのことはあって、補給や輸送の重要性も理解しているのは正直ありがたい。

そのラフェドが出ていくとケステン卿が俺に向き直った。どこか皮肉っぽい顔なのは、何というかケステン卿本来の上司であるセイファート将爵に少し似ている。類は友を呼ぶという奴《やつ》なのかもしれないとか考えてしまったのはさすがに非礼だろうか。

「ラフェドに補給面まで任せて大丈夫なのですかな」

「相手が魔族のうちは大丈夫だ」

何となくだが、鼻が利く分、俺が不利になればいつの間にかいなくなりそうだ。むしろラフェドが裏切らないうちは俺が有利なんじゃないかと思う。松永弾正《まつながだんじょう》かよ。

それにケステン卿も補給面の管理を任せることそのものには口を挟まなかったし、どちらかというと俺の考え方を確認しにきている感じだ。

「一つ、お伺いしてもよろしいですかな」

「なんだ」

「なぜあのようなやりかたをされるのです？」

質問の意味がよくわからんので怪訝《けげん》な表情だけ向けておく。ケステン卿が言葉を継いだ。

「単純に守るなら最初からアンハイムに籠城し騎士団の来訪を待てばよいこと。わざわざ魔将を打ち取るために無理をする必要はないはず」

「ああ、そういう意味か」

「しかも閣下自身が囮となるような手段を使って北門に誘導する必要はないでしょう」

ばれてら。確かに誘導するだけならほかにも方法はある。ただ魔将をこの場で斃《たお》すためには挑発して、激怒させておきたい。そうすれば騎士団が来るまで確実に足止めできるだろう。アンハイムという町を攻めるのをあきらめることは容易だろうが、おちょくられた人間を放置はできないだろうからな。連中無駄にプライド高いし。

どうでもいいんだが、俺は一応子爵という地位にいるから閣下と呼ばれるのはおかしくないのだが、言われる方がむずがゆくてたまらない。前世の記憶があるせいでもっと偉い人物につける敬称なんじゃないかという気がしているんだよ。

その辺のもやもやは置いておいて、とりあえず質問には答えよう。

「町の住人が感じる不安感が違う。騎士団到着までの間、たとえ数日でも魔軍が城壁外にいる期間が短い方がいいだろう」

「閣下は変わっていますな」

そのあたりは難しい所だ。確かに俺の思考には前世の記憶があるんで、どうしても〝民間人〟を実戦に関わるところからはなるべく遠ざけたいという意識はある。

一方でこの世界、それだと組織そのものが成り立たないという知識もある。例えば輸送一つでもトラックはないのだから人力に頼る部分は大きく、労働力としての民を数に加えないわけにはいかないからだ。

同時に、貴族としては民の存在が必要不可欠である。民のいない領地はただの荒野でしかない。『君は船なり、人は水なり、水は能《よ》く船を載せ、また能く船を覆す』という訳だ。その意味でも民を巻き込む戦い方は可能な限り避けたい。だが結局その辺は理屈だな。

「俺は俺のやり方でしかうまくやれないから、だろうな。民を巻き込んで大量の被害者を出したけど勝ちました、なんて胸を張れるような考え方はできない」

「なるほど」

誰に対して胸を張るのか……は、うん、考えないことにしておこう。追及される前に話を変える。

「ところでケステン卿、卿《けい》にもやっておいて欲しいことがあるんだが」

「何でございましょうか」

「卿も飛行靴《スカイウオーク》の事は知っているだろう。一番砦に敵が襲撃してきたのを確認したら王都に使者を出してほしいが、その人選」

「なるほど」

「それと、卿ら熟練兵にこいつの使い方を習得しておいてもらいたい。ただし極秘にだ」

飛行靴《スカイウオーク》と一緒に必要書類の名目で魔法鞄《マジックバッグ》に入れて他人の目に触れないように持ち込んだ魔道具《マジックアイテム》を渡す。道具としての実用レベルなのは確認できているから、後は実戦での運用になる。ただこれ、実際に使う場面では俺よりも熟練兵に任せた方がいい代物だ。というか、むしろ俺が勉強したいぐらい。

実物を見せながら詳しく説明をしたら唖然《あぜん》としていた。うん、ケステン卿ぐらい戦歴が長そうな人がこういう顔をするという事は、どうやらこいつは有効そうだな。

「俺は明日から砦《とりで》の構築に入る。引き続きアンハイムの守備は任せるぞ」

「承知いたしました」

作戦を開始して、敵さんが攻めて来るまで二十日前後ってところだろうか。今頃マゼルは三人目の魔将がいるダンジョン周辺に近づいていてもおかしくないのかな。

さて、こっちも勇者パーティーに恥ずかしくない戦い方をしますかね。

◆

魔将であるゲザリウスはその獅子《しし》の顔に不愉快極まりない、という表情を浮かべたまま、配下だった人狼《ワーウルフ》たちの死骸を見下ろしていた。

別に最下層の兵士など失っても魔将から見れば痛くも痒《かゆ》くもない。ただそれが自分の支配地域で行われている事には不愉快さを感じているし、それ以上に不愉快なのは。

『またこいつらか……っ』

ゲザリウスの手にあるのは、死骸をここまで運んできた部下が現場で発見した、ツェアフェルトの家紋が焼き印で押された名刺のような木の板である。

ここしばらくの間、ゲザリウスが預かっている旧トライオット地域では、人狼や人虎《ワータイガー》が逆に人間に襲撃される例が頻発している。そしてその戦闘跡には、魔石を奪われた死骸の傍《そば》に必ずといっていいほどこの焼き印の木の板が置かれており、嫌でも襲撃相手が誰であるかを自覚させられていた。

『人間の分際で、忌々しいっ！』

怒りに任せてかつて部下だった人狼の死骸を蹴り飛ばすと、それが決して細くはない立ち木に直撃するまで飛び、その木すらへし折る。そのようなことをしても何にもならないのだが、怒りの矛先がないのだ。

ヴェルナーは知る由もなかったが、王都での魔軍掃討戦の最中にゲザリウスの参謀格であった魔族は貴族に成り代わっていたことが災いし、ヴァイン王国の騎士団によって打ち取られてしまっている。魔術師兼参謀格の存在を失っていたことが魔軍の攻撃をさらに単調なものとすることになるのだが、この時点ではヴェルナーもそれを知りようもない。

その時、周囲にいたゲザリウスの部下が何かに気が付いたように空中に鼻を伸ばし空気を嗅ぐ。ゲザリウスもそれに気が付いた。そして舌打ちをする。怒りに任せて獣化してしまったため、人間の衣服を失っている自分の姿を自覚したためだ。

『やむを得ん、かわりの物で良い』

ゲザリウスがそう指示し、現在、自分が奪った肉体へと姿を変える。ある意味では戻すと言ってもよい。不愉快そうに確保しておいた衣服や靴を身にまとった。周囲の部下たちのうち半分ほどが同じように人の形に姿を変え、服を着る。

これらの服はほぼ死体から奪ったものであるため、目立つところに血糊《ちのり》がないものを選んでいるが、見栄えが良くないことは否定できない。もっとも、逃亡者のように見えると言えば確かにそうであろう。

「人の姿は相変わらず動きにくいな」

「は」

口でそう言いつつも返答を求めていたわけではない。反応を半ば無視して人の姿を取った複数の部下を従え、こちらから近づく方向に移動した。死骸となった人狼《ワーウルフ》を見られたくなかったためである。

しばらく道なき道を進んだ魔将《ゲザリウス》は、わずかに不快な表情を残したまま、気配の主を発見するとこちらから声をかけた。

「誰かと思えばお前か」

「こ、これは、マンゴルト様。ご機嫌麗しく」

「挨拶はいい。ツェアフェルトの小僧は砦にいるのだな」

「は、はい。ここ最近はもっぱら指揮のみしているようでございます」

目の前の男はアンハイムから追放され、着の身着のままだった前回と異なり、多少はよい身なりになっている。どうやらアンハイムに協力者がいるのは事実らしい、と判断しつつもふん、とゲザリウスはマンゴルトの姿のまま鼻で笑った。

「い、いかがでございましょうか、ここはむしろアンハイムの町の方を先に」

「その場合、あ奴は砦から出て川を渡り、後方を襲う予定なのであろう？」

「た、確かにツェアフェルトの小僧はそのように申しておりましたが、我らが内側から扉を開ければ……」

「お前たちにそんなことを期待してはいない」

魔族が人の姿を取った存在であればともかく、人間ごときにそのような期待はできぬ、とゲザリウスは内心でつぶやいた。何よりも、この人間たちが持ち込んで来た、そのヴェルナーが襲撃指揮を執っている砦の情報がある。

「柱だけはしっかり建てたが壁は板を張っただけの砦など、魔軍ならば一蹴できよう」

「そ、その件でございますがマンゴルト様、本当に魔軍と共闘ができるのでしょうか」

「心配はいらん」

にたり、と笑うとマンゴルトの姿をしたものが片手を挙げた。人狼《ワーウルフ》が二体ほど姿を現し、男がひいっと小さな悲鳴を上げる。

「見ての通りだ。俺は魔軍の力を借りている」

「さ、さすがマンゴルト様でございます」

「小僧の首を持って行けばアンハイムの住人も考え方を改めるかもしれん。その時まで町の中に潜んでいろ」

「かしこまりました。その際は我らにも褒美を」

「解《わか》っている」

これだから人間は度し難い、と内心で冷たく切り捨てた。だがツェアフェルトの小僧を殺したのち、アンハイムの町に住むすべての人間も一人残らず喰《く》われるのが、彼らに唯一残された未来である。

その内心を表に出さず、マンゴルトの肉体を奪い、その姿を利用している魔将《ゲザリウス》は、うわべだけ笑みを浮かべた。

「期待しているぞ」

「ははあっ」

◆

「……という感じにそろそろなっている頃じゃないかな」

「そのためにあのような行動をとったのですか」

「まあな」

　急造の砦の建築に五日ほど費やし、周辺の村落から必要なものを買い付けてそこを指揮所にしてから半月ほど経過した日の午後、砦に作った建屋の一室でヴェルナーは肩を竦《すく》めていた。マンゴルトの姿をした魔将《ゲザリウス》と、アンハイムの犯罪者が接触していたのとほぼ同時刻の事である。

　想像よりもやや遅れているなと思いながら予想を口にしたヴェルナーに対し、ノイラートとシュンツェルが顔を見合わせ、ホルツデッペが何とも言えない表情で口を開く。

「しかし、いつからそれを考えていたのですか」

「ピュックラー卿《きょう》の死体が見つかった時かな」

　とヴェルナーは応じたが実際は異なる。そもそもの疑念を抱いたのは王太子との会話の最中、ゲームで復活してきた魔将が騎士団長や王太子の肉体だったのではないか、という仮説を立てた時からだ。

　今回、もし肉体に魔将の力が影響されるのであれば、逃亡するために手に入れた貧民街の住人では何より魔将の方が納得するとは思えない。そこまで考えたとき、生死不明かつ行方不明となっているマンゴルトの肉体が魔将の素体用にキープされているのではないか、との疑念を抱いたのである。

そして現在の段階ではヴェリーザ砦の魔将ドレアクス、フィノイの魔将ベリウレスの二体とも復活のための核《コア》と思われる物はヴァイン王国で確保されている状況だ。そうなると、だれがそのキープされている肉体を使おうとするかは想像がつく。

この想像が外れていればよいが、もし当たっていた場合、アンハイムの町の中から反乱が発生しかねない。その危険性を考慮したうえで、ヴェルナーはマンゴルトの肉体が利用されている事を前提に策を練った。

アンハイムで最初に人相書きを確認させたのは、マンゴルトと面識のない小物にも顔を確認させるためであるし、町中で悪事を働いていた顔役の取り巻きをトライオット方面に追い出したのも元々はこれが目的である。

魔将が魔族を潜入させるという手をもう一度繰り返す可能性は低い。そもそも正面から戦っても勝てるだろうと思っているであろうし、王都で魔族を発見する方法を見つけた事にも気が付いているはずだ。さすがにその手はリスクが高いと考える方が自然である。

一方で魔将が全く情報に気を遣わないほど頭が悪いとも思えない。これはむしろピュックラーの記憶があるなら、情報というものの力はある程度理解しているのではないかと考えたのだ。

だからこそ、アンハイム内部にいる誓約人の不平を持つものも、あえて罰金や譴責《けんせき》程度で許した。その中には追放された人間たちとの関係がある者もいるだろうと思われたためである。

追放された男がもし〝マンゴルト〟と遭遇したら、密《ひそ》かにアンハイムの町中に戻り、町内部の不満を持つものと情報交換をすることを考えるだろう。旧主の嫡男であるマンゴルトになら情報を売ったりすることもあるだろうと判断したのだ。

あえてそういった不平を持つものから情報が洩《も》れるように、ヴェルナー自身は砦に入っていることや、砦が簡易的に作られた点も含め、ほぼ事実の情報をアンハイムの町に流したのである。

無論、全部が空振りであっても手間こそかかったが別に痛くはない。魔将が情報を気にしないような馬鹿ならまっすぐにこの砦に攻め込んでくるだろうと思えるからだ。上手《うま》く行けば儲《もう》けもの、程度の認識であったことは否定できない。

ヴェルナーが魔軍の行動に関しての予想を口にしたこの会話が事実に近い状況であったことはあとで判明する事になるが、この時点ではまだそこまでの事は知る由もなかった。

「それはともかく、さて、今回はどっちになるかね」

ヴェルナーがどこか楽しそうにそう言いながら作戦計画とサイコロを取り出す。その場にいたノイラートたちが苦笑を浮かべた。

アイクシュテットとヴェルナーの作戦計画はそれぞれに特徴があり、意外なほどアイクシュテットの作戦案の方が好戦的である。一方で地の利もよく把握されており、反撃を受けた際の計画も整っていたため、ヴェルナーはむしろ積極的に採用していた。選択の方法は少々個性的であるが。

「奇数か。なら俺の作戦案だな」

「何も賽《さい》の目《め》で作戦を決めなくても」

「癖を見抜かれたくない」

単にサイコロを振りたいだけじゃないのか、という疑惑の視線を向けられてもヴェルナーは素知らぬ顔である。アイクシュテット案とヴェルナー案のどちらで侵攻先を決定するかをそれで決めているのだから、そのような目で見られても仕方がない所だ。

だが実際、そもそも攻撃計画のタイプが異なる上に、どちらの物であっても計画そのものの完成度は高い。それがサイコロ任せで決まっているのだから魔軍にも予測を立てようがないだろう。旧トライオット領内でゲザリウスが翻弄され、振り回されているのもやむを得ない所ではある。

「今トライオットに侵攻している傭兵隊《ようへい》は今日戻ってくるはずだったな。ゲッケ卿が戻ってきたらホルツデッペ卿には……」

「閣下、失礼します」

客分扱いのアイクシュテットが入室してきたのはヴェルナーが指示を出そうとしたときであった。硬い表情を浮かべており、何かあったことはすぐにわかる。

「どうした」

「アンハイムのケステン卿から使者が参りました。以前閣下がトライオット方面に追放した男が何人かアンハイム内部に潜伏していると。ただ武装はしていないようです」

「ほう」

ヴェルナーの反応はそれだけであったが、ノイラートたちは顔を見合わせ、確認するかのように口を開いた。

「やはり魔将の手配でしょうか」

「恐らくな。だいたい、トライオットに放逐されて魔物《モンスター》に襲われなかっただけでも十分に怪しい」

全員が頷《うなず》く。ヴェルナーが言葉を継いだ。

「ゲッケ卿が戻ってきたら手配を進めないとな。アイクシュテット卿は第二砦《とりで》に先行して留守部隊と合流。準備と資材が整っているか確認しておいてくれ」

「承りました」

「ホルツデッペ卿、戸板の確認を頼む。ノイラートとシュンツェルもそれぞれ準備を。そろそろ始まるぞ」

「はっ」

「承知いたしました」

相手が人間を甘く見ているならこっちが戦力を集中させていても気にしないだろう。ヴェルナーは防衛態勢を強化するように指示を下すとともに、アンハイムにも使者を出した。

アンハイム攻防の前哨《ぜんしょう》戦《せん》となる二砦戦が始まるのはこの日から二日後の事である。

◆

魔将《ゲザリウス》は川越しに砦の様子を窺《うかが》っていた。砦の上にはたびたび焼き印で見たツェアフェルトの旗らしいものが翻っており、川を渡った所には土塁のようなものも見える。一方で砦の壁に当たる部分は板張りであり、魔族の力で叩《たた》けば簡単に割れるだろう。

ゲザリウスは失笑を浮かべた。このような砦など、半日あれば攻め落とせる程度の物でしかない。むしろこのような建築物に頼る人間の愚かさをあざ笑っているとさえ言える。

周囲に集まった魔軍の兵たちも同様の、やや獰猛《どうもう》さを加えた笑みが浮かんだ。ゲザリウスがにやりと笑って声を上げる。

『砦の奴《やつ》らを食い殺せ！』

人狼《ワーウルフ》や人虎《ワータイガー》が咆哮《ほうこう》と同時に走りだし川を一気に渡る。砦の中は沈黙しており、恐れているのであろうと考えたゲザリウスたちは嘲笑を浮かべながら速度を上げると土塁に足を乗せた。むしろこの土塁を足場に跳躍し、砦の中に跳び込んでやろうと思ったのである。獣化人《ライカンスロープ》の身体能力であればそのぐらいはできるはずであった。

いきなり足場が消失した。土塁だと思われたそれを踏み抜いたのだ。

土塁に見えたのは、住民を避難させた村の人家や塀に使われていた、風雨にさらされ劣化した家の戸や板を斜めに棒に立てかけ、その上に薄く砂や土を塗っただけの代物であった。魔物《モンスター》の体重を支えられるような丈夫な土塁ではなかったのである。

しかも踏み抜いた先は地面が掘り込まれており、太腿《ふともも》あたりまで踏み抜いた板に片足だけがはまり込んでしまう。魔軍は足を取られてその場に足止めされる格好になった。

「放て！」

砦から無数の矢が飛び、足止めされていた魔軍にそれが次々と突き立つ。足を引き抜こうにも足場となる反対側の足も板の上にあるため、思うように力を籠《こ》めにくく、自由に行動できない。

片足が板越しに地面にめり込んでいるような形となり、動けないままの人狼や人虎の全身に矢が降り注ぐ。魔物に二、三本の矢が当たっても命を落とすことはないが、何本も刺されれば命にかかわる。現に何体か板の上に斃《たお》れ伏して動かなくなり始めた。

『小細工を！』

ゲザリウスの怒りの声が矢音を圧して周囲に響くが、それを上回るようにさらに矢音が響いた。

◆

「見事に踏み抜きましたな」

「跳躍力に優れている、とは聞いていたからな」

ホルツデッペの感心したような驚いたような発言に対し、壁というより柱を並べた上に敷かれた板の上から戦況を見下ろしつつヴェルナーが応じる。

そのまま背後を振り仰ぎ、戦闘開始をアンハイムや周辺の村落に伝えるため、砦から上がった狼煙《のろし》を見ながらヴェルナーは言葉を継いだ。

「便利に使えそうなものがあればそこしか見えなくなるもんだ」

「そのようですな」

というより、踏み台に見える土塁もどきを作ったという方が近いであろう。ヴェルナーは王太子との会談で、敵が跳躍力に優れていると聞いたときから、逆にその足を殺す方法をいくつか考えていたのである。

なお、土塁に見えるよう板に塗った土や砂を固定していたのはケーテ麦で作った穀物糊《のり》だ。不思議とケーテ麦を煮て作った糊は動物や虫が食べないので、野外で使うのに重宝するのである。発酵させると激辛になることに理由があるのかもしれないが、そこまでヴェルナーには興味がない。

「しかし、昼間から姿を隠しもしないとは」

「それだけ人間を甘く見ているという事だろうな。だからこそ罠《わな》が有効だとも言えるが」

「第二陣、来ます！」

「大丈夫だ、直接跳び込んでこないなら恐れなくてもいい」

ホルツデッペの呆《あき》れたような声に苦笑いしたヴェルナーの耳に、緊迫した兵の声が届いたが、それに対しては冷静な口調で応じる。

ずしん、とわずかに音が響いた。砦の壁に魔物《モンスター》がとりついたようだが、いくら獣化人《ライカンスロープ》でも一発、二発程度殴ったぐらいで壁が壊れることはないはずである。事実、この砦の壁は見た目以上に頑丈であり、むしろ矢ではなく石で相手を叩ける距離に来てくれたとさえ言えなくもない。ヴェルナーは落ち着いた声と表情を作って、何事もなかったかのように話を続けた。

「ここの放棄準備は大丈夫か」

「大丈夫です」

ホルツデッペの返答にヴェルナーは頷く。欲を言えば数日ここに足止めをさせたかったとも思うものの、元々廃棄するための砦である。欲を出すのはむしろ下策であろう。

人間を甘く見ていたから正面から突撃してきたのであり、もたもたしていたら砦を包囲されるかもしれない。身体能力の違いも想像より大きく、国境となっていた川をあそこまで簡単に渡られたことにヴェルナーでさえ驚いた面もある。現時点での基本計画に変更の必要はないと判断し、ヴェルナーは指示を出した。

「よし、歩兵から順に準備に取り掛かってくれ。火と水に気を付けろよ」

「承知しております」

ホルツデッペが砦の中に降りていくのを見送り、ヴェルナーも視線を戻して落石などの準備を整えるようにノイラートに指示をだした。

◆

獣のような顔をしている獣化人《ライカンスロープ》の困惑した表情というものはある意味で相当にレアなものであっただろう。だが、現実問題として彼らは困惑していた。たかが木製の壁だと思い力任せに殴り叩き壊そうとした所、壊れないのである。

困惑したところに柱の上から複数の石が叩きつけられ、その場で動けなくなるもの、命を落とすものもいる。そのような攻撃を受けながらも獣化人の一体が板を引きはがし、その理由を理解した。

砦の板壁は二重になっていた。そしてその間にはフィノイ大神殿の防衛戦で大量に手に入った鰐兵士《アリゲーター・ウォーリアー》の革が何枚も挟み込まれた、積層型の壁であったのである。

もともと鰐兵士の外皮は、通常の兵士が鉄の剣で切りつけた程度では傷をつけるのがやっとなほど硬い。しかも二枚の板で革を挟み込む形となっているので、普通の板なら貫通するほどの力で叩き壊そうとしても、革を張った内側の層がその衝撃を受け止め、勢いを打ち消されてしまう。城壁の石壁ほど頑丈ではないにしても、薄い鉄板よりもはるかに丈夫な壁になっていたのだ。

魔物《モンスター》の革を二枚の板の内側に挟み込んだことで、一見するとただの板壁に見える。魔軍はまんまとそれに騙《だま》され、大きな石でも投げ落とすだけで届くような壁の近くにわざわざ近づいてしまった形となった。

跳躍しようとする魔物にはシュンツェルの指揮する弓隊が優先的に矢を放ち、壁を破ろうにも頑強な壁は簡単に破れない。さらに壁の付近で立ち止まっていると石が降り注ぎ、壁の上から汚物まで浴びせかけられる。皮肉なことに、獣化人《ライカンスロープ》の優れた感覚で汚物を頭からかけられるのは下手な武器による攻撃よりもよほど効く。臭いに耐えきれず砦から距離を取り川に向かってしまう魔物が出るほどだ。

かろうじて砦の中に跳び込んだ魔物もいたが、散発的な侵入では砦の中で待ち構えていた騎士による、ヴェルナーの得意とする集団戦に持ち込まれて袋叩き《ふくろだた》きにされてしまい、損害が増えるだけである。

足止めされた魔物と壁にとりついた魔物とに分断された上でのこの体たらくに、ゲザリウスも獅子《しし》の顔に苛立《いらだ》ちを浮かべた。が、小細工にしてやられたという面は否定できない。不快そうな空気を纏《まと》いながら、ゲザリウスは一度大きく吠《ほ》えた。まるで訓練された兵隊のように魔軍の集団が壁から離れる。

「ヴェルナー様、敵が引きます」

「次は隊列を整えて一気に乗り越えて来るぞ。撤収準備急がせろ」

「はっ」

もうちょっと無理押ししてくれると思ったんだがなあ、と愚痴っぽい考えを持ちながらヴェルナーは敵の動きの奇妙な点をしばらく眺めていた。やがてその可能性に気が付き苦笑いを浮かべる。この時点までその可能性に気が付かなかったのは我ながら鈍いな、と自嘲しながら急ぎ頭の中で計画を変更し始めた。

◆

　ゲザリウスが再度大きく吠えたのは、一度対岸に渡り集団の態勢を整えようとしていた直後である。砦《とりで》の中に掲げられていたツェアフェルトの旗が取り込まれるのを目撃したためだ。ここまで有利だった側が先に引き上げようとしているという状況に、魔軍であるゲザリウスもさすがに驚いたのである。あるいはその発想もマンゴルトやピュックラーの知識や記憶を奪った結果の賜物《たまもの》であったかもしれない。

　ゲザリウスの咆哮に応じ、魔軍はただの集団となって一気に川を渡って砦に押し寄せた。砦を回り込むのは時間がかかる。ゲザリウスを先頭に土塁を無視して足元を確認すると足に力を込めた。

　守る人間がいるときは越えることができなかった壁を一跳びで跳び越える。砦の中は何かが走り回る音とともに黒いものが舞い上がり奇妙に空気そのものが黒い。その煙のような中に飛び降りた途端、視界を奪われた魔軍は混乱状態に陥った。

　砦の中で尻を突かれて狂奔している十頭以上の豚が走り回る。それによって地面に敷き詰められていた黒い粉が舞い上がる事で、中の広場一帯にそれが充満していたのだ。

　粉が目に入ったものは苦痛を堪《こら》える声を出し、鼻に入ったものはくしゃみをしてその粉をさらに吸い込んでしまう。間の抜けたことに、先に跳び込んだ魔物《モンスター》が着地した途端に動きを止めたため、後から飛び込んで来た別の魔物がその上に飛び降りてしまうような事例さえ発生するような有様だ。

砦の入り口にあたる門はいずれもしっかりと封鎖されており、舞い上がった黒い粉が逃げる余地は上にしかなく、恐怖と苦痛で走り回る豚のせいでさらに粉が舞い上がり、密度が濃くなると壁ですら視認できなくなっていく。

次の瞬間、砦の外から火矢が飛び込むと、ゲザリウスたちの顔の前に炎が舞い上がった。

◆

火矢を命じ砦から赤というより黄色に近い炎が吹き上がるのを確認するより早く、ヴェルナーは全速力での撤退指示を出していた。馬上、周囲を駆けていたノイラートとシュンツェルがヴェルナーに声をかける。疾走状態なので半分怒鳴り声だ。

「ヴェルナー様、今のはいったい？」

「魔法ですか？」

「あれは粉塵《ふんじん》爆発って単なる現象だ。魔法じゃない」

半分馬にしがみつきながらヴェルナーも大声で応じた。燃えやすい素材の細かい粉が大気中に浮遊した状態で着火すると、爆発のように瞬間的に燃え上がる現象である。小麦粉や砂糖などでも発生するので、ヴェルナーの前世でもまれに大きな事故が起きていた。

「あの火炎の勢いなら結構な損害が……」

「ああ、あれ全然効果ないぞ」

「はっ？」

ノイラートに答えたヴェルナーの返答に二人は驚きの声をもって応じた。実際問題として、粉塵爆発は屋内や坑道のような密閉空間で起きると危険な現象だが、屋根のない屋外で起きると見た目のインパクトはあるがそこまで大きな破壊力や殺傷力があるわけでもない。爆発のエネルギーがすべて空に抜けてしまうためである。

しかも川に近い砦では湿気も多く、普通なら更に威力は期待できない。あの状況では人間相手であったとしても軽い火傷《やけど》程度であろう。小麦粉などよりは湿気に強いとされる炭《たん》塵《じん》を使ったとはいえ、よくあれだけ火が上がったな、とヴェルナーが逆に感心したほどである。

「そ、それではなぜ」

「〝何かが起きたが何が起きたかわからない〟というのは足止めになる。それに……」

馬を走らせながらヴェルナーは笑った。

「連中、『人間の罠は派手だが威力はない』と誤解しただろうからな。これで恐れもしないで俺を追ってくるだろうよ」

単純に損害を出す罠なら油による火計なり落とし穴なりの方が効果はあっただろう。むしろ人間を軽んじる誤解を引き起こすために、ヴェルナーはわざわざ見た目は派手な粉塵爆発を苦労して用いたのだ。

これで罠よりむしろアンハイムの城壁の方が連中にとって厄介な存在だと改めて確信しただろう、逃げ込まれる前に俺を仕留めたくなるだろうなと笑いながら続け、ツェアフェルトの旗を振り仰ぐ。

「第二の砦が最初の山場だ。そこまで駆けるぞ！」

「ははっ！」

ヴェルナーの声に応じ、その一団は目立つように馬蹄《ばてい》の跡を残しながら第二の砦に疾走する。爆炎と閃光《せんこう》にしばらく呆然《ぼうぜん》としていたゲザリウスらが、怒りに任せて閂《かんぬき》をかけられていた扉や壁を叩《たた》き割って外に出た時には、ヴェルナーたちは既に影も形も見えなくなっていた。

◆

丘の上に建つ第二の砦の上はごった返していた。各種の荷を運んできた人間が多いのもあるが、仕事の割り振りの関係である。行軍中や戦場での働きはともかく、その準備段階では多数の人間の手が欠かせない。

ヴェルナーの前世で有名なテンプル騎士団は戦場に四〇〇〇人を連れて参加していたこ

ともあるが、テンプル騎士団に所属している騎士の人数は最盛期でも二〇〇人を超える程度しかいない。歩兵もそうだが労働職が多いのが現実なのだ。

そして、軍務には普段慣れない仕事をする場合も多く、一人の人間に複数の業務を与えると逆に完成度が著しく落ちる。そのため、普段は農作業をやっていた農民に与える指示は、とにかく頑丈な柵を作れ、などの単純なものにならざるを得ない。

だが、そうするとこの作業のみ、あの作業のみという形で多くの人手が必要になり、結果的にさらに人数が増えてしまう。人数が増えると食料品その他の問題も生じる。そのあたりの兼ね合いも軍を率いる際の計算に入れなければならないのである。

計画を立てるヴェルナーも大変ではあるが、補給品の搬送運搬を手配しているラフェドがいなければヴェルナーは連日徹夜することになっていたかもしれないし、ヴェルナーとは別の場所で多数の労働関係者を運用管理できるアイクシュテットはありがたい存在である。アイクシュテットという人材を手に入れたことでケステンをアンハイム防衛の任務に集中させることができていることから考えても、ヴェルナーには確かに人間関係の運があったと言えるだろう。

「アイクシュテット卿《きょう》、手数をかけたな」

「いえ、閣下もご無事で何よりです」

「本格的に危険になるのはここでだけどな」

一番の砦では相手が人間を甘く見ていたからこそ罠《わな》が有効に働いたし、最初から罠にかけるつもりで手配をしておくことができた。だがこの二番砦では実際に戦う必要がある。しかもかなりの激戦にならざるを得ない。

「板も含め指示通りに準備は整いましたが、後でご確認をお願いいたします」

「解《わか》った。アイクシュテット卿は労働者と護衛冒険者、傭兵《ようへい》隊の支援要員を連れてアンハイムに先に戻ってくれ」

「は」

わずかに不満そうなのは魔軍との戦いの場に直接出ることができないためであるだろう。その心情は理解できる。だがこの砦で一番損害が多くなる事が想像できるので、武芸に自信のないアイクシュテットを戦場から離しておきたかったのだ。

「魔将の首を取るのはここじゃなくアンハイムでだ。卿《けい》には一足先に戻って手配の方を任せる」

「……承りました。それにしても、追ってくるでしょうか」

「多分な」

口ではそう言ったがヴェルナーは確信に近いものを持っている。一方、追って来るがゆえに読めない部分が発生したのも事実だ。こうなればよいという想定はしているものの、起きた事態を有効活用するという考え方でやらざるを得ないのである。とっさの判断力と応用力が高いのはヴェルナーの長所であっただろう。

「少なくとも何もせずトライオットに戻ることはまずない。今の段階でアンハイムが攻撃されたのであれば別の手がある。そこは任せてもらおう」

「解りました。それでは、第三の砦を確認してから戻ります」

「任せる」

アイクシュテットを送り出したのちにすぐ必要な資材が揃《そろ》っていることを確認してから、ヴェルナーはホルツデッペやゲッケ、ノイラートとシュンツェルらに加え、傭兵を含む兵士全員を集めた。

「よし、全員聴いてくれ。この砦での戦いが肝になる」

一段高い所に乗って全員に声をかける。視界に入るほぼすべての人物が自分より年長だ。内心で柄でもないなと思いながらヴェルナーは言葉を継ぐ。

「ここでの戦いは厳しいものになるのは避けられないが、夜までだ。夜まで耐えれば戦況は変わる」

具体的な説明はこの時点では行わない。全体の方向性だけを説明して細部の説明は部隊指揮官にゆだねる。

「勇者殿や聖女様はごく少数で魔軍全体と戦っている。我らは魔軍の一部を相手にしているだけであるが、それでもここでの戦いはあの方々の戦いの助けとなるだろう！」

こういう時に指揮官に必要なのは演出と自信である。指揮官が妙な顔をしていたり、不安な表情を浮かべたりしていると、戦う前に軍が瓦解してしまう。それだけに多言はマイナスである。

「卿らはここで勝ち残れ！　そして愛する家族の元に戻って誇るといい！　戦場は違っても、我らは勇者殿と共に魔軍《マゼル》と戦ったのだ、と！　勝利は我らの側にある！」

内心でダシに使った友人に謝罪しつつ、兵の気合のこもった返答に片手をあげて応じ、台から降りると指揮官だけを集めて詳しく指示を出す。

緊張した表情でホルツデッペとゲッケがその場を立ち去った後、ヴェルナーが胃痛を堪える表情になったのはノイラートとシュンツェルだけが目撃していた。

◆

魔将を先頭にした魔軍は、丘の上に建つ柵とその中に翻るツェアフェルトの旗を目撃すると同時に全力で走り出した。人間であれば数百メートルを走り切ってすぐに戦闘というのは難しいだろうが、魔物《モンスター》であればその程度は難しくない。

丘の上からそれを確認すると、砦の方からも迎撃が飛ぶ。地の利があり、射程の面から言えば砦の側が圧倒的に有利だが、距離があるので命中精度はそれほど高くはない。が、正面に飛んできた球状に近い格好のそれを腕で打ち払い、砕けた内容物を顔面で受け止める形になった獣化人《ライカンスロープ》が、その場に倒れ込むと苦痛の声を上げてのたうち回った。

その様子に驚いて足を止める獣化人がいる一方、足を止めずに砦《とりで》に走り向かうものもいるため、結果的に魔物の列が長く伸びて大きく乱れる。

これは陶器の壺《つぼ》に香辛料や毒草などを配合した目潰しを入れ、それを投石紐《スリング》を使い魔軍の中に投げ込んだものである。毒物にも造詣の深いラフェドが目潰しにのみ特化した配合で作られたそれは、魔物に対しても十分に効果的だ。

更に、飛んでくるそれを、避《よ》けるよりも反射的に受け止め、腕で弾《はじ》き落としてしまう魔物相手には意外なほど効果があった。魔物の腕力で殴るとその場で壺が砕けて粉が拡散し、目潰しの舞う空間に自分から突っ込んでしまうためである。魔物は己の防御力に自信がありすぎるのかもしれない。

もともと走るという行為自体、個体差が出て列が伸びる。目と鼻の激痛にのたうち回る者が出て魔物の集団が乱れた所に、続いて砦から投げられたそれが低い音を立てて降り注いだ。矢より長く重く威力のある槍《やり》が魔物の毛皮と皮膚を貫き、血と苦痛の声がその場に噴き出し、時に反対側から穂先をのぞかせる。魔軍に命中せず地面に深く突き刺さった槍が移動も阻害した。

投槍器《アトラトル》は決して精密な機構のある道具ではない。むしろ見た目だけで言えば単純な道具の方に入るだろう。だが、梃子《てこ》の原理を応用する事で矢より長さと重さを持つ槍を投げる形になるため、それほどの訓練をしなくても一〇〇メートルを超える射程と、手で投げるより数倍にもなるほどの威力を持たせることができる。槍の太さや勢いなどによっては矢の四倍以上の威力があるという報告もあるほどだ。条件次第では素人に弓を持たせるよりよほど有効である。

ただし速射性は低く、投擲《とうてき》用の槍を多数用意する必要があるという意味でも実用的とは言い難い。ヴェルナーもローマ軍が最初に投げ槍を使うという基本戦法を用いていたから使用したという面の方が強く、最初の一投を命じるとすぐに白兵戦武器への持ち換えを指示した。だが重たい槍の殺傷力は確かに有効であり、直撃を被った獣化人《ライカンスロープ》の中には致命傷となり動けなくなったものもいる。

「来るぞ！　一対一になるなよ！」

「おうっ！」

長い列という形になったため、丘の下からばらばらに駆け上がってくる魔軍に対し、ヴェルナーやホルツデッペの指揮下で王国軍側は集団戦を展開する。喊声《かんせい》と裂帛《れっぱく》の声がそこかしこから上がり、血飛沫《ちしぶき》と打撃音が交差し、怒りと嫌悪の声がそれらを圧すると、人の声と獣の声が重なり合って相手を圧倒させるように響く。

使い慣れている方の槍でヴェルナーが目の前の一体を突き倒し、ノイラートとその従卒がとどめを刺した直後、巨大な影がヴェルナーの上にある日の光を遮った。

「散れ！」

ヴェルナーが周囲の兵を一喝すると同時に自分も後方に跳び退《すさ》る。その直後、巨体が着地すると同時にヴェルナーを掬《すく》い上げるように巨大な腕が振るわれた。それを冷静に見て取りながら躱《かわ》し、やはりなという表情で槍を構え直す。

獅子《しし》の顔をした相手の巨大な姿を見ると、外面だけでも不敵な笑みを見せてヴェルナーが話しかけた。

「お前がゲザリウスか」

『そうだ、ヴェルナーの小僧。いろいろやってくれたな』

「まあ黙ってやられるわけにもいかなくてな」

軽く肩を竦《すく》めてからにやりと笑う。第一の砦で強襲を仕掛けてこなかった理由も、こうやってわざわざ魔将自らが姿を現した理由もほぼ予想通りだろうと考え、槍を構え直し、皮肉っぽい口調を作り語り掛ける。

「お前が来るのは予想通りだ。マゼルの前に出るのなら俺の姿の方がいいだろうからな」

◆

周囲で行われている血戦の中で、魔将の巨体と正面から向き合ったヴェルナーの内心は見た目ほど自信満々という訳ではない。坂の上に立つはずのヴェルナーよりも魔将の頭が高い所にあるのだ。迫力も凡百の魔物《モンスター》と異なる。

背中に冷汗が流れた。勇者でもない人間が向き合うにはいささか強力すぎる相手である。もしその腕の直撃を受ければ、一撃で致命傷すらあり得るだろう。

だが一方、奇妙な余裕もあった。恐らくだが魔軍が体を奪う際には、その肉体の損壊が大きすぎると使えないのではないかという予想があったのだ。

その仮説は会話をすることで逆に補完されていた。躊躇《ちゆうちよ》なく連続攻撃を加えられていれば避けきれなかったかもしれない。それがわざわざ短くでも会話に応じたことで、向こうも距離を測っていることをヴェルナーに確信させた。

ゲザリウスが距離を詰めて腕を振るう。寸前でヴェルナーは躱した。新しい槍なら受け止められたかもしれないが、以前から使っていた古い槍だと途中から折られるかもしれない。その反面、わずかでも軽いこの槍は身のこなしという意味ではヴェルナーに味方する。

さらなる一振りも体を低くして躱すと、逆にその姿勢のまま槍を突き出した。下から突き上げるように顎を狙った一撃だが身を翻される。踏み込んだ足を軸に身体《からだ》を回転させると、先ほどまでヴェルナーの胴があったところに腕が振り下ろされた。地面にめり込む拳が窪《くぼ》みを作るのを横目に、ヴェルナーが数歩距離を取る。坂の上下ではなく、ほぼ中腹で横向きに向き合う形となった。

一転してヴェルナーの方が積極的に攻勢に出た。鋭く数度の突きを繰り返す。軽く当たった程度では傷さえ与えられない。ゲザリウスが嘲笑を浮かべた途端、ヴェルナーは素早く逆に一歩下がった。その動きに誘われるようにゲザリウスが前に出る。その足を払うようにヴェルナーが槍を横に薙《な》いだ。

ゲザリウスが予想外の動きに避けられず一撃を被り、体勢をわずかに崩したが、その程度では戦闘力を奪うにはほど遠い。大きく腕を横に薙いでヴェルナーを殴り飛ばそうとする。

ヴェルナーがその一撃を避け、坂の低い方に逃れ体勢を整えた。結果的に坂の上に位置することになったゲザリウスが向き直ることで、ヴェルナーがほとんど見上げるような形となり、そのまま少しの間、睨《にら》み合う。

次の瞬間、鈍い音と共にゲザリウスは背中に強烈な一撃を叩《たた》きつけられ、自らの体が宙に浮かぶのを自覚した。

かろうじて振り向いた視線の先、砦内部に小型の弩砲《バリスタ》が据え付けられていることに気が付いたゲザリウスが驚愕《きょうがく》の表情を浮かべる。先ほどまで存在していなかったはずのそれから発射された、鋭い鏃《やじり》のついた矢ではなく、巨大な棍棒《こんぼう》という方が近いような金属の塊が、近距離から、勢いを衰えさせることもなくゲザリウスの背中を直撃したのである。

予想もしていなかった方向からの強烈すぎる一撃に魔将《ゲザリウス》ですら体勢を維持できなかった。崩れ落ちる魔将を見、ヴェルナーが攻撃を避けるよりも真剣な表情を浮かべ巻き込まれないようにその場から逃れる。

これはもともと牽引式弩砲《キャロバリスタ》を考えた際に、大容量の魔法鞄《マジックバッグ》があれば弩砲《バリスタ》を運べたから発展しなかったのではないかという仮説を持ったことからだ。いっそ逆に弩砲でも単発発射用なら持ち運べるのではないかとヴェルナーは考えたのである。

そして、もしそういうことが可能な物があればとセイファート将爵に大容量の魔法鞄を一時的に貸してほしいと頼み込み、アンハイム着任後にそれを借り受けることができた。王都からの荷物は、内容物とは別に魔法鞄そのものも軍需物資であったのだ。

弩砲入りのそれをシュンツェルに預け、魔将が丘の上から目を逸《そ》らすまでは取り出さずに隠し通すように指示をしておいたヴェルナーは、戦闘の場面でも自分が囮《おとり》となり、弩砲の直撃を加えられる瞬間を狙っていた。そして魔将が丘に背を向け、ヴェルナーに意識が集中した瞬間、弩砲の引き金が引かれたのである。

巨大な質量で殴られたゲザリウスの巨体が丘の上から転がり落ちる。周囲で戦っていた魔軍がそれを驚愕の表情で見た。勇者がいるわけでもない、ただの人間の軍に魔将が坂から叩き落とされたのだ。魔軍から見れば驚愕の光景である。

「目潰し！　弩砲次発装填急げ！」

ヴェルナーが怒鳴るように指示を飛ばすと、後方に控えていた狩人《ハンター》たちによる陶器の目潰し弾が無数に飛んだ。丘の下に転がり落とされたゲザリウスが崩れた体勢のまま、とっさにそれを手で払う。魔将の力に陶器が耐えられるはずもない。大きく一振りした腕の動きで二個も叩き割られたことで、目潰しが周囲に充満し、激痛と刺激臭がゲザリウスの視覚と嗅覚を完全に奪った。さらにゲザリウスの全身に複数の陶器が叩きつけられ、周囲に舞い上がった内容物が体といわず顔といわず全身に覆いかぶさる。

苦痛の唸《うな》り声《ごえ》を上げて魔将《ゲザリウス》が逃げ出した。本人は目潰しと弩砲の射程から逃れるために移動しただけのつもりだったのかもしれない。だが、現実として魔将が背中を見せて人間の軍から逃れたのだ。信じがたい瞬間を目撃した魔軍に動揺が広がった。

「追い落とせえっ！」

ヴェルナーの一喝に全軍が喊声を上げる。動揺した獣化人《ライカンスロープ》に剣が叩きつけられ、槍の穂先が魔物《モンスター》の皮膚を貫き、人虎《ワータイガー》の毛皮が赤く血に染まり、蹴飛ばされた人狼《ワーウルフ》が体勢を崩して坂を転がり落ちていく。指揮者をその逃亡という形で戦場から失った集団が戦意を失った瞬間であり、人間の側が魔軍への恐怖や不安をなげうった時でもある。人間の軍相手としてはあり得ない勢いですべての魔物が丘の上から突き落とされた。

「全員坂を登れ！　落石用意！」

追い落としたヴェルナーは追撃をしなかった。追撃の代わりに、ここにいた賊を襲う際に投石機で丘の上に打ち上げたような子供の頭ほどもある石を、あらかじめ固定してあった網を切ることで一斉に転がり落としたのだ。

丘の下に叩き落とされた魔軍が、転がり落ちて来る巨大な石に驚愕し丘の下から距離を取る。群れの心理というものであろう。一体が身を翻すと、一斉に魔軍が逃げ出した。将であるゲザリウスを追いかけただけかもしれない。だが丘の上にいた王国軍から見れば確かに魔軍が逃げ出したのである。驚愕と歓声が入り混じったような奇妙な声が丘の上から周囲に響き渡った。

「ヴェルナー様！」

「やりましたぞ、閣下！」

「浮かれるな、まず怪我人《けがにん》の治療急げ。撤退用意を進める」

ハッタリで魔将を撤退させたヴェルナーは周囲で歓喜の声を上げているノイラートらにそう指示を出すと、大きくため息をついて汗をぬぐった。

実は弩砲《バリスタ》はアンハイムの町にあった旧式の物で、上下に狙いをつけることはできても、回転台《ターンテーブル》がないので左右への対応力は鈍く、魔物《モンスター》の運動性で横に避けられると手の打ちようがなかったのだ。二発目を当てられる可能性はむしろ極小とさえ言えるだろう。だからこそ先に目潰しを使いゲザリウスの視覚を奪ってそのあたりを把握させないようにしたのである。

実のところ、弩砲で矢を放たなかった理由もそこにあった。一撃で魔将を斃《たお》すことができるのならそれでもよかったのかもしれない。だがもともと騎士団を待って魔将を斃すことが目的である。矢の二発目を当てられない以上、丘から突き落とすという視覚効果の方がヴェルナーの目的には合致していた。ゆえに一撃の衝撃が大きい質量武器を撃ち出させたのである。

その他に投石機で丘の上に打ち上げた石もすべて一度に使い切った。目潰しが入った壺《つぼ》もかなり消耗した。二度はできない勝利である。

「夕刻までに準備を整えろ。日が落ちる頃に移動を開始する」

「来ますか」

「むしろ夜襲の方が連中の本能に近いと思うね」

最高のタイミングで弩砲を撃ったシュンツェルを称賛すると、魔法鞄《マジックバッグ》に仕舞うように指示を出していたヴェルナーがホルツデッペの問いにそう答える。縄張りのような本能に影響を受けるのであれば、姿の基になった動物の考え方も影響するのではないかというのがヴェルナーの予想である。だからこそ夜の準備を整えていたのだ。

「撤退の際に使う魔道ランプに気を付けろよ」

「承知しております」

頷《うなず》いてホルツデッペに偵騎を出すように指示を出すと、最も精巧な地図を取り出しノイラートやシュンツェル、ホルツデッペやゲッケに意見を聴く。しばらくの相談の結果、意見は一致した。

「ここだな」

「私もそう思います」

「狩りをするならここだろう」

ホルツデッペとゲッケも頷く。第三の砦《とりで》に向かう方向で狩りをするのに適した場所を確認すると、まずここまで急ぎ移動することを決定し、撤退準備を急ぐようにヴェルナーは指示を出した。

◆

夜間になって視覚や嗅覚が回復したゲザリウスが砦に向かった際、砦が燃え上がっていることにまず驚愕した。そしてすぐに周囲を確認する。魔物《モンスター》からすれば、夜であっても地面を探ることは困難ではない。馬蹄《ばてい》の跡を見つけ、移動する方向が西であることはすぐに把握できた。アンハイムの町とは異なる方向であるが、恐らく別の施設でもあるのだろうと目途をつける。

通常、獣の集団による狩りは、逃げる獲物を追いかけるものと待ち伏せするものに分かれることが多い。その意味では集団戦に近いだろう。だがヴェルナーが既に砦を離れているとなると、そのように分ける暇も惜しい。ゲザリウスは集団そのままで後を追った。

幸いというか、補給物資も運んでいる人間の軍は動きが遅い。月夜であるがツェアフェルトの旗らしきものが翻っていることも彼らの視力ならば容易に判別できる。地形の有利不利もない平地で、人間よりもはるかに夜間の暗視力に優れている魔軍である。敵にも小細工ができない地形である以上、そのまま突入すればよいと判断し、それでも注意深く距離を詰めつつ動いた。

確かにヴェルナーたちは移動していた。だがそれは敵が追ってくることを想定しての動きだ。ゲザリウスが襲来する方向もある程度予想できていたヴェルナーは、その方向に騎士を配置してある。単純に戦闘力に優れているからではない。馬という生き物はもともと臆病な動物である。逃げ出すようなことはないよう訓練をされているが、それとは別に動物としての本能を信じ、敵意が近づいてきたらすぐに察知してくれることを期待したのだ。

そして馬たちは期待に応えた。決して遠くはない距離であったが、それでも注意深く接近していた魔軍に人間よりも早く気が付いたのである。一頭が高く嘶《いなな》きを上げる。王国軍全員が振り向いた。

『行くぞ！』

発見された、と察したゲザリウスが吠《ほ》える。魔軍が一斉に走り出した。王国軍の騎馬隊がそれから逃げるように駆け出す。騎馬が走り去った先、歩兵が列をなしているその奥に、金属を張った盾のような板が並んでいるのが魔軍の視界に入った。

「伏せろっ、起動！」

今までにないほど真剣な声で鋭くヴェルナーが指示を飛ばし、歩兵が一斉にその場に伏せる。歩兵と金属板の列の間に隠されていた、魔道ランプを数十個並べた列が目に入った。ランプの操作をしていて伏せなかった兵が金属板の裏に隠れる。

次の瞬間、光が爆発した。

通常、魔道ランプは節約して使えば二十日程度は持つ程度の魔力がある。明るさという意味では蠟燭《ろうそく》よりは明るいが、一部屋を照らすのがせいぜいという明るさにする事で使用時間を伸ばしていた。その、本来なら二十日以上使えるだけの魔力を、僅か数分で使い切るほど、魔道ランプの光量を限界超えの明るさに〝暴走〟させたのである。

魔道ランプの暴走、という方法を相談された魔術師隊のフォグトが何を考えているのかと疑問を持ったのは当然であっただろう。普通はそんな使い方はしない。だが、夜間にそれほど強力な光が発生することなど通常はあり得ないのだ。金属を張り鏡状になった板により反射された光も含め、ほぼすべての光が魔軍に襲いかかった。

この時に発生した強烈な閃光《せんこう》は周囲を漂白し、その明るさは遠く離れたアンハイムからも目撃され、星が落ちたと騒ぎを引き起こしたほどである。

魔軍はなまじ夜目が利くことが災いした。元々視力がいい所に、仮に昼間であっても目を眩《くら》ませるであろう強烈な光を、深夜の暗闇の中で直視してしまったのである。魔軍の全軍がその場に崩れ落ち、のたうち回った。

「後ろを向くなよ！　突撃いっ！」

閃光を背にヴェルナーの軍が突入する。魔軍は目を開けられぬ。苦痛の中、両手で目を覆っている人狼《ワーウルフ》の体に無数の刃《やいば》が突き立ち、地面でのたうつ人虎《ワータイガー》の体が槍《やり》で地面に縫い付けられる。王国軍将兵の足音と鎧《よろい》の音に交じり、獣化人《ライカンスロープ》の苦痛が夜の闇を満たし始めた。

「突破して西だ！」

「光を見て動けなくなったものは置いていくぞ！」

「敵にかまうな、第三の砦に向かうっ！」

口々にそんな声を掛け合いつつ王国軍が敵中を突破しながら、ただひたすらにその場にいる魔軍を切りつけ、貫き、刃を喉笛に突き立て、腹を裂くように剣を振り下ろし、時に怒りに任せて蹴飛ばすとそのまま走り抜ける。

戦場が苦痛と絶叫の悲鳴に満ち、血臭が平野を充満させていく。同じように目の苦痛を堪《こら》えていたゲザリウスの耳に聞き覚えのある声が飛び込んだ。

「どうだ魔将。自分たちの低能ぶりが理解できたか？」

その声がヴェルナーの声であることを理解するよりも早く腕が動く。怒りに任せた一振りで、当たれば間違いなく命を落としただろうが、視界を奪われている上に周囲の戦闘音と血の臭いが距離感すらつかめさせていない。むしろ大振りしすぎたゲザリウスは大きく姿勢を崩す。隙だらけである。

ヴェルナーの槍がゲザリウスの右目を刺し貫いた。

苦痛と怒りの声を上げてゲザリウスが腕を振りまわす。ヴェルナーは槍を手放し距離を取った。愛用していた槍だが耐久力からいってもそろそろ限界である。それに夜間、目のような小さい狙いを貫くのには穂先のサイズもちょうどよかったのだ。

「その槍はくれてやるよ。そのかわり、次は左目を貰《もら》うぜ」

わざわざ大声でゲザリウスにそう声をかけるとヴェルナーも走り出す。王国軍が中央突破を成功させ姿を消した後、その場は魔軍側の苦痛の声が野を満たした。おそらく前魔王時代からいままで、ここまで一方的に野戦で魔軍がしてやられたことはなかったであろう。しかも魔軍の方が有利なはずの夜戦である。二重三重にあり得ない結果となった。

『あの小僧……っ！　覚えておれ！　死を望むような苦痛を与えてくれるぞ！』

一方的に叩《たた》きのめされた怒りに震えながら、ゲザリウスは引き抜いた槍を握りつぶす。その憎悪の声は夜空に吸い込まれていった。

◆

隠れるものがない草原の真ん中に立つその建築物が視界に入る距離まで近づくと、その全容をようやく確認し魔将《ゲザリウス》は妙な表情を浮かべた。ヴェルナーの言う第三の砦は、もし真上からそれを見下ろせば大きな三角形をしていたのである。

三角の頂点にそれぞれ見張り台のようなものが立ち、見ようによっては三つの見張り台を三枚の壁が繋《つな》いでいるとも言えるだろう。ゲザリウスの中にあるピュックラーやマンゴルトの知識にはそのような形の砦は存在していない。

そしてその奇妙な形以上にゲザリウスを警戒させたのは、周囲に配置されたさまざまな物であった。それは徘徊する魔物《ワンダリングモンスター》の死骸であったり、家畜の汚物をまき散らした跡であったり、妙な形をした木の台であったりとさまざまであるが、全体としては大きく輪を作って砦の周囲を囲むような形となっており、まるで何かの儀式の後のようでさえある。

無論というかゲザリウスも警戒した。ヴェルナーが小細工を巧みに使いこなす相手であるという事は十二分に理解している。何を仕込んでいるのかと警戒しながら、それらのさらに外側から大きく砦を囲んだ。砦のほぼ中央には見慣れたくもないが見慣れてしまった紋章が描かれた旗が翻っているものの、動きは何も起こらない。

ゲザリウスは夜を待った。先に魔道ランプの暴走で痛い目にあったが、人間と比べれば夜目が利くのは事実である。小細工があるとしても視認できなければ成功率は低くなるであろう。夜を待ち、砦から逃げ出すことのできないように周囲から一斉に砦に襲い掛かることで、アンハイムの町に逃げ込まれる前に殲滅《せんめつ》するつもりであった。

その間、何度か砦の内側で鈍い金属音がする。合図の鐘のようだが、それ以外の動きはない。それでもゲザリウスはぎりぎりまで警戒した。何をしでかすのかわからない、という警戒感は消しきれていなかったためだ。

深夜になるまで身を隠していた魔軍だが、魔将《ゲザリウス》が夜空に合図の遠吠《とおぼ》えを上げると、それに応じて全方位から勢いよく砦に走り出す。砦の側からの反応は何もない。魔軍は一斉に砦に襲い掛かった。ある者は跳躍力を生かして中に跳び込み、またある者は壁の板を力任せに叩き壊す。

砦内部の空中に張り巡らされていた綱を切りながら地表に降りると、綱にぶら下がっていた袋が地面に落ち、その衝撃で袋の中に入れられていた粉が空中に舞い上がった。跳び込んだ魔物《モンスター》のうち何体かが空中や地上で悲鳴を上げる。

その声に動揺せずに力任せに壁を叩いた魔物の力で壁そのものが内側に倒れ込むと、粉がますます空中に舞い上がった。壁が倒れるのと前後して見張り台まで崩れて内側に倒れ込み、大量の土埃《つちぼこり》と粉を巻き上げる。深夜という時間帯に加え、舞い上がった粉で視界が奪われ、その粉を吸い込み咽《む》せながら魔族が走り回った。

そのような中で魔軍は戦闘を開始した。革鎧を着た人間ほどの大きさの影をその腕力で叩きおり、白い粉の奥で動く相手に拳を振るい、噛《か》み付き、爪を立てて相手の皮膚を引き裂く。魔獣の苦痛の声が上がり、切り落とされた指先が地面に落ち、血が地面を染めあげる。

短いがあちこちから苦痛の声が上がり始めた所で、砦全体に響くほどの怒声をゲザリウスが上げた。

『やめよ！』

魔将の一喝に興奮していた魔軍は動きを止めた。やがて事情を把握した魔物たちが茫然《ぼうぜん》と立ちすくみ、その場に座り込む。

『あ奴《やつ》……！』

負傷した人間は一人もいない。初めから第三の砦は無人だったのである。

ヴェルナーの前世の表現を使うなら空城計であっただろうか。前回、わざわざ夜襲の中で西へ向かえといった指示や、第三の砦へといった目的地を敵の中で声を掛け合っていたこと自体が、魔軍をこの建物に誘導するための罠《わな》であった。ヴェルナーたちはここを素通りして、既にアンハイムの町に帰還していたのである。

三角形にしてあったのは最初に突入した魔物がすぐに動くものを目撃できるように内側の面積を狭くするための細工であり、周囲のもったいぶった演出にはほとんど意味はなく、臭気で魔物の嗅覚を鈍らせ、更にそれを配置するために無数の人間が行き来した結果、砦の周囲で足跡を追跡できなくした以外の効果はない。

無論、砦《とりで》に旗が翻っていたのも同様で中にヴェルナーがいると思わせる演出である。むしろこのためにヴェルナーは最初の砦の時から旗をアピールし、この砦のような張りぼてを構築するのと同時に、最初から別の旗を掲げさせてあったのだ。

そしてやられっぱなしで怒りを溜《た》めていた、特に戦意に溢《あふ》れた魔物《モンスター》が最初に砦内部に跳び込むと、軽く舞い上がりやすいだけの粉によって視界を奪われた。それにまた小細工かと怒りを再発させた魔物が無作為に周囲の動くものに襲いかかったのである。

砦内部に山賊が着ていた革鎧を身に着けた案山子《かかし》を設置してあったことも、人間の兵士がいるという誤解へと誘導させる細工だ。野営を続けていた人間が着ていた古い革鎧など、獣化人《ライカンスロープ》の嗅覚では人間臭くてたまらない代物である。

更にヴェルナーは別の罠もしかけてあった。王都で依頼し作製してもらっていた、鎖《くさり》帷子《かたびら》で使うよりも細く加工した鉄製の糸を無数に砦の中に張り巡らせてあったのである。前世にあったピアノ線ほどの強靭《きょうじん》さはないが、それでも金属の糸だ。魔物の勢いで振りまわした腕の爪ではなく、指先が細い金属糸に引っかかりでもした場合、その指ぐらいは落ちてしまう。砦の中に空中から飛び込んだ魔物など、全身の重量が一本の鉄線に乗った結果、片足の先端が切り落とされるような結果さえ発生していた。

夜襲の中で全方向から一斉に砦に襲撃をかけたことも統率が届かなくなる理由であった

だろう。諸々《もろもろ》の理由があり、損害の数こそ多くはなかったが、この襲撃は一方的に損害だけを生み出した結果に終わった。

なお、これは効果がなく魔軍の誰も気が付かなかったのだが、砦の中には木製の猫じゃらしのおもちゃまで仕掛けてあった。ヴェルナーからすればちょっとした悪戯《いたずら》であったが、もし魔将《ゲザリウス》がそれに気が付いていれば、猫扱いされたことに激怒しただろう。

魔軍の一団があまりにも無駄な損害を出した事実に茫然としていると、朝日が差し込んで来て砦の中を確認できるようになった。無人の砦の中で鳴っていた音の正体も判明する。巨大な水桶《みずおけ》とそこから垂れ落ちる水滴、その水を受け止める細い樋《とい》のようなもので作られた道具だ。ヴェルナーがこの場にいれば、鹿威《ししおど》しと呼ばれるこの装置の原型となった物の名前を紹介してくれたかもしれない。

砦の中を見回していた人狼《ワーウルフ》の一体が声を上げた。掲げられていた旗を支えていた柱に文字が刻まれているのに気が付いたためである。声を聴いたゲザリウスがその柱に近づき、彫り込まれていた文字に目を向けた。内容はシンプルである。

【アンハイムでメシ食ってくる】

まるで友人に対する伝言のような内容にゲザリウスは憤怒《ふんぬ》の表情を浮かべ、周囲の魔物が怯《おび》えてひれ伏す程の怒声を上げた。

『どこまで虚仮《こけ》にすれば気が済むのだあの小僧っ！』

そう怒鳴るとゲザリウスは疲労や負傷を鑑みる事もなくアンハイムへの攻撃を行うという指示を出す。これにより、魔軍はそのままアンハイムの北側からまっすぐに南下することとなった。

◆

魔将が怒声を上げていた時間帯、ヴェルナーは寝ぼけ眼《まなこ》で自室から姿を這《は》い出している。ノイラートやシュンツェルもようやくという感じで目を覚ましたところだ。

第三の砦に足跡と臭いを残し、水桶に水を充填すると、わき目もふらずにアンハイムに帰還したヴェルナーは、留守を任せていたベーンケとケステンに最低限の指示を出し、そのまま領主館の自室に転がり込んで熟睡していた。疲労困憊《ひろうこんぱい》であったことは事実である。

多少なりとも睡眠欲を満足させて自室から出、礼儀作法も何も考えずに食事をとっていると、まずベーンケとフレンセンが姿を見せた。挨拶の代わりに欠伸《あくび》が出たことには二人とも苦笑で流す程度の配慮をする。

「あー、眠い」

「さすがに少々汗臭いです」

「後で水浴びしてくるよ」

もう一度欠伸をしながらフレンセンにそう応じる。鎧《よろい》だけ脱いでそのままベッドに倒れ込んだのだから、臭いだろうという事は自覚している。とにかく精神的にも肉体的にも限界であったのだ。ベッドシーツを汚したなと起きてから反省はしていたが。

「いくつか確認をしておきたい」

「何なりと」

ヴェルナーの指示は、壁を越えられた時の対策である。市街戦となった時には民を避難させなければならない。そのための避難要員、訓練、護衛手配などの指示も行う。大筋を指示し後はベーンケに細部を任せた。

「とにかく民の被害は可能な限り少なく。壁を越えられないのが最善だが、越えられた時のことを想定してくれ」

そう指示を出し、ぬるくなった茶を飲み干すと、用意していたものを差し出しながら声をかける。

「それと、ベーンケ卿《きょう》、フレンセン」

「はっ」

「卿《けい》らにはこれを預けておく」

そう言ってヴェルナーは二人に飛行靴《スカイウォーク》を差し出した。二人が困惑した表情を浮かべる。

「あの、閣下」

「ああ、深く考えなくていいぞ」

ひらひらと手を振ってヴェルナーは応じた。

「負けるつもりも死ぬつもりもない。代官の義務だと思ってくれ」

もしアンハイムが落ちた時には誰かが報告しなければならないのは確かである。報告先に国とツェアフェルト家当主である父の二人分が必要なので二人に飛行靴を渡しはしたが、ヴェルナーは負けるつもりはない。それでも何かあった時の事を手配しておくのも役目であると思っての行動であった。

二人も顔を見合わせてから受け取る。

「それでは、ひとまずお預かりいたします」

「ああ。それと、敵がまだ見えていないならケステン卿を呼んできてくれ」

「かしこまりました」

もう一杯の茶を飲んでようやく一息ついたところでケステンとラフェドの二人が入って来た。簡単な挨拶も飛ばし、まずケステンに声をかける。

「確認だ。ケステン卿、王都への連絡は」

「既に済んでおります。狼煙《のろし》があがった直後と、数時間後に二人ずつ、飛行靴で」

「わかった、ご苦労」

道中の事故や襲撃はないが、王都付近に移動した直後に魔物《モンスター》に襲撃される危険性はある。時間差をつけて二度使者を出すことは正しい判断だ。ヴェルナーも頷《うなず》いた。

人員配置、武器の保管や道具類の確保なども含め、多くの確認をして承認を行う。投石機の準備を進めるように指示も出した。

「町内の評判はどうだ？」

「まあ半々ですな」

「とりあえずそれで十分だ」

戦勝軍である以上、ある程度評価は高くなる。一方で当然ながら批判する人間が出て来るのも事実だ。特に魔将が攻めて来る事は想定されており、誓約人会には説明してあるとしても、平民からヴェルナーがトライオット方面に兵を出したから魔軍が攻めてきたのだ、という批判があるのも避けられない。その程度の批判は覚悟しているのは確かであるが。

「成功しても妬まれる。失敗したら非難される。実に損な立場ですな」

「悲しくなるから言ってくれるな」

貴族としても将としてもそういう覚悟はあるが、非難されて嬉《うれ》しいわけでもない。ケステンの発言にヴェルナーは思わず落ち込んだ。疲労が溜まっている事もあるのだろうが、あまり人前で見せてよい態度ではないだろう。ラフェドが咳払《せきばら》いした。

「とはいえ、魔将を手玉に取ったことは町中でも評判になっておりますよ」

「今は人気が頼りだからな」

敵が旧主であるマンゴルトの姿で現れたら内通者が出る可能性もあり、その牽制《けんせい》としてもヴェルナーの評判が高い方がありがたいのは確かだ。積極的に不平不満を持つ者はケステンが既に捕縛しているが、苦戦が続けばどうあってもそういう動きが出てくる危険性は残る。

「援軍はいつ頃来ますかな」

「さてねえ。そこに魔軍を欺く最大の要素があるんだがな」

魔将《ゲザリウス》はアンハイムから王都まで使者が出ているると思っているはずである。往路の時間が計算に入っているのだ。実際には飛行靴《スカイウオーク》を使って当日のうちに王都に報告が届いているはずで、その分のタイムラグが生じる。

砦から砦を経由する形で移動したことにより、魔軍の時間をさらに浪費させることには成功した。後は防衛戦次第である。

「それにしても閣下、臭いですな」

「さっきも言われた」

ラフェドにまで言われてしまい、ヴェルナーもさすがに苦笑するしかない。思わず袖に鼻を近づけて臭いを嗅ぐ。その様子を見てラフェドが言を継いだ。

「婚約者殿に嫌われますぞ」

「婚約者なんていないよ」

「はて、リリー殿ではございませんので?」

その問いにげふっ、という妙な声を上げてヴェルナーがラフェドを見た。

「なぜそうなる」

「いや、てっきりそうなのだと思っておりましたが。いくらリリー殿が平民出身でもやりようはいくらでもありますし」

「確かにやりようはあるがそういう関係じゃないぞ」

婚約者がいないことは事実である。現状、考えることが多すぎてそれどころではないという理由もないとはいえないだろう。だが意図的にそちらから目を逸《そ》らしている一面も確かにあった。

「あまり外では言わない方がよいですな」

「解《わか》っている」

ケステンのやや皮肉っぽい表情に苦笑いで応じる。いくら左遷されたように見える立場であっても、ヴェルナーが伯爵家嫡子であることに変わりはない。玉《たま》の輿《こし》を狙う女性がいないわけでもないのだ。

またこの世界、基本的に武勇に優れた男性の人気がある。まだ魔将を傷付けたという事は評判になっていないであろうが、犯罪に苛烈な民政家としてもアンハイムでの評判は決して低くはない。露骨な言い方をすれば今のヴェルナーはアンハイムに住む野心家の親や肉食系女子から狙われやすい立場である。

あまり変な噂《うわさ》が立つのも困るな、と思いながらヴェルナーは風呂に入るために立ち上がった。現実逃避だったのか他に考えることがあったからなのかは本人にも解らなかったであろう。

◆

籠城戦の準備の一つとして、町を囲む壁に沿うように水の入った容器を無数に並べるものがある。日本や中国の場合は壺《つぼ》であったり桶《おけ》であったりしたし、欧州だと飼葉桶のような長細い箱であることもあるが、考え方としては洋の東西を問わない。

「魔軍相手に使いますかな」

「何をやってくるかわからん。用心に越したことはないだろう」

ホルツデッペの疑問にヴェルナーが答える。これは攻撃側が地面を掘り坑道から城内に侵入を図ったり、壁の直下部分の地面に空洞を作る事で、壁そのものを崩したりする攻城作戦に対抗するために設置されるものだ。水桶付近の地下で地面を掘り進んでいる場合、その振動で桶の水面が揺れるため、地面が揺れていることが判明する。簡易型の振動発見器とでもいうべきであろう。

「連中の力で掘《ほ》られたらあっという間に壁の下までたどり着きそうだしな」

「確かに」

「閣下」

そのヴェルナーとホルツデッペの元にアイクシュテットが駆け寄ってくる。足を止めて待った二人に寄ったアイクシュテットが投石機の設置が済んだことを報告してきた。

「弾の準備は」

「問題ありません。もっと数があればよかったのですが」

「贅沢《ぜいたく》は言えんよ。そんな事より、今日使う分の蓋は固定をしっかり頼む」

それこそ魔除《まよ》け薬が大量にあれば城内から投げ落とすだけでも時間稼ぎはできるのである。食料品のような必要な物資ですら不足するのが戦場というものだ。矢の数が充実しているだけでも御の字であろう。

「門扉が無事ならまあどうにかなるだろう」

壁を叩《たた》きながらヴェルナーは笑ってそう答える。力任せに壁が崩されるまで援軍が来ないとはあまり考えたくはない。そのあたりは楽観するしかないところだ。

余談だが城の外を守る壁の場合は〝城壁〟、町の外を守る場合は〝囲壁〟とされるのが

「本当に何をやったんですか、閣下」

「……挑発？」

「疑問形で言わんでください」

ヴェルナーにしても他に答えようがなかったのは事実である。また、それどころでない事はケステンも理解しており、肩を竦《すく》めるとヴェルナーの傍《そば》を離れて自身の担当区域に向かった。激怒はしている様子のゲザリウスではあるが、さすがに集団が散らばっている状況では簡単には近づいてこない。奇妙な睨《にら》み合いの時間が過ぎた。

やがて、数がある程度整ったのであろう、魔軍が動いた。敵が動き出したのを確認すると同時にヴェルナーが旗を振り、町内に設置してある投石機隊に指示を出す。走り寄ってくる魔軍を見ていたヴェルナーの頭の上を、投石機から発射された箱が跳び越えて行った。

空中でバランスを崩し逆さまになった箱から、内容物がばらばらと地上に降り注ぐ。石ではない。円筒形の金属が、魔軍がそのまままっすぐ進めば門扉になるだろう途中に広く散布された。囲壁の上から見ていると金属が光を反射して、戦場とは思えないような煌《きら》めきである。

魔軍の方は急停止した。さすがにヴェルナーの小細工に懲りたのであろう。その金属に近づかず様子を見ていると、円筒形のそれが爆発し、目の前が白く漂白された。

円筒形のそれは道具としては魔道コンロと同じである。むしろ魔道ケトルとでもいう方が近いだろうか。ただ、蓋の部分が開かないように蓋の上に魔物《モンスター》の革で作られた大きな蓋を被《かぶ》せ、さらに膠《にかわ》を巻きつけたうえ、魔物素材の接着剤で完全に接合してあるため、本来の用途で使う事はできなかったであろう。

この魔道ケトルも加熱部分を暴走させており、密閉されたまま際限なく短時間で内容物が加熱され続ける。やがて中に入っていた水が水蒸気となり、内側から破裂した高温の水蒸気が一瞬にして魔軍の視界を遮った。

だがそれだけである。気化したそれは確かに高温であるが、距離をとって立ち止まっていた魔軍には何の影響もない。白い靄《もや》が風に吹かれて流れて行けば、魔軍側はほぼ無傷で、はじけ飛んだ金属片が地面の上で煌めいているだけである。

円筒形のそれが破裂し終えたのを確認した魔軍が再び疾走を始め、破片が飛び散る付近を通り過ぎる。速度を落とさず門扉に近づこうとした途端、急に獣化人《ライカンスロープ》が何体も悲鳴を上げて地面にめりこんだ。その中には先頭を切って走り出したゲザリウスまでいる。

そこにあったのは、杭《くい》を大量に埋め込んだ落とし穴の上に柔らかい土をかぶせて塞いでいただけの、ごくごく古典的な罠《わな》である。だが、水蒸気爆発のような見たこともない現象を空振りにさせたことで油断した魔軍は、足元に気を付けずに門扉に向かい突進してしまったのだ。ヴェルナーは初めから水蒸気爆発で損害を与えようなどとは考えてもいなかったのである。

杭に足を貫かれた獣化人《ライカンスロープ》がその場で悶《もだ》える。杭には返しまでついており、容易に抜くことができない。なまじ体格が大きかったゲザリウスに至ってはその体重が災いし、深く突き刺さった杭を抜くことができないのだ。これほど単純な罠にかかった屈辱は容易に消えるものではないが、怒りと焦りが逆に冷静に対処することを損なう。

門扉以外の壁に向かった魔軍も足を取られ始めた。目立つ堀は気にしていても、その手前までは気にしていなかった魔軍は、直径がせいぜい二〇センチから三〇センチ程度の小さな落とし穴に片足だけが嵌《はま》り、つんのめり、壁に向かう動きを止められたのである。

大きな穴や堀なら魔物の身体能力で越えることも難しくないが、仕掛ける方にとって大きな穴は掘る時間もかかるし隠す手間も大きい。そのため、ヴェルナーは逆に小さい穴を無数に掘ることで、どこからどこまでが落とし穴の範囲なのかを把握し難くしたのだ。地雷原の発想に近い。

魔将《ゲザリウス》が落とし穴にはまり指揮ができないという事もあったのであろう。壁に向かっていたはずの魔軍の列が大きく乱れ、散発的に近寄る者と足を取られたもの、困惑したように動きを止めるものまでいる状況となり、奇妙な過疎状態が囲壁外に引き起こされる。

「射撃開始！」

ケステンの指示が飛び、囲壁の上にいる兵が攻撃を始めた。弩弓《クロスボウ》の矢が飛び、投石紐《スリング》の弾が獣化人に襲い掛かる。この弾はただの石ではなく、形状としてはラグビーボールを小さくした金属製だ。

その破壊力は想像しているよりもはるかに大きい。ヴェルナーの前世で行われた実験では、ローマ軍が使用した重さ五〇グラムの鉛弾を熟練者が投射した場合、その運動エネルギーと威力は大型拳銃に近いものであったとされる。直撃すれば革鎧《かわよろい》など意味がないほどの威力があるのだ。魔物《モンスター》であってもこのような金属弾の嵐には相応の損害を被る。

だが、ゲザリウスが驚いたのはそれだけではない。囲壁や門扉付近に近づいた魔物が、文字通り針鼠《はりねずみ》のように集中攻撃を受けてその場に斃《たお》れていくのである。壁の外側で個体が各個撃破されていく状況に、ゲザリウスでさえしばらく何が起きているのかわからないという表情で動きを止めていた。

◆

囲壁の上でケステンは内心の畏怖を堪《こら》えつつ指示を飛ばしていた。あり得ないことが可能となっているのである。だが表面的には冷静さを保ったまま次の標的を探す。

囲壁に向かってくる魔物に手に持った棒を向け、蓋をスライドさせると棒から伸びる赤い光がその魔物を照らし、ケステン麾下《きか》の弓兵がその相手に向けて集中的に射撃を行う。魔物がその場に斃れ伏した。戦場を見渡しながら慄然とした表情を内心押し隠す。

これは棒状の魔道ランプの強い光に薄く加工した宝石を使い、色を付けた光を照射するものだ。その光が次に狙うべき相手を指定した。

防衛戦における弓の使い方は、優れた射手に狙撃をさせるか、大量の矢を放ち、矢衾《やぶすま》を作ることで敵兵を近づけさせない事にある。というより、基本的にはそれ以外の方法がなかった。防衛戦の欠点の問題だ。簡単に言えば、指揮が弓隊全体に届かないのである。

戦場では喊声《かんせい》と怒声と悲鳴がそこかしこで上がり、鎧の金属音や弦の音、石どころか人が転がり落ちる音まである。弓隊の指揮官が「あの敵を狙え」と命じてもそれはせいぜい周囲の数名にしか届かない。囲壁の高さから地面の上にいる特定の個体を狙って攻撃を集中させる方法は存在していなかった。

ここに最大の問題がある。指揮官が狙うのは敵の戦列を崩すのに最適の相手だ。効率で言えば、敵指揮官や敵が戦線を維持しているポイントを攻撃するのが最もよい。だが、弓に優れた兵士がそのポイントを見極められるかと言うとそれは別の技術になる。弓の名手が戦術眼に優れているとは限らないのだ。

これが魔法使いになればもっと深刻で、戦場慣れしていない魔術師にはとりあえず立派な鎧を狙えといった大雑把な指示や、大きな威力の魔法をとにかく撃ち込ませるという程度の使い方しかできない。戦術眼というものは多くの経験と、一部の人間が持つ才能に影響される代物だからである。

だがヴェルナーが作製させた、この光線指示棒《レーザーポインター》は攻撃するべき目標個体を囲壁の上から指定し続けることができる。光の当たっている相手を狙えという指示を出しておけば、声の届かなかった兵、その時矢をつがえておらず、遅れて矢を放つ兵であっても特定の個体を狙って攻撃することができるのだ。指定するポイントの攻撃に参加できる人数が飛躍的に増えることになる。指揮官が指定した場所に、長距離から攻撃を集中させるという方法が今まで存在していなかった、と過去形で語られることになった。

この時、ヴェルナーは囲壁上という距離と高さで兵の命を守りながら、生命力と防御力に優れた敵を遠距離から各個撃破して斃す手段を確立させたのである。高齢でも戦術眼に優れた指揮者を配置し、半人前の兵でも投石紐《スリング》や弩弓《クロスボウ》を使える程度の訓練をしておけば、魔軍相手にも十分な戦力として計算できるようになったのだ。

この道具と方法はしばらく秘匿され、およそ二十年後に隣国との国境争いに使用された際、籠城軍が敵国の指揮官であった王弟を針鼠にすることで「ツェアフェルトの光点集中射撃」として知られるようになる。

◆

最初の攻勢を退けた翌日の夜。ある程度の指示を出したうえで仮眠をとっていたヴェルナーは、小さな振動と微《かす》かな音に気が付いて目を覚ました。この程度で目が覚めるという事は気が高ぶっているんだろうな、と苦笑しながら鎧を準備するよう指示を出す。

ノイラートとシュンツェルと共に槍《やり》を片手に領主館の外に出ると、兵の一人が跪《ひざまず》いて待っており、すぐ声をかけた。

「どうした」

「北門で魔将が攻撃を。その、とにかく来ていただければ」

「解《わか》った」

ヴェルナーは一瞬ノイラートやシュンツェルと顔を見合わせ、馬の準備をさせていたフレンセンへ使番《つかいばん》担当には北門に集まるように伝えろと指示を残し、急いで騎乗し北門に向かった。北門に近づくにつれ、時々響いて来る得体のしれない音が徐々に大きくなる。

囲壁の上が明るくなっているのは夜間の警戒を任せていたアイクシュテットが明るくしているのだろうと考えたヴェルナーであったが、門扉が巨大な音を立てて揺れたのに驚き、急ぎ囲壁の上に上った。

「何があった？」

「閣下、あれを」

言われて外を見たヴェルナーもさすがに驚いた。魔将《ゲザリウス》が投擲《とうてき》してきているのは丸太である。それも人間一人ではまず持ち上げられないだろう、前世で言えば太さがバイクの車輪の直径ほどもある丸太だ。それを両手で槍のように投げつけてきているのである。

投擲兵器を使ったこういう攻撃をしてくることは覚悟してはいたが、規模と勢いが違う。衝撃で門扉どころか石壁ですら揺れた。

「一人破城《はじょう》槌《つい》かよ。化け物め」

夜闇のせいで遠くが見通せないが、丸太を複数本用意してきてあるようだ。すぐ下に転がった丸太の、綺麗《きれい》に切ったというよりは力任せに折ったような跡を見、内心で冷汗を流す。枝ではなく幹を力ずくで折り取って戦場に持ち込んできたのである。さすがに想像の斜め上だ。ヴェルナーが舌打ちしながら周囲を確認する。

ゲザリウスが丸太を投げて来るものの、他の魔物《モンスター》が見られない。時々丸太が激突する音はするがそれだけである。ヴェルナーが怪訝《けげん》な表情を浮かべ始めた。

「敵は一日のうちにこんな準備をしたのですか」

「今日の昼間、攻めてこなかったのはあれを用意していたのかもしれませんね」

アイクシュテットとシュンツェルの驚愕《きょうがく》の声に答えずに、黙って周囲を確認していたヴェルナーがアイクシュテットに向けて口を開く。

「アイクシュテット、卿《けい》はここで警戒。街の警備隊を増員させる。万一強襲してきたら目潰しで時間を稼げ」

「承知いたしました。弩砲《バリスタ》の使用許可は」

「許可する。後は任せた。ノイラート、シュンツェル、降りるぞ」

投石ならぬ投木が石作りの囲壁に当たるたびに轟音《ごうおん》が響く。打ち合わせもできないのでノイラートらに急ぐよう手で合図をし、囲壁を降りた。門を降りたところに十名ほどの使《つかい》番《ばん》が集まっているのを確認するとすぐに声をかける。

「閣下、どうかなさったのですか」

「時間がない。ケステンに今夜警戒分の支援隊を連れて東門の防衛に向かうように伝えてくれ。ホルツデッペには残りの支援隊と西門に向かわせろ。それと、ホルツデッペには代官の歩騎全員を俺の指揮下に入れると伝えてくれ。歩騎全員を叩《たた》き起こせ」

問いかけてきた使番に有無を言わせず指示を出すと、使番全員を町中に送り出す。馬が駆け去ると一度夜空を見た。

「ヴェルナー様、何か……」

「奴《やつ》はまだ直接町中に投げ込んでこないな」

その発言に少ししてノイラートとシュンツェルが顔を見合わせ、口を開く。

「わざと壁に当てている？」

「陽動ですか」

「まさか魔将が自分を囮《おとり》に使うような真似《まね》をしてくるとは思わなかったが」

その途端、門扉が大きく揺れる。魔将はコントロールがいいのか悪いのかわからん、と内心でもう一度舌打ちをすると、集まって来た兵に向かい声を上げた。

「歩兵一番隊から三番隊まではノイラートの指揮下に、四番から六番まではシュンツェルの指揮下に入れ！　魔軍本体にまだ動きがないという事は時間のかかる地下が怪しい。ノイラートは西、シュンツェルは東壁の水盤を確認して報告。俺はここに残る」

「はっ」

「わかりました。南は」

「ゲッケ卿《きょう》に任せる。判断を間違えたりはしないだろう」

この場にいないが遊撃隊としてのゲッケを信頼し南は放置した。ノイラートとシュンツェルを送り出した直後、東門のケステンから敵の襲撃が開始されたとの使者が走り込んできて声を上げる。だが、集中射撃戦術から逃れるための最善の方法はこちらの弓隊を分散させることにあるはずである。襲撃に西方面がなく東だけであることで、逆に地下が敵の本命だと判断したヴェルナーは落ち着いて頷《うなず》いた。

「ケステンは何と言っていた」

「当面は耐えられるとのことです」

「解った。卿はすまんがラフェドに目潰しの予備を集めさせて北門に持ってこさせるように伝えてくれ」

駆けつけてきた警備隊のうち半数には囲壁上に上がるように指示を出し、もし強襲が始まったらアイクシュテットの指示を待ち何でもいいから投げ落とせと指示を残す。残り半数を率いて門扉からわずかに離れたところにある物を指さした。

「まず投石機を門扉に押し当てる。やるぞ」

　小型とはいえ投石機には相応の重さがある。しかもヴェルナーは、この投石機の前面下半分に板を張りつけ、そこに鰐兵士《アリゲータ・ウォーリアー》の革を張って簡易的な装甲板を作製してあった。この投石機を門扉に押し付けることで裏側から門扉を支えることができるように準備をしていたのだ。相手は破城槌などを想定していたため、魔将の攻撃というのはやや予想外ではあるが、とにかく駆けつけてきた兵を指揮して投石機を動かす。

　その間も振動と轟音が繰り返されているが、ヴェルナーは表面上平静に指示を続けた。驚きや不安は指揮官が動揺するわけにはいかないという理性で抑え込んでおり、内心ではきつい所である。

　車輪がついているとはいえそれなりに重量がある投石機を門扉に押し付けると、車輪に丸太を噛《か》ませて固定させ動かないように指示を出す。それが済むとこの場にいた歩兵たちには東の壁に向かい、ケステンの指揮下に入るよう指示を出した。

　その頃には代官の直属兵が全員集まっている。昼勤の兵士たちも既に眠気を飛ばしているることを確認しながらヴェルナーが点呼をし、指揮系統を確認していると、兵士の一人が駆け寄ってきた。

「閣下、歩兵一番隊です。ノイラート様が」

「解った。騎兵の一人はシュンツェルに全員ですぐに西に来るようにと伝えろ」

「はっ」

「そっちの一人は領主館に行ってフレンセンに灯《あか》りを用意させて西に運ばせろ。そこの一人はここに残り、俺の指示が必要なら西にいると伝えてくれ。残りは続け！」

それだけ言うとヴェルナーも騎乗し走り出す。それほど広い街だとは思っていなかったが、こう戦線が散らばると移動だけでも手間が大きい。閉じたままの西門に駆け付けると、門から離れたノイラートのいるあたりに囲壁の上から明かりが照らされているのが確認できた。ホルツデッペの手配によるものだ。対応が的確で助かると思いながらヴェルナーはノイラートに近づく。

「状況を知らせろ」

「はい、ここといあそこ、向こうの一つの水面が」

「二か所、いや、三か所か……解った」

通常ならこちらからも地面を掘り返しておくという方法もあるが、今回は時間がない。単純に兵力による迎撃しかない。

相手が人間であればここまで早く囲壁を越え町の地下にまで届く通路を掘られることもなかったであろう。籠城戦前に冗談めかして言った発言が事実になったか、とヴェルナーが苦い表情を一瞬だけ浮かべ、そこで何かに気が付いたように全員を一時下がらせるように指示を出す。兵から疑問の声が上がった。

「閣下、敵が穴から出て来るところを迎撃すれば一対多で攻撃できます」

「俺もそれは考えた。だがそれをすると、奴ら今度はもっと町の奥、中心近くにまで長い穴を掘りだすかもしれん。そうなるともうどこから町中に侵入してくるかわからん」

だから壁を越えた後すぐのここで魔物《モンスター》を侵入させる。そのかわり確実にここで全滅させろ、そうヴェルナーは指示を出した。人間相手ではなく魔物相手だとその先の危険性まで考えての事だ。兵たちも納得し、建物の陰などに姿を隠しながら敵が地面を掘りぬくのを待った。

城内で待ち構えている王国軍の忍耐力が限界を迎えることもなく、三か所の地面に突然大きな穴が開く。そこから獣化人《ライカンスロープ》たちが姿を現した。周囲を警戒しているそぶりはない。敵の潜入部隊は幸か不幸か数も多くはなかった。敵全員が地上に出たのを見計らい、ヴェルナーが指示を出す。

「明かりを付けろ、突撃！」

フレンセンにあらかじめ手配させていた魔道ランプに一斉に光がともる。わっと喊声《かんせい》を上げて兵が三か所の獣化人たちに襲い掛かり、たちまちのうちにその場で血なまぐさい激闘が始まった。

◆

侵入してきた敵は土竜男《ワーモウル》や狼男《ワーウルフ》、虎男《ワータイガー》に牛男《ワーバッファロー》もいる。牛男《ワーバッファロー》はゲームだとミノタウロスの色違いモンスターだったな、とヴェルナーは一瞬だけ考えたが、それ以上は無駄なことだと頭から追い出した。敵の排除が先である。

「モグラは逃がすな！」

ヴェルナーが叱咤《しった》しそれに応じて歩兵が槍や剣を向ける。明かりと突進してくる人間に驚いた獣化人《ライカンスロープ》たちも積極的に迎撃に出るが、たちまちのうちに乱戦となり、その中で魔物《モンスター》に数本の刃《やいば》が突き立ち、あるいは切り払われ、足や腕が斬りつけられて戦闘力を失う。一体の虎男が兵の喉笛に食らいついたが、周囲の兵がその虎男を背中から何度も切りつけ骸《むくろ》へと変えた。

ヴェルナーの重い槍が一体の土竜男の足を貫いて動きを止め、そこに複数の兵が切りつけて息の根を止める。他の穴付近ではノイラートやシュンツェルがそれぞれ隊を指揮して同じように獣化人を一体ずつ葬りだす。

代官直属の兵は町の警備兵や急造された支援隊と異なり、もともと王国軍の兵として訓練を受けていた上に、賊退治から砦《とりで》や野戦で魔軍相手の戦闘を繰り返してきた兵の中核だ。

数か月の間に重ねてきた経験により歴戦の兵揃《ぞろ》いとなっている。集団戦の優位性も理解しており、複数の人数で確実に一体ずつ屠《ほふ》り、それが終わるとすぐ隣の隊に支援に向かい更に数の優位性を増していく。

獣化人《ライカンスロープ》たちも決して弱かったわけではない。むしろ少数の精鋭である。内部から門扉を開くか、最低でも放火して町の中を混乱に落とすのが目的であるが、魔将《ゲザリウス》も決して楽な任務であるとは思っていたわけではなかったのだ。

だが、機先を制されていたことには間違いなく、待ち伏せていたアンハイムの精鋭に先手を取られ突入されたのである。それでも一対一なら兵に負けることはなかったであろうが、まだヴェルナーの指導する集団戦闘には対応しきれていなかった。

数体の魔物が戦場から逃れようとその場を密《ひそ》かに離れようとした。町中に潜伏し、内部から攪乱《かくらん》させることができればそれだけでも十分に有利になるはずであったからだ。だがその途端、今まで沈黙していた囲壁上部が動く。ホルツデッペの率いる支援隊の元冒険者たちが、逃れようとした魔物に矢を放ち、その動きを封じたのである。

ホルツデッペは一度、穴の周囲に集まったヴェルナーたちが急に穴から距離を取ったのを目撃した時点でその意図を正確に把握していた。そのため、潜入部隊とは別に、町の西側外部からの接近を警戒しながら、眼下で戦友たちが血なまぐさい戦いを展開している中に駆けつけるのではなく、乱戦から離れ町中に潜伏しようとする魔物が逃れようとするのを監視し続けていたのだ。

一方的に不利な状況であったが、それでも魔軍は激しく抵抗した。ヴェルナーにしてやられ続けていた怒りもあっただろう。また失敗したとわかった時に発せられるゲザリウスの怒りが恐ろしかったというのもあるかもしれない。どのような理由にしろ、坑道を掘り町の内部に潜入しようとした魔軍は、結局全滅するまで戦い続けたのである。

「穴を埋めろ、時間ぐらいは稼げるだろう」

「はっ」

ヴェルナーの指示で兵士たちがすぐに動く。城内に坑道を掘って攻め込まれた場合、その坑道を使えなくする方法には水を流し込んだり、逆に内側から強襲をかけたりするのだが、籠城軍が坑道を埋める際には最も手に入れやすいものを使うこともある。死体である。坑道に可能な限り無数の死体を詰めこみ、その後から壺《つぼ》や樽《たる》のような容器で穴を塞ぐ。最後に壺や樽の中に砂や水、時に汚物を流し込んでその重量で蓋をする。こうして内側から坑道を塞ぐのだ。

攻撃側が再び坑道を使おうとする場合、まず大量の死体を処分しないとならず、精神的にも肉体的にもこの行動そのものが負担となる。しかも死体を処理した後に樽や壺を破壊すると、そこに溜《た》まっていたものが坑道内部に流れ込む。そのため同じ坑道を使っての作戦は極めて困難となる。こうして坑道を無力化するのだ。

もっとも、これは対人戦の事なので、魔軍にどこまで効果があるかはわからない。だが、やらないよりやる方がいいのは確かであろう。ヴェルナー自身も参加して急ぎ作業を済ませようとする。その直後、微《かす》かに咆哮《ほうこう》がヴェルナーたちの耳に届いた。

「ヴェルナー様」

「……坑道の中にまだ魔物《モンスター》がいたかもしれないな」

もしくは、失敗を知ったゲザリウスが何らかの合図を行ったのかもしれない。ヴェルナーもすぐに動いた。残りの作業を半分の人数に任せ、残った人数で北門に向かったのである。超過勤務手当をよこせ、と内心で罵ったのは、深夜に町中を走り回っているので無理もなかったかもしれない。

北門が見えたあたりでヴェルナーも状況の変化に気が付いた。門扉の一角に丸太が突き刺さり貫通しているのを目撃したのである。門扉がついに破壊されたか、と舌打ちしたヴェルナーは、同行していた兵士たちに残っている木材を使い、裏から補強するように指示を出す。丸太が設置しておいた投石機に直撃したので町に被害は出ていないが、恐らく投石機の方も使えなくなっているだろう。

その瞬間、弩砲《バリスタ》を発射した振動が夜の空気を揺らし、まだ門が見えた段階のヴェルナーたちにまで伝わった。急いで壁に駆け付け階段を上り始めると、城外から無数の投石が飛び込んでくる。

石壁の狭間《はざま》に当たったのであろう。石が砕けた破片が階段のヴェルナーたちの所にまで降り注ぎ、壁を越えて飛び込んだ石は住居の屋根を突き破るほどの威力だ。魔物《モンスター》の腕力で投げ込まれるとそれだけで破壊力が投石紐《スリング》なみになってしまう。こうなるとこちらも一方的に損害を与えるという訳にもいかない。

「ついに敵も遠距離戦に入ったか」

「魔軍がこんな手を使ってくるとは」

「ほかに手段がなくなったんだろう」

階段を登りながらノイラートやシュンツェルに答えていたが、北西側に設置してあった弩砲が音を立てて壊れたのを見てさすがに驚く。急いで階段を登りきると、石が飛び交い複数の兵が倒れている囲壁上部にたどり着いた。すぐに目的の人物を見つけ声をかける。

「アイクシュテット、どうなった」

「ご無事でしたか、閣下。あの丸太で門扉に穴が開いた途端、敵が動きを変えました。魔将の後ろにいたのであろう魔軍の一団が壁に近づき乗り越えようという動きを見せたため、応戦していたところです」

「弩砲は」

「魔将がもう一本丸太を投げ込もうとしたのを見計らい、左右両方から発射。片方の矢が魔将の肩に刺さりましたが、反撃を受けて……」

「あれか」

丸太が直撃した弩砲《バリスタ》だったものを目撃しながらヴェルナーが渋い顔を浮かべる。弩砲はまだしも、操作していた兵が倒れているのはヴェルナーにも辛《つら》い。ふと気が付いたように確認した。

「片方刺さった？」

「閣下が魔将の片目を奪ったと聞いております。恐らくですが、左右両方からの同時発射に距離感をつかみ損ねたのだと。ですが」

「致命傷ではなかったと」

「申し訳ありません」

「卿《けい》が謝罪する事か」

もっとも、敵を激怒させる結果になってしまったのは事実だろう。壊れた門扉を守るかわりに敵を激怒させたのはプラスマイナスどっちだろうかと考えていると、投石の数が増え始めた。鋸《のこぎり》状の胸壁に隠れていればともかく、迂闊《うかつ》に頭を出すと危険なほどである。

「これはたまらんな」

「こちらからも反撃を」

ノイラートの声にヴェルナーは悩む様子を見せた。ヴェルナー自身は自分のスキルが槍《そう》術《じゅつ》であることもあり、籠城戦の射撃指揮は得意ではない。光線指示棒《レーザーポインター》をケステンに任せていたのもそれが理由である。だが投石で姿を隠している間に囲壁に取りつかれるわけにもいかない。

決断しようとしたところで壁を上り数人の人影が駆けつけてきた。ヴェルナーが驚いた顔を浮かべる。

「卿《きょう》らはケステン卿の」

「はい、こちらの支援に回るようにと」

「熟練兵《ベテラン》の判断は早いな」

ヴェルナーですらしみじみとそう呟《つぶや》いた。ゲザリウスの咆哮が聴こえた後に、急に敵からの圧力が減ったことを感じたケステンは、王都から同行してきた教官役の人員に北門の援護に行くように指示を出したのだ。敵が北門に戦力を集中させようとしている事に気が付いたためである。

東門守備から北門には数人が到着しただけだが、その数人が他の兵を指揮できる人材となると話が変わる。

「迎撃戦を始める！　こちらからも撃ち返し城門に近づけるな！」

まだ夜が明ける気配はない中で、魔軍とアンハイム軍は激しい射撃戦を開始した。

◆

魔軍側が投げた石の直撃を被り頭がはじけ飛ぶ兵がいるかと思うと、兵が囲壁の上からぶちまけた高温の油を頭からかぶり魔物《モンスター》が転がり落ちる。血の臭いに混じって石と石が激突しはじけ飛ぶ奇妙な臭いが嗅覚を刺激し、騒音と弓弦の音と気合を入れる声に魔物の咆哮が耳朶《じだ》を乱打する。

夜半から始まった遠距離戦は薄明の時間帯になっても続いていた。

投石機が壊れたことで使う所がなくなったように見えた暴走魔道ケトルをすべて囲壁上に持ち上げ、物を熱するために転用させたのはアイクシュテットである。上限温度の指定がなくなっているケトルは内容物を数百度まで加熱するので、蓋を開けたまま砂や油を入れて加熱し、高温になったそれを壁の上から撒《ま》くと想像以上に魔物に打撃を与えるのだ。

「ひるむな！　こっちだけが苦しいわけじゃない！」

ヴェルナーが叱咤し、兵もそれに応じる。戦場は貴族の義務とはいえ、まだ一〇代の最高指揮官が最前線で敵の攻撃の中、声を上げているのである。兵士たちもひるんでいるわけにはいかない。

この時のヴェルナーの忙しさは実際に特筆されるべきであっただろう。負傷兵を可能な限り安全なところに移動させて治療を行い、時に自ら石を投げ落とす。かと思うと物資の足りないところに目を向け、石や矢、油などを補充させる。声を出しっぱなしであるが疲労を感じる間もないほど忙しい。

「くっそ、魔軍の体力はバケモノか」

「魔物《モンスター》ですからな」

前世のアニメ台詞《せりふ》を剽窃《ひょうせつ》しても周囲の人間が理解できるはずもない。いたって散文的なノイラートの反応に憮然《ぶぜん》半分苦笑い半分の表情を浮かべつつ、ヴェルナーは自ら石を投げ落とした。

魔将《ゲザリウス》が弩砲《バリスタ》で負傷していたというのはここにきて実は相当に有効だったらしい、とヴェルナーは思い始めている。この状況で断続的に丸太を投げ込まれていたら耐えられなかったかもしれない。さすがの魔将も片手で連続して丸太は投げ込めないようであり、そのために戦線が維持できている一面がある。ヴェルナーに命中して死なせると予定が狂う、というのもあっただろう。

とはいうものの、魔将が投げてくる石は直撃したら間違いなく人一人の命を奪う。それ以外の魔物の投げる石でも被害は頻発する。兵の疲労も大きいが、予備兵力と交代させるには敵の攻撃に余裕と隙がなさすぎて交代の指示をだすタイミングがない。魔物の継戦能力を見誤っていた、とヴェルナーも内心で舌打ちするしかなかった。

さすがに危険な状況になっている、と思った時、ふいにシュンツェルが敵のさらに後方を指さす。光点の点滅を目にしたためである。それが約束の合図であることに一瞬ヴェルナーですら理解ができなかったが、我に返ると了解の合図を送るように指示を出した。

「南にも合図を。始めるぞ」

「はっ」

シュンツェルが光点の方向に光を反射させ、次いで南門の警備兵にも金属板の反射で合図を送る。それから間もなくである。別の気配を感じて魔軍の一部が後方を振り向くと、その視界に映ったのは、陽光を反射させる美しい鎧《よろい》の列であった。

魔軍側が驚愕《きょうがく》の声を上げる間もなく、ヴァイン王国騎士団が早朝の光を反射させながら、魔軍後方に突入を開始する。馬蹄《ばてい》の響きが周囲を圧していく中で、魔将《ゲザリウス》が『馬鹿な！』と怒声を上げた。

この時、王国軍は可能な限りの速度をもって戦場に到着していた。それを支えたのは可能な限り物資を減らすことと、そのための事前準備である。

他の戦場を貴族家騎士団に任せ、出発するその瞬間まで万全の準備を整えていた騎士団は、アンハイムからの使者が到着したその日に出撃した。王太子の指示と作戦計画をあらかじめ聞いていた事で、アンハイム方面だけは必ず戦闘があるという事を把握していた事もある。そのため、〝予定通り〟に緊急出撃を行ったのだ。

騎士団の補給を担当していたのはフォーグラー伯爵である。伯爵は旧クナープ侯爵領の近隣に領地を持っているという地理的要因だけではなく、五〇〇〇人の難民を一月以上飢えさせないで旧クナープ侯爵領から王都まで移動させた経験と実績がある。一切の食糧を持たずに最低限の武装のみで王都を出発した騎士団と貴族家軍、傭兵《ようへい》や冒険者隊を飢えさせないためには、どこに補給物資を配置すればよいか、そこに輸送する方法などはすべて把握できていた。

そして、余計な荷物を持たぬ王国軍は予定されていた通り、旧クナープ侯爵領のツァーベル男爵が管理している地にあらかじめ大量輸送されていた物資、糧食や矢、馬の代えまでを補充して、このアンハイムに駆けつけてきたのである。

敵中に突入した騎士団の勇戦はすさまじい。戦場がトライオットではなく旧クナープ侯爵領であり、敵がアンハイムに侵攻してきているという魔軍であるという状況は、彼らにとっては祖国防衛戦である。相手が人ではないことも含め、遠慮をする必要性など微塵《みじん》もない。

元々騎士は野戦でこそその能力を発揮する。魔軍がわざわざ平地に展開されているという状況は彼らにとって有利な戦場だ。また、敵がトライオットを滅ぼした地域の魔軍であるという事も彼らの戦意を引き上げていたと言えるだろう。王都でトライオットの難民たちをその目で見ていたからこそ、騎士団はこの魔軍たちに対しては純粋な怒りをもって攻撃を行うことができた。

囲壁上から見ていたヴェルナーですら驚いたのは牽引式弩砲《キャロバリスタ》隊の存在である。走りながらの発射は無理ではないかと思っていたヴェルナーは、この世界のスキルに関する認識がまだ甘かったのかもしれない。

《御者》スキルの持ち主の操縦で牽引《けんいん》された戦闘馬車《チャリオット》はその巧みな操縦技術により振動がほとんどなく、そこに《射撃》スキルの弓兵を乗せておけば走りながらの精密射撃も可能となる。移動しながらの射撃であっても、その命中精度はヴェルナーを瞠目《どうもく》させた。

さらに王国の技術者たちも遊んでいたわけではない。彼らは巻き上げ器《クレインクイン》を小型化しただけではなく、魔石による半自動化改良を施していた。矢を放つたびに巻き上げ器が勝手に弦を巻き上げるので、そのまま矢を設置すれば次の矢を放つことができるのだ。

王太子ヒュベルは自ら先頭に立って指導を続け、弩砲《バリスタ》の高速射撃を可能とする改良を施していたのである。王国という巨大組織がそのための人材を集中させた結果、牽引式弩砲隊は文字通りの意味で戦場を疾駆するこの時代の戦車として高火力兵器と化したのだ。

騎士の馬上槍《やり》が魔物《モンスター》を貫き、剣が二足歩行の狼《おおかみ》や虎の頭に叩《たた》きつけられる。牽引式弩砲の矢は一撃で魔物を貫通し、突き抜けた矢が更に後ろの魔物さえ刺し貫く。走る馬そのものが魔軍の列を突き崩しただの魔物の集団へと変えていく。

一体や二体が反撃しようとしても、複数の戦棍《メイス》や戦斧《バットラックス》に殴りつけられ、切りつけられてはどうにもならない。総指揮官シュラム侯爵は騎士団を両翼に広げると、戦いなれた傭兵を先頭に魔軍を寸断していく。魔軍が大混乱に陥った。

「やれやれ、騎兵隊の到着だぜ」

ヴェルナーが思わず座り込んだのを批判できるものはいなかったであろう。アンハイムへの攻撃が急停止したのだ。夜半から走り回り声を出し続けていたヴェルナーは、ここにきてようやく一息ついて水を口に運ぶことができたのである。

◆

予想外の敵の出現に動揺しアンハイムの南側に逃れようと東西に分かれた魔物《モンスター》たちは、多数の王国軍が喊声《かんせい》と共に向かってきたことに驚き、足を止めた。明らかにアンハイムの全兵力を上回る規模の兵力がいつの間にか南側から向かってきたのである。

「おりゃあっ！」

足を止めた魔軍とアンハイムの東門前あたりで接触したツァーベル男爵は斧槍《ハルバード》を振り回しながら敵中に突入し、当たるを幸いという感じでなぎ倒す。今まで出番がなかったことを悔しく思っていたこの猛将は、ようやく存分に武器を振るう機会を得てその戦闘力を発揮し始めた。主将の勇戦に指揮下の兵と旧トライオットの生き残った騎士や兵士が続く。

一方の西門前周辺では、グレルマン子爵の軍がゲッケの傭兵隊を先頭にして魔物を刈り取りながら兵を進めている。グレルマン子爵はヴェリーザ砦撤退戦《とりで》に参加しており、彼の中核騎士たちはツェアフェルト隊と共にそれ以前の集団戦闘の訓練にも参加していた。いわば王国軍の中では数少ない組織集団戦闘の熟練兵たちである。

それだけにグレルマン子爵の指揮は遅滞がない。一体の魔物を複数の兵で包囲し、全体としてもアンハイムの囲壁を利用する形で逃れてきた魔物を包囲するように運動して殲滅《せんめつ》していく。

今まで野営はしていても戦闘はしていなかった両軍は、勢いに任せて魔軍を突き崩しながら徐々に魔軍を騎士団のいる北方に押し返し始めた。

この時、魔軍は完全に包囲されていた。

アンハイムの直接防衛戦前、ヴェルナーは第二の砦を撤収する際にわざわざ火をかけた。あれは魔将に撤退を教えるためだけではない。むしろ主目的は巨大な狼煙《のろし》であり、グレルマン子爵とツァーベル男爵に魔将が挑発に乗った事を連絡する意図があったのである。

あらかじめアンハイムに潜入していた斥候《スカウト》たちは、砦が炎上した事を確認するとすぐそれぞれの領に戻り報告し、それを確認したグレルマン子爵とツァーベル男爵は兵を連れて出撃した。挑発に乗った魔軍が自分たちの管理する領に侵入してこないことを確認できていたが故に、可能な限りの兵力を率いてである。

両軍はそれぞれ旧トライオットの生き残りを先頭に、アンハイムからはるかに離れた地で渡河し、旧トライオット領に入り込んだ。そして川の南側に兵を伏せ、王国軍の到着を待ち構えることになる。

一方のヴェルナーは第三の砦を素通りしてアンハイムに戻ると、用意してあった材木を南の川岸に出すよう指示を出してから眠りについた。組み立てると浮橋となるような加工をした材木を、である。軍が素早く川を渡れるような準備を済ませていたのだ。

さらにその南方封鎖軍の存在が魔将に知られないようにするため、あえて白兵戦戦力としては最強部隊であるはずのゲッケの傭兵隊を遊撃軍としてアンハイム南方に展開し、トライオット方面と魔将の連絡を絶たせていた。

そして騎士団の到着に合わせてグレルマン子爵とツァーベル男爵は対岸のゲッケ隊と協力して浮橋を組み立て一気に渡河、北上して魔軍を南側から追い立て始めたのだ。

ヴェルナーはゲッケの傭兵隊を最初から防衛戦で使わないことを前提にしていたからこそ、光線指示棒《レーザーポインター》と支援隊という遠距離戦だけでもこなせる策を準備して待ち構えていたとも言える。

これにより、アンハイム北方という敵地深くに食い込んだ魔軍は、南方に多数の王国軍が密《ひそ》かに展開され、いつでも川を渡れる状態で待っているという事実を知らぬまま、ヴェルナーのいるアンハイムを攻撃し続けていた。そして想像よりもはるかに早く到着した騎士団と、自分たちの縄張りであるはずのトライオット方面から攻め込んで来た王国軍に完全に挟み撃ちにされたのである。

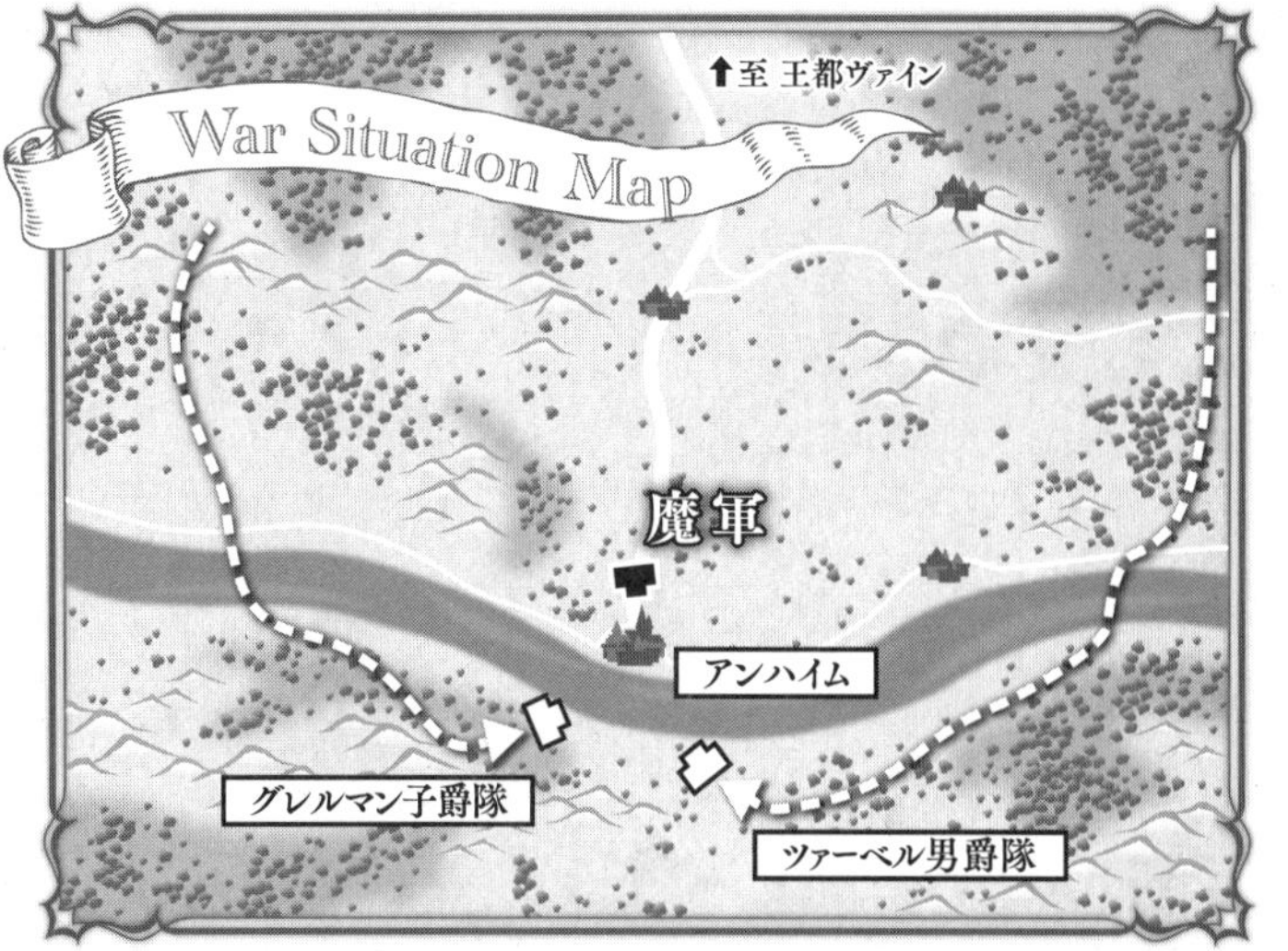
War Situation Map
↑至 王都ヴァイン
魔軍
アンハイム
グレルマン子爵隊
ツァーベル男爵隊

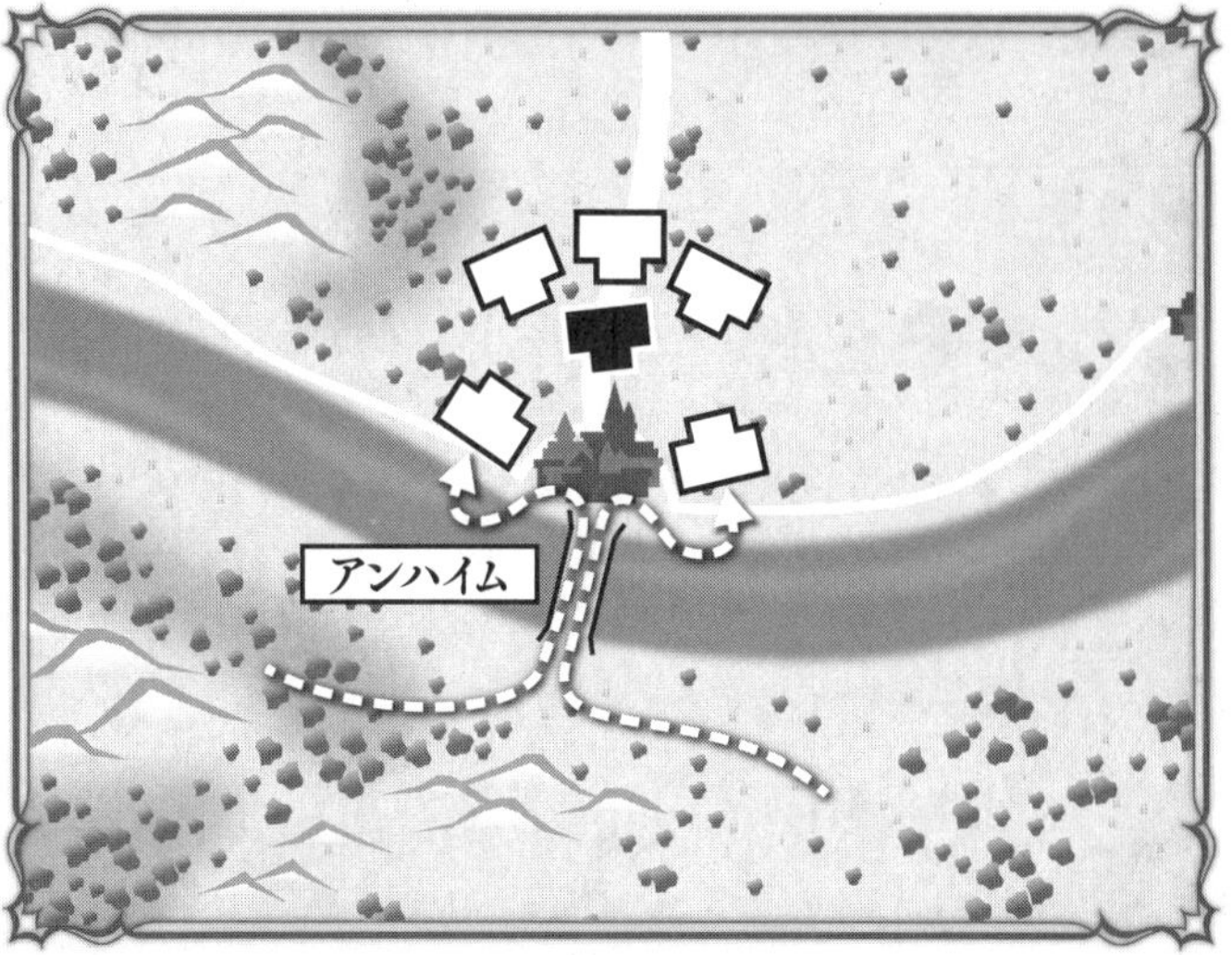
アンハイム

あり得ない兵力の出現に動揺し走り回る魔軍の兵に囲壁上からの矢が飛び、旧トライオットの兵たちが憎悪をむき出しにして武器を振るい、アンハイムの東西囲壁外側に魔物《モンスター》の血と死体が次々と地面を舗装していく。

北門外側では第一、第二騎士団の精鋭が魔軍を突き倒し突き崩す。牽引式弩砲《キャロバリスタ》の矢が一撃で魔物の息の根を止め、傭兵たちが躊躇《ちゆうちよ》なく魔物を切り倒した。ほぼ勝敗は決した、と思われたその時である。

信じがたいほどの咆哮《ほうこう》が戦場に轟《とどろ》いた。人間が凍り付いたように足を止め、戦場に慣れているはずの馬ですら怯《おび》えたように立ちすくみ、人間のみならず魔物でさえ足を止める。そして次の瞬間、魔軍が何かに取り憑《つ》かれたかのように騎士団の中に突入した。たちまちのうちに大乱戦となる。その瞬間である。

ヴェルナーも含む警備兵が一瞬とはいえ気を抜いていたアンハイムの門扉に、その巨体が突進し叩きつけられた。アンハイムの北壁全体が音を立てて軋《きし》み、石壁の一部が崩れ落ちる。ゲザリウスが全力で門扉に突進したのである。補強したはずの門扉が信じがたい勢いで叩き割られた。

「嘘《うそ》だろ！」

ヴェルナーが驚きの声を上げ、残っていた目潰しや石が投げ落とされるが、ゲザリウスは止まらない。門扉を突き崩すとそこにあった投石機を力任せに破壊する。囲壁の上からそれを見ていたヴェルナーもさすがに驚いたが、放置もできない。

「ヴェルナー様、危険です」

「一度身を隠された方が」

ノイラートやシュンツェルの声に俺もできればそうしたいよ、と内心でヴェルナーは返した。だが、あの様子ではアンハイムの町に入り込んで暴れだせば、どれだけ被害がでるかわからない。町の外で戦闘中の騎士団が到着するまで門扉のあたりで足止めしないと町民に被害が出てしまう。それは自分が許せなかった。

ヴェルナーは囲壁の階段を駆け下りた。冷静であったかと言われると難しい所であっただろう。だが、もっとも有効な時間稼ぎはヴェルナー自身がゲザリウスの前に出る事であったことは間違いない。

全身血まみれのゲザリウスが門を塞いでいた投石機を叩き壊すとその巨体をくぐらせた。恐怖の悲鳴と泣き叫ぶ町民の声があたりに響くが、その声を圧するようにヴェルナーが声を上げる。

「なんだ魔将、今度はもう片方の目をそっちから持ってきたのかっ!?」

『そこにいたか、小僧っ！』

ゲザリウスが奔《はし》った。一気に間合いを詰めてヴェルナーを狙う。とっさにヴェルナーが身を躱《かわ》すと、先ほどまで立っていた場所に大きな穴が開いた。ヴェルナーの背中に冷汗が流れる。

『もう、我慢ならん……貴様だけは殺してやる』

「おおこわ。怖いから帰ってもいいかい」

軽口を叩いたが実際はそこまで余裕があるわけでもない。だが、どのみちどちらも返答を期待していたわけでないだろう。ゲザリウスは完全に頭に血が上っており、もはや少しも躊躇する気はないようである。ノイラートとシュンツェルも駆けつけてきてヴェルナーの左右で剣を抜いた。

ゲザリウスはすでにかなりの負傷をしている。しかも肉体の限界を超えるほどの力を発揮して門扉を無理やり突き破ったのだ。一見すればヴェルナーの方が有利のようにさえ見えるが、ヴェルナーも既に疲労困憊《ひろうこんぱい》であり、更に基本となる戦闘力が違う。騎士団が到着するまでの時間稼ぎが目的ではあるが、全力で戦っても持ちこたえられるかどうかわからない相手である。

魔将《ゲザリウス》が一気に距離を詰める。槍の範囲を理解しての事だ。それに対しヴェルナーは振り回された相手の腕を槍の柄で力任せに払いのける。腕が大きく痺《しび》れたが、新しい槍は魔将の一撃にも耐えた。相手の肩が負傷していたことにも助けられた面はあっただろう。

そのままヴェルナーは相手の不自由な目の方に体を移動させる。同時に、ノイラートとシュンツェルが同時に左右から斬りかかった。二人の実力とて決して低いわけではない。

背中と脇腹の毛皮から血が噴き出した。

『退《の》けい！』

もう一度力任せに振り回される腕を二人は避《よ》けた。素早く、というよりはやっとの様子ではあるがとにかく二人が直撃を避けた瞬間、ゲザリウスは体勢を崩した。ヴェルナーの槍がその脚を払ったのである。門扉の近くにいた人影がようやく動くようになった足を動かし逃げ出した一方で、逆にヴェルナーたちに近づいて来る影もある。それら周囲の人間の動きなど一切構わずに隻眼の獅子《しし》が怒りの視線をヴェルナーに向けた。

次の瞬間、ゲザリウスがアンハイム攻防戦の最初同様、すさまじい大きさの咆哮を上げた。もし周囲にガラス窓があれば砕け落ちていただろう。あまりに強烈すぎる声を至近距離で受けたヴェルナーやノイラートたちは立ち眩《くら》みさえ覚え、近くにいた兵の中にはその場にはいつくばってしまった者がいたほどである。

「弱体化《デバフ》効果でもあんのかこれ」

それでもかろうじて距離を取ったヴェルナーであったが、次の相手の行動は想定外だった。いきなりゲザリウスは無傷の方の腕で地面を重機のように抉《えぐ》ると、ヴェルナーたちに投げつけたのである。土の塊が雪崩のように三人の体を襲う。

「うあっ!?」

「ヴェルナー様っ！」

大量の土を全身に受けてさすがに体勢を崩したヴェルナーにゲザリウスの腕が伸びる。躊躇なく頭を叩《たた》き割る勢いである。それでもヴェルナーは槍《やり》を構えた。受け止められるかどうかは別に無抵抗では済まないと態度で示したのである。

次の瞬間、ゲザリウスの肘から先が地面の上に落ちた。

ノイラートやシュンツェルも、ヴェルナーも、ゲザリウス本人ですら何が起きたのか理解できなかっただろう。魔将の腕を一撃で切り落とした人影がごく自然にヴェルナーの前に立ち、魔将と正面から対峙《たいじ》する。そのまま顔だけ振り返るとどこか自慢げに口を開いた。

「一つ返したよ。ヴェルナー」

「……マゼルっ!?」

〝勇者〟マゼル・ハルティングが笑顔でそこに立っていた。

◆

親友《マゼル》が目の前にいるのは理解しているが、状況がいまいち理解できん。思わず口に出す。

「何でお前がここにいるんだ」

「うーん、まあいろいろあるけど。とりあえず」

魔将の方に視線を向ける。あのバケモノを前にして全然警戒も緊張もしてない、自然体そのものなのはすげぇな。

「こっちを何とかしてからかな」

「……そうだな」

そう言って立ち上がったとたん、俺だけでなくノイラートやシュンツェルたちにまで光の幕のようなものが被《かぶ》った。そしてもう一人、ありがたいんだが何でここにいるのやらって人の姿を目にする。

「殿下」

「ラウラでいいですよ」

聖女様に輝くような笑顔を向けられました。なんかもう思考停止していいですかね。勇者パーティーと同じ戦場に立っているとかありえん事態だわ。

それにしても今のは全体回復魔法だろうか。そんな高位の魔法は経験した事がないから多分そうとしか言えん。疲労感が消えるわけじゃないが全身が軽くなった感じはするし、傷もなくなったりしているんだろう。そんなところまでは確認できていない。

そのラウラの隣に何というか威厳はあるんだが、どっか偏屈そうな老人が立つ。

「おぬしがヴェルナーか」

「お初にお目にかかります、アルムシック様」

勇者パーティーの老魔法使い、ウーヴェ・アルムシック。本人とは初対面だがよく知っている。ゲームでだが。っていうかなんでそんな不機嫌そうな顔してんですかね。

「ワシもウーヴェでよい。お主にはいろいろ聞きたい事があるがそれも後回しじゃな」

「おらぁ！」

声に驚いて振り向くとルゲンツが魔将に斬りつけていた。マゼルのように腕を飛ばしたりはしないが一撃がでかい。獅子の体から鮮血が吹き出し地面の上に降り注ぐ。

いやまて、今のは魔将に攻撃を当てた、当たったという俺とは違うレベルだ。魔将が避けきれなかったんだ。あの大剣で振りも速い。

そのルゲンツの攻撃に追撃をかけたのはエリッヒとフェリだが、うわ俺、今のフェリに勝てるかな。速さで完全に相手を翻弄している。

エリッヒは……そうだった、修道僧《モンク》って素手の方が強くなるんだよな。ゲームで解《わか》っているつもりだったけど、身長四メートル以上の二本足で立っている獅子を素手で吹っ飛ばさんでほしい。

「ヴェルナー様！」

「ご無事で！」

「ノイラート、シュンツェル、俺はいい！　兵を率いて門を塞げ！」

魔将が叩き割った扉は今のところ奇妙な空白地帯だが、騎士団に追われた魔物《モンスター》が逃げ込んでくる可能性がある。あっちを放置しておくわけにはいかない。少し離れた所にいた二人に門の場所を封鎖して町に魔物が入り込まないように指示を出す。

ノイラートたちもそれに気が付いたのか、周囲の人間に声をかけて門に向かっていってくれた。あれ、あそこにいるのは鋼鉄の鎚《アイアン・ハンマー》のメンバーじゃないか、って、あ。

「飛行靴《スカイウォーク》か」

「正解じゃ」

人数制限がある飛行靴を使うために鋼鉄の鎚に二手に分かれてもらい、それぞれがマゼルたち勇者パーティーの半分ずつと飛行靴でアンハイムに移動する。鋼鉄の鎚はアンハイムに来ていた経験があるからな。

騎士団と魔軍が激突していて混戦状態。そして突出したゲザリウスがアンハイムの中に入っているから、逆に町の近くは奇妙なほど空白地帯になっていたのか。だから騎士団と魔軍を跳び越えてアンハイム近郊に移動、そのまま直接突入できたということになる。騎士団と同行していたのだろうマゼルたちだけが先にアンハイムに来た手品の種はこれか。

そこまで考えたときにウーヴェ爺《じい》さんの魔法が発動した。轟音《ごうおん》と共にライトバンぐらいのでかさの火の玉《ファイアーボール》が魔将を直撃し体を焼く。なんであんなもんが発生しているのに、こっちは全然熱くないんだ。魔法ファンタジーすぎる。

「やはり、しぶとすぎるの」

ぼそりと爺さんが何か言っていたがちょっと聞こえなかった。よろめいたゲザリウスにさらに一撃を加えたマゼルが笑いかけてきたからだ。

「そういえば久しぶりだね、ヴェルナーと並んで戦うの」

「……そうだな」

学生の頃には何度かやった。集団戦の授業とか魔物《モンスター》狩りの実習の時以来か。なんかすげえ昔に感じるな。

正直、俺いなくてもいいんじゃないかとも思うが、親友からのせっかくのお誘いだ。勇者パーティーと共闘するという得難い経験をさせてもらうか。槍を構えなおしマゼルの横に立つ。マゼルがどこか楽しそうに口を開いた。目の前にいるの、手負いとはいえ魔将なんだけどな。

「どうする？」

「俺が合わせる。マゼルたちはいつものようにやってくれ」

「了解っ」

言うと同時にマゼルが前に出て斬りつける。ぱっと見るとフェリはゲザリウスの片目が見えないことに気が付いているようでそっちに回り込む動き、エリッヒは相手の体勢を崩す攻撃狙いか。とすると、俺は。

「ここだっ！」

わざとゲザリウスの視界に入る位置から足を狙って低く突き込む。ゲザリウスがそれを躱しながら次の攻撃に繋《つな》げるためにこっちに近づく方向に寄って俺に対し腕を振る。あぶねえ。だが狙い通りだ。

「隙だらけだぜ！」

そこはルゲンツの間合い。しかも今現在奴《やつ》は片腕で、俺を攻撃した腕ではカバーできない。ルゲンツの一撃が肩にもろに食い込み、ゲザリウスの怒りの声が上がる。魔将がルゲンツに向き直るとフェリが動き、弩砲《バリスタ》による傷をめがけて剣を突き込み傷口を広げた。

そのフェリが狙われないように、相手の顔めがけて槍を突き出す。再び目を狙ったように見える一撃だ。俺の位置からだと奴は退《ひ》くしかないが、そこはエリッヒの間合いになる。エリッヒの一撃が脇腹に叩き込まれ、一瞬動きが止まったところでマゼルが剣を振り下ろす。肉の断たれる音が周囲にまで響いた。

人影と魔将の影が入れ替わり、位置を変えた途端、ラウラの弱体化魔法が動きを縛る光の鎖となって魔将の全身を縛る。

頼りになるメンバーとの共闘は楽しい。不謹慎だとは思うが、俺は自身が笑みを浮かべていることを自覚してしまった。

◆

それほど時間もかからない。最後の一撃もマゼルだった。マゼルの振りは鋭く速いが同時に正確でもある。その致命的な一撃を受け、奴が悔し気な絶叫と共にまるで空中に溶けるように消えていく。

やがてそこにはボロボロの男の死体が残った。後で顔を確認しておこう。それともう一つ。

「黒い石を探しておこう。あれは危ない」

「それはワシらに任せよ。お主は他にやることがあろう」

ウーヴェ爺さんがそんなことを言ってきたんで、少し考えて任せることにした。そうなんだよなあ。まずノイラートとシュンツェルに警戒を怠らないように指示を出し囲壁の上に駆け戻る。アイクシュテット以下の兵士たちが声を上げて迎えてくれた。

「やりましたね、閣下」

「まだ終わってない。声を合わせろ、魔将は死んだぞ！」

壁の上にいる兵士たちも意味を理解したようだ。一斉に声を上げる。

「魔将は死んだぞ！」

「わが軍の勝利だ！」

壁の上から町の内外にむけて声が広がる。それが城外に届き、城外で戦う王国軍の兵士や騎士たちが応じるように声を上げ、やがてアンハイムの町全体が巨大な歓声に包まれた。

それに追い立てられるように魔物《モンスター》たちが逃げはじめる。逃げ場なんかないけどな。

剣戟《けんげき》の音が遠ざかるのを確認しながら、攻防戦の終わりをようやく実感して俺はその場に座り込んだ。戦後処理はあるけど今は正直考えたくもない。とにかく疲れた。

と、思ったんだが。

「さて、まず卿《けい》にはいろいろ聞きたいことがある」

領主館に戻るなり、いきなりウーヴェ爺さんと一対一でございます。というか人払いまでして、なんなんですかね。

「正直、仕事もあるんで……なんでしょうか」

「いろいろ聞かなければならんが、まずこれを確認しておかぬとならぬ。卿はマゼルやラウラたちに大陸地図を見せたそうじゃの」

「ええまあ」

そういえば見せた気もする。どうでもいいんだけど第二王女殿下も呼び捨てですか。いやまあ本人がそれを望んでいるんだろうけど。

そんな事を考えていたら爺さんが視線だけで人を殺しそうな目を向けて、鋭く問いかけてくる。

「地図はすべての国で国防のために機密となっておる。国内地図があるという事さえ知らぬものがほとんどじゃ。国内さえ把握できておるものは王族以外には数えるほどしかおらぬはず。他国の町の位置のみならず、大陸全土の形まで把握しておるお主は何者じゃ」

……どうやら俺はとんでもないやらかしをしていたらしい。

◆

そう言われればそうなんだよな。だいたい俺自身、地図は機密だからって教えてもらえなかったから、苦労して前世の記憶を引っ張り出しながら作ったんだし。相手が主人公《マゼル》たちだったとはいえ、前世日本の意識で対応したのは失敗だった。

さてどう答えようか。眠いわ疲れてるわで頭が回らん。適当にごまかそうかなあ。

「マゼルからは聞いておらなんだか」

「え、何をです？」

「他の魔将についてじゃ」

ドレアクスとベリウレスか。倒したのは聞いているけど、別に詳しく聞きたいような事もなかったしなあ。

それにしてもなんでそうこっちを観察するような表情をしているんですかこの爺様《じいさま》は。それとも俺の方が隠し事をしているから気になるんだろうか。

「他の魔将は倒しても人の死体など残りはしなかった。あの魔将《ゲザリウス》だけが人の姿の死体を残

した。ゆえに卿をあの場から離れさせたのじゃがな」

あー、そうね。そういえばゲームでも三将軍を斃《たお》したら死体なんか残らなかった……え、今なんだって？

ちょっとまて。そう言われてみれば、もともとゲザリウスなんてゲームで出てこなかったとはいえ確かにおかしい。ピュックラーの時みたいに人の姿に戻れたりするのも他の魔将と違う可能性がある。だとすると。

「普通の魔将じゃ、ない？」

「そもそも魔将という存在こそ謎じゃ。卿は前魔王の事をどの程度知っておる」

前魔王？　いや、ええと。

元々、俺にとって魔王復活自体は確定事項だったから前魔王なんて興味もなかったし、調べようと思ったこともなかった。ゲームじゃいきなり魔王が復活したところから始まるから前魔王なんて言及もなかったし。

アンハイムへの赴任直前に自然災害と魔物《モンスター》との関係に疑問を持ったが、時間もなかったから調査方法さえまだ保留中だ。そういう意味では何も知らないという方が近い。子供の頃に御伽噺《おとぎばなし》で聞いた程度か。

「前魔王の頃には四天王はおったが魔将などと呼ばれた存在はない。少なくとも古代王国の残った記録には何も出ては来ぬ」

「はい？」

え、なにそれ。じゃあ魔将って。いやまて。考えてみれば四天王は復活しないのに魔将は復活したりすることとかに疑問を持ったことはあった。もし前に俺が考えた通り、魔王が存在じゃなく地位なのだとしたら。

四天王は初めから復活させる気がなかったのか、魔将の方が魔王にとって重要な存在だったのか。どちらにしてもそこから導き出される仮説は。

「魔将は〝今の魔王〟の側近という事ですか」

「ふむ……」

えーと。何ですかその微妙な反応。

「どうやら卿は古代王国の知識を持っておる、という訳ではないようじゃな」

「なんですかそれは」

「古代王国時代には大陸の全体像が把握されておった。卿はその知識を持っておるのかと思ったのじゃ」

「俺は何歳に見えているんですか」

集中力と思考力が持続しないせいか思わず俺とか言ってしまった。けどその点は見事にスルー。スルーされたことをいいことに質問を重ねる。

「古代王国についてお詳しいのですか」

「もともとワシは古代王国の魔法装置を研究しておった」

そういえばそんな設定もあったような。ひょっとして古代王国時代の技術とかにも詳しいのか。だとすると俺の方から聞きたいことが山のようにあるぞ。せめて古代王国時代の史料とかあるならぜひ見てみたい。

ウーヴェ爺《じい》さんは陛下の教師だったはずだが、ひょっとすると王室極秘扱いの書籍とか読めるんだろうか。そもそもそんなものがあるのかどうかさえ俺は知らない。知りたい。けどその辺りを聞くとこっちもいろいろ話さなきゃいけなくなりそうな気がする。

「先ほど言ったが、あの魔将が人の死体を残したことに関しては答えが出たか」

考え事をしていたら逆に聞き返された。とはいえ、多分だが予想もついている。最初の俺の予想とは少し違っていた、というか、甘く採点して半分正解という所か。つまり。

「あの死体は罠《わな》だったと？」

「うむ。あの黒い宝石も卿に任せぬ方がよさそうじゃな」

そうしてくれると俺も助かる。俺が持ったら爆発するのか、乗り移ろうとするのか。どっちにしてもぞっとしねえ。ゲザリウスの狙いは俺だったというのは間違いないとしても、手段を選ぶ気はなかったということになるのか。

って事は最後のあれは奴の暴走って事になるのかね。魔軍、いや魔王もまさかあそこまで魔将がおちょくられるとは思ってなかったのかもしれない。それとも俺が魔将を斃せるほど強いと誤解しているのか。後者はないような気がする。うーん、何かもやもやするな。

「ヒュベルは騎士団で魔将を斃せるならワシらには見物だけしておけと言っておったがな。アンハイムの門扉が破られたのを見て割って入った」

「なるほど？」

　王太子殿下まで呼び捨てですかこの人。多分それも許されているんだろうけど。

「ワシの想像じゃが、魔軍が卿に目を付けたのは恐らく最近じゃ」

「はあ」

「そうでなければもっと早くにあの魔将は卿を狙っていたであろうよ。恐らく奴は一度魔王の元に戻っておる。そこで罠になるような細工がされたのであろう」

　そういえば俺も魔軍に時間を与えすぎたとか、向こうからちょっかいを出してこなかった事とかに少し疑問を持ったのは事実だ。あれは向こうも作戦を立てていたからなのか。

　しかしそうなると魔将が負けてもよしっていう考え方をしていたことになる。それは側近と言っていいのだろうか。どこかちぐはぐだな。何か見落としているのかもしれない。

「さて、最初の質問に戻ろう。大陸図を知り魔軍から狙われる卿は何者じゃ」

「あー……」

　狙われている最大の理由はマゼルの友人だからじゃないかなとは思うんだが。前世の記憶の事は今まで誰にも言ってないし。とはいえじゃあどう答えるかと言うと。

「ワシに嘘《うそ》は無駄じゃぞ」

「そんな魔法でもあるんですか」

「今現在、大陸全土の地形を理解しているのは魔軍だけのはず。警戒せぬわけにもいくまい。卿が古代王国の知識を持っているのでないのなら何者じゃ」

うぐ。疑わしいのは事実だよな。狙われている正確な理由もわからんが、狙われているのが演技じゃないのかと言われて否定するような材料もない。というかそれは悪魔の証明のような気もする。

仮に嘘は通じないとしても、妄想を語っているとか思われるかもしれん。けどまあしょうがないか。だいいち疲れて眠い。

「信用していただけるかどうかわかりませんが、俺には俺とは別の人間の記憶があります」

微妙に口調が雑になっているのは確かだが、もう改める気にならん。一人称俺のまま大雑把に前世の記憶のうち、この世界に関する部分だけ語る。

ゲームと言っても通じないだろうから〝物語〟という表現には変えるが、その中でマゼルたちの話を知ったことにした。地図の件はもちろん王都襲撃の可能性というか今後の展開も説明してしまおう。

「ただ、俺の知っている話とは結構違ってもいますね。ゲザリウスとかいう魔将も出てきませんでしたし」

「その話の中で卿は出てきたのか」

「いいえ」

「ふむ……」

なんか考え込んでいる。っていうか、よく考えると俺がストーリー変えた一面はあるんだよなあ。後悔はしてないがほんとどうしてこうなったんだか。どっからストーリー変わったんだろう。

「その物語の作品名は」

「は？」

「マゼルが登場してきた物語の作品名を聞いておる」

作品名……え？　作品名？　あれ？　ちょっとまて。

あのゲーム、タイトルは何だった？

◆

恐らく硬直していたんだろう、俺の顔を見てウーヴェ爺さんが口を開く。

「思い出せぬか」

「え、ええ、はい」

「ふむ。では……」

え、いやちょっと待って、流すのかよ。俺の方がむしろ驚いたんだが。そう思っていたら爺さん、俺の方を見て嫌みなほど冷静に言ってくださいました。

「最初からなかったのか、外的要因のせいなのか、単純に卿《けい》が忘れておるのかまではワシに判断できぬ」

いや確かに俺がうっかり忘れてる可能性はあるよ。あるけどさ。だからってその態度はないんじゃないか。

「卿が忘れておるだけなら思い出すまでワシにできることなどないからの」

思わず頭を抱えた。そういえば昔のファンタジー作品に出てくる賢者とか隠者ってだいたいこんな感じだったな。興味を失うとこっちがいくら気にしていても無関心。そんなところまで再現しなくてもいいっての。

こうなったら是が非でも情報を聞き出してやる。疲労感で文句を言っている自分の頭を叩《たた》き起こす。

「外的要因ってどういうことです？」

「卿は今の世の中をおかしく思ったことはないか」

「何を基準にしておかしいと言うかによると思います」

そう聞き返すとウーヴェ爺さん、少し考えて口を開いた。

「そうじゃな。では逆からいくか。卿はなぜ魔物《モンスター》を斃すと強くなると思う」

なぜ。ゲーム的には敵を倒すと経験値《EXP》が入って一定量になるとレベルが上がるからだが。世界観で言うとどうなるんだ。

「表現は何でもよいが、仮に原魔力とでもしておこうか。自然界の動植物、鉱物にさえこの原魔力が存在し、それを吸収することによって力があがると言える」

「鉱物にも？」

「吸収が容易かそうでないかの違いがあるがな。ある種の魔物は金属からの方が吸収しやすい存在もおると言えば理解はできるか」

なるほど。例えば鉄蛙《アイアントード》とか、人間以外に鉄も食ってでかくなるって言うしな。そこまでは解《わか》った。

「最初は使えぬ大威力の魔法を使えるようになったり、硬くて歯が立たなかった魔物の皮膚を切り裂けるようになったりするのもそれじゃ」

「敵を倒すと吸収できるのですか」

「吸収の一つの方法ではある」

そして吸収すると人間は少しずつ強くなると。あれ、という事はひょっとして。

「騎士団の騎士たちもでしょうか」

「当然同じじゃな」

そうか。装備を整えたから王都で魔将と戦えるようになっていた、というだけじゃないのか。魔物暴走《スタンピード》、ヒルデア平原、フィノイ防衛戦と魔軍と戦い勝ち続けていたからこそ魔将とも戦える水準にまで強くなっていたのか。ひょっとして魔物暴走時の強さのままだったりしたら、これから来るだろう四天王襲撃時には手も足も出ないで負けていたんじゃなかろうか。

そんな疑問を感じていたが次の台詞《せりふ》にいきなり思考をひっくり返された。

「だが逆に、ある条件下で頭が悪くなる」

は。え、何それ。

「頭?」

「そもそも頭がよい、という言葉の意味は広いが。記憶力に優れる、理解力に優れる、判断力に優れる、どれも頭がよいと言われる」

「それは一応わかります」

「原魔力に大きく影響を受けた魔物《モンスター》は人間を恐れず向かってくるようになる。卿も経験はないか」

確かにある。ヴェリーザ砦《とりで》の時とか、水道橋工事の時とか。魔物が人を恐れないってことを前提に作戦たてたのは俺自身だ。ってちょっと待てよ。

「人間も影響を受けすぎると危険性とか慎重さを考えなくなるのですか」

「冒険者もギリギリの実力で勝てるときは相手の弱点などを考えて戦うが、強くなると力押しになったりするであろう。あれなどわかりやすい例じゃな」

確かにそういうこともあるが。ゲームで自キャラが強くなるととりあえずでかい魔法ぶち込んで終わらせる脳筋プレイまでこの世界では再現されているってのかよ。

いやこの際ゲームはどうでもいい。つまりウーヴェ爺さんの発言内容を要約すると。

「古代王国時代に比べて強くなっているであろう、その原魔力の影響を受けて、人間も必要なことをだんだん考えなくなっている、と」

「それも卿の別の記憶にあったのか」

「いえ」

古代王国時代に天文や建築の技術が発展していたんじゃないかという仮説からの想像だ。そのあたりを説明するとちょっとだけ俺を評価したような顔を浮かべた。

「ふむ。少しは話ができそうじゃの。一人の人間を一枚の布として例えよう。通常の手段で原魔力を吸収すると色が染まっていく。美しく染まるならそれに越したことはない」

「まあそうですね」

「じゃが、腐った水で染めると布自体を損なう事さえありうる」

悪いもので染まった部分の布は使い物にならなくなる、という事か。つまり。

「原魔力、というものが二種類ある？」

「魔王由来の原魔力があるのではないかと思っておるが、今の段階ではワシも仮説だの」

その台詞を聞いて思わず考え込んでしまう。まるでそれだと古代王国時代には魔王由来の原魔力がなかったみたいじゃないか。魔王ってなんなんだ。ますます謎が深まったぞ。

「卿が必要な記憶を損なっているのもその影響を受けている可能性がある」

「そうだとしたら治るんですかそれ」

「知らぬ」

おい爺《じい》さん。

いやまあ、症例が少ないというかこんなこと迂闊《うかつ》に他人に話せるものでもないのは解るが。根拠や検査方法がない状態でこの情報だけが独り歩きすると、あいつは魔王由来の原魔力に毒されているから排除すべきだと攻撃する口実にさえ使える。

もちろん下手に実験もできない。危険な魔物《モンスター》を生み出そうとしていると見えなくもないし、そうなったらマッドサイエンティスト扱い一直線にされかねないだろう。

「それに、個人差もある。疫病が蔓延《まんえん》したとして、それで死亡するもの、倒れはするが回復できるもの、周りが倒れても平然としている者がいるようにの」

「物事を考えられる人間もいる、とそういう事ですね」

とはいえ、全体としては物事を単純にしか考えない、あるいは難しいことを学ぶ事を嫌がる人間が増えたから技術がますます衰えている、という仮説が成り立つのか。まるで脳細胞を破壊する性質《たち》の悪いウィルスだな。

「陛下や殿下はご存じなのですか」

「魔王由来の原魔力という仮説までは伝えてある」

一応知ってはいるのか。とはいえこれも迂闊に発表できんなあ、確かに。

「そのような状況もあったのじゃろう、古代王国末期の魔王襲来後、失われる前にと知識や記憶を転写する実験をしておった」

「知識や記憶を転写」

そんなことできるのか。いや実験をしていたっていう表現を使っているという事は。

「成功はしていないのですか」

「成功した記録はない。ワシは卿がその記憶転写の成功した記石を手に入れた可能性も考えておった」

「記石？」

あー、うん、なるほど。って。

「石の形で知識や記憶を転写した物を仮にそう呼んでおる」

え、それって、あの、つまり。

「……魔将の核ってもしかして」

「その可能性もあるということになる。ワシとてあんなものがあるとは思ってもおらなんだのが悔やまれるわ」

「魔王は古代王国時代の技術を使っている、ということになるんですか」

「同じ技術かどうかまでは解らぬ」

調べてないのなら確かに同じかどうかはわからないだろう。しかしそれって、古代王国を滅ぼした魔王が古代王国の技術を使っているかもって事になるのか。魔王が古代王国の知識を利用しているから、その技術を応用する形で魔将も素体の記憶を利用できるとも考えられる。

いや待て、なんかどっか矛盾があるような気もするんだが、頭が回らん。いかん思考力の限界が近い。

「結局仮説だらけですね」

「確かにそうじゃ。ふむ、ちょうどよいか」

そう言うと頭が痛くなってきている俺を無視して何やら書き始めた。封もせず俺にその紙を押し付けて来る。

「何ですこれ」

「陛下にそれを渡してもらいたい。卿は適任のようじゃし、王都で古代王国の件に関する調査を頼もう」

……はい？

◆

あの後は大変だった。とにかく何を言っても爺さんは聞きゃしないんで、仮眠だけとった後に第二王女殿下《ラウラ》に相談という名で最低限の事情を説明して二人がかりで説得、どうにか陛下への説明は爺さんがやることに。その際なぜかラウラの方に謝罪されて慌てる羽目になったのまでがワンセット。

ラウラによるとウーヴェ爺さんの無茶ぶりは以前からの事で、いなくなった当日も出仕しなかったことを心配した陛下が侍従を向かわせたら、手紙だけ残していつの間にか単身古代王国の遺跡に調査に向かっていたらしい。悪い方ではないのですが、とラウラがフォローしていたが、普通にめんどくさい爺さんだと思う。

とはいうものの、別に前世でもトンデモ貴族とかいなかったわけじゃないんで、個人的にめんどくさいという程度ではあるんだが。大体、ピエール・ド・クランみたいに主君の財産を横領して出奔した挙句に母国の元帥暗殺未遂をやらかすような奴《やつ》とか、ただの詐欺師だろって自称カリオストロ伯爵とかが普通に出入りできていたのも前世貴族社会の一面。

実際、事実の方が小説よりぶっ飛んでいる事って往々にして珍しくないんだよなあ。極端な話、象を連れてアルプス山脈を越えました、なんてハンニバルの史実がなきゃラノベでもあり得ないとか言われそうなレベルの話だ。

が、そこで引っかかってしまった。もし俺のゲームの記憶が正しいとしたら、という大前提が揺らいでいるのは事実だが、それでもそこを基準に考えると気になる。

そもそも国王の教師までやった人が護衛もつけずに一人で迷宮《ダンジョン》に入っていることがおかしい。爺さんがもともとああいう性格でラウラの言うような行動をとった事実があるとすると、その行動がもとであのシナリオになったということになる。

一方、ゲームの方が先にあって、この世界の方が後からできたのだとすると、そのシナリオに合わせて爺さんがああいう性格に設定されたとも考えられる。

卵が先か鶏が先かって話になりそうな気もするが、この場合どっちが先だったのかは重要なヒントになりそうな気がする。この記憶が事実かどうかという点も含め。

とにかく爺さんの方が一段落したら次は援軍の総指揮官であるシュラム侯爵が面会希望をしてきたので、アンハイム代官としての仕事に戻る。その中で、光線指示棒《レーザーポインター》が非常に危険だという事で機密扱いにしたいとの希望があった。

俺も魔軍対策を前提に考えたものなので問題はありませんと応じたら、シュラム侯爵の名による布告で機密扱い、しかもラウラが連名。第二王女かつ聖女様の〝お願い〟で秘密にして欲しいって事になったから俺でさえ迂闊に口にできん。えらい大ごとになってしまった。うーむ。

ただ、事情説明やら論功行賞やらなんやらの必要もあり、一度王都に同行して戻ってほしいとの言葉もあった。俺としてもそれには応じることに。悪い意味ではないという事でもあったし、もともと王都に戻りたいから無茶な策を成功させるよう手を打ったのだしな。

その後、代官として引継ぎのほかに戦没者慰霊だけはやった。俺の指揮下で亡くなった人たちへ俺がやるべき事だと思ったからだ。俺なりに最善を尽くしたつもりだが、犠牲者が出なかったわけじゃない。彼らの事を忘れてはいけないと心に刻む。

代官として俺が責任者だったが聖女ラウラや勇者マゼルとそのメンバー、シュラム侯爵、第一・第二騎士団長も参加と地方の町にしては列席者の規模が凄《すご》かった。

ただ、アンハイムの教会で慰霊を執り行いつつ、赴任した時から感じていた違和感が消せずに困った。教会以外に礼拝室がないためだ。

身も蓋もない事を言えば、上級貴族が教会に行くたびに平民たちを追い出すような手間をかけていては教会の方も迷惑だろう。だから前世の欧州では貴族の館、あるいは城内などの公的施設に礼拝室を用意し、毎日早朝の礼拝はそこで済ませ、何らかの儀式や儀典の際には礼拝室に聖職者のほうが足を運ぶほうがいろいろと都合がよかったわけだ。

ところがこの世界では貴族の館には礼拝室がない。領主館にもない。一神教なのに神に祈りを捧《ささ》げることが少ないし、神官や大神官に何か用件があれば高位貴族も教会に足を運ばなければならない。今までなんとなく過ごして来ていたが、これはどういう事なのだろう。魔法があるから祈りの必要性が薄いのだろうか。

わからん。わからんのだが、考えていてもしょうがない。それに事務処理を始めやることが多すぎるから考える暇もない。この世界ではそういうものだと思っておく。

その後、代官職をベーンケ卿《きょう》に臨時で引き継ぐ業務に数日。幸いと言うかシュラム侯爵の連れてきた、というか後を追ってきた文官さんたちも協力してくれたので数日で終わったが、その間慌ただしい事。なんかもうほんと疲れた。

「あー、だるい」

「貴族って大変なんだね。もっと優雅なんだと思ってた」

「代わってくれと言えないのが辛《つら》いよ」

そして現在、騎士団やシュラム侯爵の率いる軍、さらにマゼルたちも同行して王都へ移動中である。マゼルたちとの同行が許可されているのは、俺を逮捕するなどの悪い意図ではないというシュラム侯爵の好意だろう。

マゼルが苦笑交じりに政治とかは自分には無理、とか言っていたが、そのうちお前さんも貴族の仲間入りだ。覚悟しておけよ。

ノイラートやシュンツェル、フレンセンたちは俺と同行して王都に戻ることになったが遠慮して別の馬車だ。まあマゼルたちが一緒なので下手な護衛はいらんか。後ラフェドとアイクシュテット卿の二人も王都についてきている。

　アイクシュテット卿は俺の協力者という事で報酬も出るだろう。それともアンハイム防衛の功績と賊だった件の処罰で相殺だろうか。ラフェドは正直扱いに困っているんだよなあ。なんだかんだで仕事はできる奴なのだが。

「なんかアンハイムで会った時よりやつれてないかい、兄貴」

「かもしれん」

　フェリのからかうような口調に苦笑いするしかない。この数日通して睡眠不足だ。昨日やっと移動中の馬車で熟睡できたぐらい。起きたら相当酷《ひど》い顔をしていたのか、ラウラやエリッヒにまで笑われた。なんか悔しい。

「しかしお前さんも随分強くなったなあ。俺、勝てる自信がないぞ」

「兄貴と戦う自信はおいらの方がないなあ。何て言うの？　その場では勝っても後で負けてそう」

「ああ、それわかる」

　フェリに話しかけていたらマゼルにまでそんなことを言われた。過大評価だ。というか、お前らの俺に対する評価ってどうなっているんだよ。

「ツェアフェルト子爵の戦い方は巧《うま》かったですね」

　というのはエリッヒの言。俺自身、あまり自覚はなかったが、敵の視線を殺すのが上手らしい。マゼルやルゲンツが攻撃する一歩先に攻撃して牽制《けんせい》したり、相手が後衛に視線を向けるとその視線を遮ったりと、相手を自由にさせない戦い方をしていたそうだ。おかげで随分戦いやすかった、と評価してくれたが正直むず痒《がゆ》い。

「足に杭《くい》の傷もあったし、肩には弩砲《バリスタ》の傷も受けていた、片目も潰れていたから、もうボロボロだった魔将のとどめだけ横からとっちゃったような気もしているけどね」

「それは気にしないでくれ」

マゼルにはそう答える。というか別に誰が倒したんでも構わない。何となくだが、奴は先につぶしておく必要があったような気がしていたのは事実だし。むしろ手遅れじゃなきゃいいんだが。

「ところでマゼル、今そっちはどうなっているんだ?」

「ええと、次はバウアン島にあるっていう初代勇者の鎧《よろい》を探しに行く予定なんだ」

ああ、あそこなあと思ったが顔に出すのは何とか堪《こら》えた。もうそこまで進んでいるのかという驚き半分と、面倒なところだなという気分が半分だ。

バウアン島は大陸全図で言えば南東方向にある大きな島になる。領土としてはファルリッツ王国の範囲だ。ゲーム知識ではマゼルのいう通り、ゲームあるあるの〝伝説の装備〟である先代勇者の鎧が眠る迷宮《ダンジョン》がある。

伝えるかどうしようか悩むのは、ここで魔王の顔出しイベントがある事だ。とはいっても魔王とバトルがあるわけではなく、この先に宝箱があるって場面で突然現れて、正確には覚えてないが『ここまでやるとは思っていなかった、褒めてやる』『ここがお前たちの墓場だ』とかのベッタベタな悪役発言をすると自分は転移魔法でいなくなってしまう。

かわりに召喚されてきたドラゴンとのバトルになるのだが、こいつが強い。ゲーム中、画面に向かって何でこいつが四天王じゃないんだと騒いだユーザーは多分俺だけじゃないはず。さくさく進んできたプレイヤーが最初に死に戻りするのはここだろう。

ただ、ゲームでは死に戻りの後やり直せば済むのだが、この世界ではどうだろうか。それで済まなかったら。ここがゲーム世界のようでゲーム世界ではない、という事はウーヴェ爺《じい》さんとの会話で再確認している。

「島か……俺ならそこに罠《わな》をはるか、待ち伏せるな」

「え、そう？」

「万一の場合、逃げる先が限定されるのが一番大きい」

「ああ、そうかあ」

マゼルが難しい表情を浮かべて考え込んだ。警戒し始めてくれているようだ。もう一押ししておこう。

「それに、うまく行っている時が一番危ないからな」

「実体験？」

「その通りだよ」

思わず憮然《ぶぜん》とした顔になってしまい、マゼルに笑われた。実際、ゲザリウスを追い詰めたと思った時にあれだったただけに笑うに笑えない。ほんと、マゼルがいなかったら死んでいただろうなあ。

一瞬、俺の前世知識の事をマゼルにも話しておこうかと思ったが、なぜか話す気になれなかった。ただの勘だ。ただの勘なんだが、何となく今この段階でそれを口にしたらいけない気がする。

「そうだね、慎重になっておいた方がいいかもしれない」

「ああ、敵側に付け入る隙を見せないぐらいの方がいいと思う」

「つまりこいつ《ヴェルナー》を倒すには戦場でさっさと殺すのが一番と」

「おいまて、勝手に殺すな」

前世知識の事を悩みつつ、なんとなくもやもやしていたら横からそんなセリフが飛んできた。俺がマゼルと話している間も先ほどまでの話を続けていたらしいルゲンツの軽口に苦笑いしつつ割り込んで応じる。

とはいえ実際、今後どうなるかねえ。なんせ魔将に狙われていた自覚があるからなあ。そう考えると実は王都にいるって状況は魔軍相手という観点だけで言えば安全になるのか。少なくともしばらくは。

ラウラがルゲンツのその発言に笑って応じる。

「ツェアフェルト子爵を傷つけたら私が怒りますよ？」

「うぇ、そいつはおっかねえ」

「って言うか、まずリリーの姉ちゃんが泣くんじゃゃない」


冗談だと解《わか》っているからだろうが、ルゲンツが楽しそうに笑っている横でフェリがそんな事をいいだした。なぜそこでリリーが出て来るんだと思ったがそういえば王都でも一度マゼルたちと会っているのか……あれ。

「そういえばマゼルは王都でご両親にも会えたんだよな」

「うん、伯爵のご厚意で一泊もさせてもらった」


は？

「うちに？」

「はい。リリーさんとはうっかり深夜まで話し込んでしまいました。年の近い同性の知り合いは少なかったので楽しかったです」


ラウラもそんな事を言い出した。本当かよ。

「第二王女殿下《ラウラ》も泊まったのか」

「うん」


本人に聞くのは怖いんでマゼルに聞いたらあっさり頷《うなず》いた。いやいやいやいや、一貴族家の邸宅に王女様が一泊って。いくら俺がいなかったとはいえ。

「大丈夫ですよ、陛下と兄の許可を得ての事です」

さらっと言わんでください第二王女殿下。というか解っていてやった……いや違うな。陛下か王太子殿下の一手か。ツェアフェルト家に対する信頼を表明しただけじゃなくて、何かほかにも考えがありそうだ。なんかもう今から胃が痛い。

「いやだってリリーの姉ちゃんどう見たって兄貴に惚《ほ》れてたって、いてぇ！」

「そういうのは解っていても口にするもんじゃねぇ」

フェリの頭にルゲンツが拳骨《げんこつ》を落としていた。何だって？　思わずマゼルの方を見たらなんか苦笑してやがる。え、あれって吊《つ》り橋《ばし》効果とかそういうもんじゃないのか。吊り橋効果って確か一時的なものだと聞いてるけど。

「子爵の方はどのようにお考えなのですか？」

ラウラがなんかとんでもないこと聞いてきやがった。楽しそうな顔ですねえ。このぐらいの歳《とし》の女の子は恋愛ネタ好きだというイメージがあるけどラウラもそうなんだろうか。というかルゲンツもフェリもそのニヤニヤ顔やめろ。

王都に戻ってもなんかいろいろありそうだと思わず現実逃避してしまった。

エピローグ

使用人や騎士は別として、館に一人でいるのも気が滅入《めい》るとヘルミーネはその日も訓練場に足を運ぶことにした。

父であるバスティアンはトイテンベルク伯爵領から戻っていない。トイテンベルク伯爵領内やその周辺の治安維持をする指導者がいないため、領から離れられないと連絡が来ていたためだ。そして兄のタイロンは領地の治安維持目的で一度領に戻ったが、再び王都に戻ると姉のジュディスや他の人物と館以外のどこかで会談を重ねている。

現状、言葉にできない嫌な予感はあるのだが、ヘルミーネ自身は自由に身動きの取れない立場である。鬱屈した気分を持て余しているのは否定できない。

しばらく体を動かしていたところ、知人がミーネに声をかけて来た。

「お疲れ様、ミーネ」

「アネット。久しぶりですね」

二人は親しい間柄である。煩雑な挨拶を省略し、話題はすぐに直近の情報交換となった。

複数の貴族家騎士団が街道の安全確保や魔物《モンスター》の群れの討伐のため王都から離れているが、

の情報で確認する。

王国各地で魔物《モンスター》が集団で出現した件に関しては大きな問題になっていないようだ、と互いの情報で確認する。

「イェーリング伯爵もつい先日領地から帰還されたとか」

「伯爵も領地の治安維持に努めていたそうですから」

これは事実である。イェーリング伯爵も嫡子であるアンスヘルムが家騎士団を率いて領地に戻り、その周辺の魔物を排除していたというのはミーネも聞いている。

ただ、アンスヘルムが王都に戻ってくるまで、想像以上に時間がかかったらしいという事も知っていた。正確に言えば、兄であるタイロンが王都に戻ってきた後に「アンスヘルムはまだ戻っていないのか」とやや不思議そうに口にしたのを聞いていたのだ。

そのことをアネットに話すと、アネットも首を傾《かし》げた。イェーリング伯爵家も武門の名門であり、魔物を討伐する程度であれば時間がかかるとは思えなかったためだ。とはいえ、アネットにとってはそれ自体が初耳であり、何とも反応のしようもない。代わりにアネットが口にしたのはまったく別の事である。

「という事は、フュルスト伯爵家も無事なのですね」

「ええ、領地の方は兄が先日街道の安全確保を済ませています」

フュルスト伯爵家の家騎士団だけではなく、隣領であるツェアフェルトも家騎士団が先日王都に戻ってきたばかりだ。ツェアフェルト伯爵家の家騎士団は地形を巧みに使い最小限の損害で魔物を排除する事に成功したらしい、とアネットが説明した。

その後、話題に上ったのはマゼルである。

「聞いた話では、フィノイで活躍した勇者殿はレスラトガの魔将軍も打ち倒したとか」

「私もそう聞いています」

アネットの言葉にミーネも頷いたが、実の所、この情報は遅い。マゼルは既にレスラトガの南方にあるファルリッツ王国に入っている。ファルリッツの王は魔軍の跳梁《ちょうりょう》に悩んでいたこともあり、勇者一行を喜んで迎え入れ行動の自由も許した。そのため、ファルリッツでの活動はヴェルナーでさえ想像していないほどスムーズであったのだ。結果的に、マゼルは密《ひそ》かにヴァインの王都に戻るだけではなく、アンハイムにまで足を延ばすことができたのである。

ただし、ミーネたちが情報に疎いということではない。ヴァイン王国だけでなく、どこの国でも情報が入りにくくなっているのだ。魔王復活の影響が徐々に大きくなり、魔物の襲撃が増えたため、商人を含む旅人の移動が困難になりつつある。比較的早くに手を打っていたヴァイン王国でさえ主要街道の治安維持に戦力を割いているという状況で、近隣の町に移動する事さえ困難になっている国もあるのだ。

「さすが勇者殿、我が国の誇りですね」

マゼルの活躍をアネットがどこか嬉《うれ》しそうに称賛しているのを見て、ミーネが思い出したように口を開く。

「そう言えば、アネットは確か勇者殿のご家族の護衛についているのでしたね」

「ええ、妹君の護衛の一人です」

真面目なアネットは、勇者の妹であるリリーが外出する際の護衛任務を任されたことをかなりの名誉だと思っているようで、表情が明るい。それをミーネは少しだけ羨ましいという目で見ていたが、内心を打ち消すように話を続ける。

「妹君はどのような人柄なのです?」

「そう、ですね……私が男性騎士なら真剣に交際を願い出たでしょう」

少し考えていたアネットだが、珍しく冗談めかした表情を作ってそう言葉を継いだ。一瞬きょとんとした表情を浮かべたミーネも笑い出す。

「なるほど。アネットがそういうのならきっとよい子なのでしょうね」

「ええ、全く問題がないわけではないですけれど、おおむねよい子だと言えます」

礼儀作法など未熟な点もあるが、それは時間が解決するだろうことはアネットも理解している。

「ただ、最近は約束もなしに会いたいという来訪者が増えているのも事実です」

とアネットが口にし、ミーネも軽く不快そうな表情を浮かべた。露骨すぎる、と思ったためだ。勇者が活躍をすればするほど、下心を持って勇者の家族に近づこうという人間が出てくる事もまた避けられない。頭では理解しているが不愉快さを感じるのは、ミーネやアネットが貴族より騎士の思考に近いためであったろう。

ひとつ首を振ってミーネが口を開く。

「そのあたりも見越していたのだとすれば、ツェアフェルト伯爵はさすがですね」

「ええ、そうですね」

名目はどうであれ、預かっているのが伯爵家であればそう簡単に手は出せない。アネットも頷いたが、少し残念に思っているのは、リリーがツェアフェルト伯爵家に住み込みで働いているという事情を考慮しても、嫡男であるヴェルナーを慕っている様子だという事にあったかもしれない。

ヴェルナーが魔物暴走《スタンピード》で率先して王太子殿下を守るために最前線で戦ったほか、フィノイ防衛戦でも武功を立ててグリュンディング公爵にも評価されている事は知っている。だが一部の貴族から嫌われてもいた。

そして、彼らが口にしているのがヴェルナーの噂《うわさ》である。アンハイムで遊ぶための施設を作る木材を王都からわざわざ取り寄せたという話や、宴会を開催するための予算として借金を重ね、そのための食材や酒を王都から冒険者を雇ってまで運ばせているなどの噂が王都に流れている。それどころか、アンハイムに向かう女性の一団を見たという者、宝飾品を積んだ馬車の列を目撃したなどという話まであるのだ。

アネットは王都で広がっていたこのような噂を聞いていたため、リリーの人を見る目に多少の危惧を持っている。だが、金遣いが荒いというぐらいなら貴族社会では珍しい事ではない事も事実だ。今は何も言わなくてもいいだろう、とアネットはあえて口をつぐんだ。

一方のミーネはこれらの噂に多少の疑念と不信感を抱いている。本人と直接会話する機会が多かったというのもあるが、ヴェルナーが遊び人なのも信じがたいし、事実であっても上手に隠し、噂になるような下手な真似《まね》はしないのではないか、という妙な方向での信頼もあったためだ。本人が聞けば何とも言えない表情を浮かべたに違いない。

それから二、三の情報交換を済ませてアネットと別れ、ヘルミーネがフュルスト伯爵家邸に戻ると、意外な客の到着を執事から聞かされた。姉であるジュディスがだいぶ前から待っているというのである。

戻ってきたらすぐにと言われ、急いで着替えたミーネが部屋に入ると、ジュディスが冷たい視線を向けて来た。

「相変わらず体を動かす方が好きなようね」

そう口にはしたものの、ジュディスもこの国の女性であるため武芸を軽く見ているという事ではない。どちらかと言えば待たされた事に関する嫌味のようなものだ。

「お待たせしてしまい申し訳ありません」

「まあいいでしょう。貴族令嬢としての作法もおろそかにはしていないでしょうね」

「それは、当然ですが」

妹の発言にジュディスが頷《うなず》き、次いで問題発言を無造作に放り出した。

「お前に縁談の話よ。お相手はコルトレツィス侯爵の次男であるダフィット卿《きょう》」

「……え？」

ミーネが絶句する。

「お父様にも使者は出しました。そうそう、親族となればフュルスト伯爵家だけではなく、トイテンベルク伯爵家の騎士団の復旧にお力をお貸しくださるそうよ」

貴族としてそのようなことがあることは理解している。むしろ貴族の婚約など、利益の方が優先されることも珍しくはない。だが、なぜ今なのか。なぜ姉がそれを伝えて来たのか。

いくつもの疑問を飲み込んだまま、何も言えずにミーネはその場で立ちすくんでいた。

あとがき

五巻を手に取ってくださいました皆様、本当にありがとうございます。涼樹悠樹です。

今回は『たたうら』（この略称もだいぶ定着して頂けたでしょうか）の中でも人気がある代官編。お待たせしてしまい申し訳ありませんでした。

お待たせしてしまっている中でも、多くの読者からXなどでの温かい応援、ファンレター、ファンアートなどたくさん頂戴してしまいました。また、『次ラノ』での二位受賞や、書泉様のPOP UP SHOPもたくさんのお客様が来てくださったとの事、本当に嬉《うれ》しく思います。応援、ご声援、本当にありがとうございます。

最後になりましたが、応援してくださいました皆様、本作をお買い上げくださいました皆様、Web版読者の皆様、担当編集者である川口様、毎回格好いいイラストを描いてくださいます山椒《さんしょう》魚《うお》先生、作品解像度を飛躍的に高めてくださいますコミカライズ版の葦《あし》尾《お》乱平《らんぺい》先生と編集者である内田様にも深く御礼申し上げます。

二〇二四年　六月某日　　涼樹悠樹　拝

OVERLAP

魔王と勇者の戦いの裏で 5
～ゲーム世界に転生したけど友人の勇者が魔王討伐に旅立ったあとの国内お留守番（内政と防衛戦）が俺のお仕事です～

発　　行　2024年7月25日　初版第一刷発行
　　　　　2024年10月29日　　第二刷発行

著　　者　涼樹悠樹

発 行 者　永田勝治

発 行 所　株式会社オーバーラップ
　　　　　〒141-0031　東京都品川区西五反田 8-1-5

校正・DTP　株式会社鷗来堂

印刷・製本　大日本印刷株式会社

Printed in Japan ISBN 978-4-8240-0884-8 C0193